LE PATIENT DU DR SCOTT

DU MÊME AUTEUR
CHEZ POCKET

HÔPITAL DE LA MONTAGNE
L'ENFANT QUI VOULAIT MOURIR
LE CHOIX DU DR DUNCAN
LA CLINIQUE DE L'ESPOIR
ELVIRA
LE PROCÈS DU DR FORRESTER
L'INFIRMIÈRE
HÔPITAL DE L'ESPOIR

HENRY DENKER

LE PATIENT DU DR SCOTT

PRESSES DE LA CITÉ

Titre original :
LABYRINTH

Traduit de l'américain par Dominique Wattwiller

ISBN 2-266-09883-7

À *Edith, ma femme*

1

David Kirk n'aurait jamais été mêlé à l'affaire Cory s'il n'avait été victime d'une tentative d'assassinat.

Alors que, accompagné de son jeune associé, l'avocat sortait de l'ascenseur au vingt-neuvième étage de l'immeuble de bureaux new-yorkais abritant son cabinet, il reçut de plein fouet cette accusation lancée d'une voix rauque :

— Assassin !

Là-dessus, un coup de feu retentit. Puis un second. Immédiatement suivi d'un troisième.

Le dos plaqué contre les portes maintenant fermées de l'ascenseur, Kirk tourna précautionneusement la tête vers l'endroit d'où les détonations étaient parties. La silhouette d'un petit homme trapu lui apparut, se profilant sur la fenêtre, au bout du couloir.

Kirk s'efforça d'envisager les différentes hypothèses possibles. *Tueur à gages ? Non. Les tueurs à gages opèrent généralement de près. Avec des silencieux. Alors ce n'est pas la mafia. En outre, le type m'a raté. C'est donc un vulgaire amateur. Voilà qu'il abaisse son arme. Est-ce qu'il renonce ? Ou est-ce un piège ?*

La main de l'inconnu, celle qui tenait l'arme, se mit à trembler. De l'autre, l'homme se frotta les yeux.

Gerry Prince demanda tout bas à son patron :

— Il pleure ?

Faisant signe à Gerry de rester adossé contre le mur, Kirk se dirigea à pas lents vers son agresseur.

À mesure que Kirk avançait, il le distinguait plus nettement. Certes, il aurait été incapable de l'identifier. Toutefois le visage barbouillé de larmes lui sembla étrangement familier.

Kirk avait suffisamment d'expérience, il avait défendu suffisamment de meurtriers dans sa vie pour se rendre compte d'une chose : ce type n'était pas un tueur. On discernait de la haine au fond de ses yeux, mais il n'avait pas le regard glacial d'un assassin. Persuadé qu'il ne risquait rien, Kirk tendit le bras pour désarmer le tireur. De fait, il ne s'était pas trompé : l'inconnu parut soulagé de se laisser délester du colt 38.

David Kirk attrapa l'homme par le coude pour l'entraîner vers son cabinet. Ce dernier se dégagea violemment, mais finit par suivre l'avocat le long du couloir. Ils passèrent devant les portes de plusieurs autres bureaux. Alors qu'elles étaient légèrement entrebâillées, elles se refermèrent les unes après les autres sur leur passage.

Kirk pénétra dans son cabinet, faisant traverser la réception à l'inconnu. Greta Nissman et Louise Grant, ses deux secrétaires, le dévisagèrent, terrorisées. Un coup d'œil à l'arme qui luisait dans la main de l'avocat suffit à Greta, qui proposa :

— Je compose le 9...

Sans lui laisser le temps de terminer, Kirk ordonna :

— Pas un mot. À quiconque !

Une fois arrivé dans son cabinet, l'avocat laissa

tomber le colt 38 sur son bureau. D'un geste brusque, il ordonna à l'inconnu de s'asseoir dans le fauteuil réservé aux visiteurs.

Kirk étudia la physionomie hostile qu'il avait devant lui. Visage quelconque. Criblé de taches de rousseur. Teint coloré. Celui d'un manuel travaillant en plein air. Les yeux noirs toujours haineux étaient pleins de larmes.

— Si vous aviez... J'vous aurais pas raté, fit l'inconnu. (Puis d'une voix furieuse, il accusa :) C'est à cause de vous qu'elle est morte ! Vous êtes aussi coupable que lui !

Kirk jeta un coup d'œil à Gerry Prince. Son jeune associé noir semblait aussi stupéfait que lui. À l'évidence, il y avait erreur sur la personne. Ou bien alors l'inconnu déraillait.

Se redressant, ce dernier jeta d'un ton venimeux :

— Assassin !

— Bon, coupa Kirk. Et si vous vous calmiez ?

Le regard noir, l'homme se laissa retomber dans son fauteuil.

— Et maintenant expliquez-vous : qui suis-je censé avoir tué ?

— Comme si vous le saviez pas ! Ma fille, tiens !

Gerry, qui était derrière l'inconnu, vrilla son index contre sa tempe en un geste éloquent : *Il a perdu la boule. Il a disjoncté.*

— Moi, j'ai assassiné votre fille ?

— Après l'avoir violée !

Se demandant toujours à qui il avait affaire, Kirk répondit :

— Désolé pour votre fille, monsieur. Mais je n'y suis pour rien.

— Sans vous, ça se serait jamais produit ! hurla l'inconnu.

Et, là-dessus, il se précipita sur le colt. Kirk fut

plus prompt que lui. Il saisit l'homme par le bras et, lui tordant le poignet, le força à se rasseoir.

— Très bien ! Ça suffit. Dites-moi de quoi il retourne, qu'on en finisse !

— C'est ça ! Faites l'idiot ! La vedette du barreau ! Le célèbre David Kirk ! Salopard ! Ordure ! Vous l'avez fait relâcher ! Il est sorti de taule, et, résultat des courses, il a recommencé à violer et tuer !

Tout en examinant la physionomie tourmentée de son vis-à-vis, Kirk comprit pourquoi elle lui avait paru si étrangement familière.

L'avocat avait déjà vu ce visage. La première fois, à la une d'un canard à sensation, le *New York Post.* Traits convulsés de rage, comme maintenant. Au-dessus de la photo, une manchette conseillait : « C'est un père qui vous le dit, il faut cesser de remettre les tueurs en liberté. »

L'article, qui débutait au bas de la première page, précisait que la fille de cet homme avait été violée puis assassinée par un jeune homme, lequel était sorti de prison six mois auparavant grâce à « l'ingénieux système de défense mis au point par David Kirk, le célèbre avocat d'assises ».

Confronté au chagrin qui avait poussé cet homme à sortir de ses gonds, Kirk se sentit coupable, et se mit en devoir d'expliquer :

— Le système juridique de notre pays est tel que tout accusé a droit à une défense. Le meilleur système de défense qu'un homme de loi...

— Tout ça, c'est des conneries ! l'interrompit son interlocuteur. Il avait avoué ! Qu'est-ce qu'il vous fallait de plus ?

— Ses aveux lui avaient été extorqués, ajouta Kirk. Sous la contrainte.

— Contrainte, mon cul ! Les flics ne l'ont pas tabassé, c'est faux. C'est vous qui avez inventé cette histoire de passage à tabac ! Les fumiers de votre espèce ne valent pas mieux que les criminels qu'ils défendent !

Un coup fut frappé à la porte. Violent, brutal. Kirk et Gerry comprirent qu'il s'agissait d'un avertissement. Mais la porte s'ouvrit avant que Kirk ait eu le temps de réagir. Derrière sa secrétaire Greta, il aperçut l'uniforme bleu d'un policier new-yorkais. Et derrière ce policier en tenue, un inspecteur en civil sanglé dans un costume gris.

Kirk jeta un regard réprobateur à Greta. *Je vous avais dit de ne pas faire le 911.*

Elle eut un haussement d'épaules. *Ce n'est pas moi qui les ai appelés.*

Le problème n'était de toute façon plus de savoir qui avait demandé à la police de se pointer, mais plutôt de s'occuper des flics maintenant qu'ils étaient sur place. Et ça n'allait pas être de la tarte. Car Kirk connaissait l'inspecteur Dennis Palmer pour l'avoir cuisiné au cours d'un contre-interrogatoire que les journalistes avaient qualifié de particulièrement serré. Et Palmer, à en juger par son air rouge, n'avait pas oublié l'incident.

Afin de détendre l'atmosphère, l'avocat lui réserva un accueil chaleureux :

— Palmer ! Bonjour, entrez donc ! Que puis-je faire pour vous ?

L'inspecteur pénétra dans la pièce, jeta un œil à l'homme assis dans le fauteuil, puis au 38 posé sur le bureau.

— Nous avons reçu une flopée d'appels au commissariat : il paraît qu'il y a eu une fusillade à votre étage. (Palmer tendit le bras vers l'arme.) Vous permettez ? (Sans attendre la réponse de l'avocat, il renifla le canon.) Récente, la fusillade, on dirait.

Sans laisser à son agresseur le temps de se compromettre, Kirk déclara :

— Cette arme m'appartient. J'ai un permis en règle.

— Lequel vous autorise à vous exercer au tir dans le couloir d'un immeuble de bureaux ? ironisa Palmer. À foutre la pétoche à toutes les secrétaires du coin ? Peut-être même à tout l'immeuble, si j'en juge par le nombre de coups de fil que nous avons reçus ?

L'inspecteur se tourna vers le visiteur de l'avocat comme pour l'inviter à prendre la parole. L'homme se raidit, jeta un coup d'œil à Kirk comme s'il attendait que celui-ci lui souffle la réponse.

L'avocat reprit le contrôle de la situation.

— Nous nous livrions à une petite démonstration.

— Comment ça, « nous » ? questionna Palmer, méfiant.

— Mon... mon client et moi, improvisa Kirk.

L'inspecteur ne broncha pas. Il compta les balles restantes.

— Maître, vous avez fait feu à trois reprises. Pouvez-vous m'expliquer à quel genre de démonstration vous vous êtes livrés, votre client et vous, dans le couloir ?

— Ce serait avec plaisir, répondit Kirk, procurant à Palmer un fugace sentiment de triomphe. Toutefois, comme vous le savez, tout ce qui se passe entre un avocat et son client est confidentiel. C'est pourquoi, bien que désireux de collaborer avec vous, je ne peux vous éclairer : je suis tenu de respecter le secret professionnel.

— Certes, laissa tomber sèchement Palmer. Maître, attaqua-t-il de nouveau, vous savez que le numéro de l'arme a été effacé ?

Cette fois encore, l'inconnu se sentit obligé de réagir. Et de nouveau, pour le protéger, Kirk lui coupa le sifflet.

— C'est un cadeau, expliqua-t-il.

— D'un client reconnaissant, sans doute, laissa tomber l'inspecteur. Maître, à moins que vous ne vous décidiez à coopérer, je vous signale que je peux fort bien accuser votre « client » de détention d'arme prohibée. Ce qui constitue un délit, vous ne l'ignorez pas.

— Ça pourrait faire désordre, Palmer. Songez donc. D'abord, vous faites irruption chez moi sans mandat. Ensuite, vous vous emparez du colt 38. Et pour couronner le tout, vous essayez de fourrer votre nez dans des relations avocat-client. C'est pas réglo. Ça pourrait faire très, très désordre.

— Et vous n'êtes pas homme à tolérer un vice de procédure dès lors qu'il s'agit de défendre un « client ». Dites-moi, Kirk, depuis quand ce monsieur est-il votre client ?

— Désolé. C'est confidentiel.

— Naturellement, concéda Palmer, s'efforçant de ravaler sa colère. Voyons, reprenons. Que les choses soient claires. Vous, un homme de loi, vous refusez de coopérer avec la police dans une affaire de détention d'arme ? Arme dont le numéro d'immatriculation a été effacé ?

— Dites plutôt que le serment que j'ai prêté en tant qu'avocat m'interdit de coopérer avec vous, rectifia Kirk.

— Comme vous voudrez, admit de nouveau Palmer.

Il reposa l'arme et, se tournant vers l'homme qui occupait le fauteuil, lança : « Au revoir, M. Trimble », indiquant par là qu'il connaissait depuis le début son identité, la raison de sa présence, ce qu'il avait tenté de faire et dans quelle mesure l'avocat lui avait sauvé la mise. Une fois la porte refermée derrière l'inspecteur, Kirk remarqua :

— Très bien, Trimble. Dès que la voie sera libre, vous pourrez partir.

— Comment ça « libre » ? s'étonna Trimble.

— Il faut laisser le temps à Palmer et à ses gars de s'en aller, lui fit observer l'avocat. Vous voulez une tasse de café en attendant ?

— Non, merci, répondit l'homme, le fusillant toujours du regard.

Et, quelques minutes plus tard, David Kirk lança à son associé :

— C'est bon, Gerry. Fais-lui emprunter le monte-charge, ce sera plus discret.

Trimble se leva lentement, puis s'efforça de remettre de l'ordre dans ses vêtements. Gerry Prince lui ouvrit la porte. L'homme s'immobilisa juste avant de franchir le seuil et lança en se retournant :

— Vous avez tué Cecilia !

— Et voilà tout ce que tu récoltes en guise de remerciements. Ça t'apprendra à lui éviter de se faire serrer pour port d'arme prohibée, observa Gerry juste avant de refermer la porte.

Maintenant qu'il n'y avait plus personne pour l'entendre, David Kirk murmura :

— Ce type a raison. C'est à cause de moi que Cecilia Trimble est morte.

2

Trois jours plus tard, tandis que David Kirk, de retour du palais de justice, regagnait son cabinet, Greta lui tendit une liasse de messages. Il les prit machinalement avant de pénétrer dans son bureau, et les posa sur sa table de travail sans même les lire. S'il y en avait eu un d'urgent, Greta le lui aurait signalé aussitôt.

Kirk se laissa couler dans son imposant fauteuil — cuir bordeaux et clous de cuivre —, passant mentalement en revue l'audience de la journée. Il défendait une femme de la haute société accusée de diriger une agence de call-girls haut de gamme. Le District Attorney s'était montré très persuasif. Mais Kirk lui avait damé le pion à l'issue d'un contre-interrogatoire sans concession des policiers qui avaient procédé à l'arrestation de l'inculpée. Restait toutefois à résoudre la question épineuse du petit carnet noir retrouvé chez la dame. Et à démontrer qu'il ne s'agissait pas d'une liste de ses clients. Mais l'avocat se faisait fort d'y parvenir grâce à ce qu'il avait baptisé sa « barbe de quatre heures ». Laquelle n'avait rien à voir avec les caprices de son système pileux. Aux aurores, généralement entre trois et quatre heures du matin, il lui arrivait en effet de se réveiller en sursaut, un début de barbe aux joues. Et c'était alors que lui venait la solution des problèmes de la veille.

Persuadé que le phénomène se reproduirait, il se mit à trier ses messages, décidé à ne répondre qu'aux plus pressants. Son téléphone sonna.

Agacé, il lança :

— Greta ! Vous savez que j'aime souffler à mon retour du palais de justice. Débarrassez-vous de la personne qui est au bout du fil. Quelle qu'elle soit.

— Même s'il s'agit du juge Malachi ?

— Aaron ? Mais je n'ai aucune affaire en cours avec Malachi en ce moment ! protesta Kirk sans dissimuler son soulagement.

Le magistrat avait toujours été de bon conseil. Mais il avait également la réputation de ne pas faire de cadeaux à l'avocat de la défense.

— Sa secrétaire m'a dit qu'il désirait vous parler. Aujourd'hui même.

— Très bien, consentit David Kirk à contrecœur. Passez-le-moi.

Quelques secondes s'écoulèrent ; le téléphone sonna de nouveau.

— Malachi, annonça Greta.

— Monsieur le juge... attaqua Kirk avec un enthousiasme de commande. Comment allez-vous ? Il y a longtemps qu'on ne s'est vus...

Malachi lui coupa aussi sec la parole.

— Kirk ! Rappliquez ! Au trot !

— Quoi ? Maintenant ? Vous savez qu'il est cinq heures et quart ? protesta Kirk.

— Tout de suite !

— De quoi s'agit-il ? Est-ce que...

Le vieux juge l'interrompit de nouveau.

— Je veux vous voir ! Alors remuez-vous le cul, que diable !

Tout en gagnant le bâtiment de Centre Street où siégeait la Cour suprême de l'État de New York et en gravissant le prestigieux escalier où si souvent il avait accordé des interviews aux journalistes de la télévision, David Kirk ne cessait de pester. Doté d'un caractère irascible, le vieux magistrat, qui ne faisait pas dans la nuance, pouvait être considéré soit comme une grande figure du monde juridique, soit comme un dingue. Au cours des douze années qui avaient suivi son départ du bureau du District Attorney, David Kirk, avocat d'assises, n'avait cessé d'en découdre avec lui. Sans doute parce que Malachi avait du mal à digérer que ce dernier ait abandonné le rôle de procureur pour celui d'avocat de la défense.

Quant à savoir ce que le vieil homme pouvait bien lui vouloir, mystère. David Kirk monta en courant les marches du palais de justice et se présenta au bureau du juge.

Ida Bornstein, fidèle secrétaire de Malachi, avait un moyen bien à elle de faire connaître aux visiteurs l'humeur de son patron : sa façon de s'adresser à eux. Ainsi, au lieu de leur donner du « Maître » ou du « Monsieur », elle les apostrophait par leur nom lorsque le juge était en colère. Autre indice révélateur : l'expression de son visage sans âge qui pouvait aller de la pitié au plus franc mépris.

En l'occurrence, elle gratifia David Kirk d'un regard attristé et brusque : « Bonjour, Kirk, il vous attend. »

Pourtant, en le regardant se diriger vers le cabinet du juge, elle songea : *Séduisant, ce jeune homme. Beau gosse, même. Et célibataire, en plus. Un des avocats d'assises les mieux payés de New York. Comment se fait-il que ma petite fille, Melanie, ne sorte pas avec des types de ce genre ? Qu'elle perde son temps à traîner avec des avocats minables et des écolos ?*

Assis dans son fauteuil roulant, le vieux juge tournait le dos à son bureau encombré de dossiers. Il faisait face à la fenêtre, et observait la circulation dense qui emplissait la rue de coups de klaxon furieux.

Sans se retourner, il s'écria :

— Kirk, qu'est-ce que c'est que cette histoire ? Vous êtes un héros ?

— Moi ? Un héros ?

— Si j'ai bien compris, poursuivit Malachi en lui tournant toujours le dos, vous avez réussi à maîtriser un fou. Vous l'avez étendu sur le sol et désarmé. Lié et bâillonné. Puis traîné dans votre cabinet. Et cela sans l'aide de personne.

— C'est de l'exagération, répliqua Kirk, ne sachant si le vieil homme se moquait de lui ou si l'histoire avait pris des proportions ridicules à force d'être colportée par les uns et les autres.

— Et le fait que vous ayez refusé de coopérer

avec les flics, c'est de l'exagération, ça aussi ? questionna Malachi en se tournant vers l'avocat. Il paraît que vous leur avez menti pour protéger un assassin en puissance. Déclaré que l'arme vous appartenait alors qu'il n'en était rien. Et prétendu que cet homme était votre client.

— Écoutez, je peux vous expliquer... commença Kirk.

— J'en doute ! l'interrompit Malachi d'une voix ferme et tonnante peu en rapport avec son âge avancé. Asseyez-vous !

L'avocat se laissa tomber dans le fauteuil le plus proche, se préparant à subir un sermon.

— Bon sang, c'est dans des moments comme celui-ci que ce satané fauteuil roulant me met hors de moi ! Je préférerais de beaucoup être debout sur mes jambes pour tendre vers votre visage un index vengeur. J'aimerais vous lancer des accusations et vous faire trembler. Mais hélas c'est impossible. C'est donc du fond de mon fauteuil qu'il va me falloir agir.

Manœuvrant sa chaise roulante, il s'approcha de Kirk et, baissant quelque peu la voix, déclara :

— Tout à fait entre nous, David, c'est gentil ce que vous avez fait. Voler au secours d'un père déchiré, l'empêcher de se faire coffrer pour détention d'arme et, qui sait ? peut-être même pour tentative de meurtre. Joli geste. Mais pourquoi avez-vous fait ça ? Pour protéger M. Trimble ou pour mettre du baume sur votre conscience ?

Kirk allait protester mais Malachi ne lui en laissa pas le temps.

— Votre ordure de client était coupable. Mais vous avez réussi à le faire acquitter sur un argument de droit. Total, il s'est retrouvé en liberté. Libre de violer et de tuer à nouveau. Et, cette fois, sa victime a été la jeune et innocente Cecilia

Trimble. Personnellement, je n'ai qu'un regret : que Trimble n'ait pas mieux visé.

Kirk bondit de sa chaise et, dominant le vieux juge de toute sa taille, s'exclama :

— J'ai fait mon devoir d'avocat ! Défendu mon client de mon mieux. S'il m'a fallu pour cela obtenir que ses aveux soient rejetés, c'est parce que c'était nécessaire ! Et je ne supporterai pas que quiconque critique mon attitude. Pas même vous !

— C'est fini ? questionna Malachi d'un ton indulgent.

Kirk se sentit soudain ridicule de s'être laissé emporter. Aussi répondit-il d'une voix plus basse :

— Oui.

— Bien. Maintenant taisez-vous et écoutez-moi. (Malachi alla se placer derrière son bureau.) Dites-moi, David, ça ne vous inquiète pas ?

— Quoi ?

— Ce que nous avons fait du système !

— Notre système pénal vaut bien celui des autres pays, protesta Kirk.

— Ce n'est pas de ça que je vous parle ! gronda Malachi, furieux. Je vous parle de la façon dont les gens perçoivent la justice. Du fait qu'ils considèrent les juges et les avocats comme leurs ennemis. Lesquels bafouent leur sens de la justice. Il n'y a qu'à voir agir un citoyen comme Edward Trimble qui sort acheter une arme et essaye de descendre un type comme vous pour se rendre compte qu'on est loin d'avoir un système juridique cohérent. Certes, Trimble vous a manqué. Mais je connais une mère en Californie qui n'a pas raté sa cible, elle. Quatre balles dans la tête de celui qui avait abusé de son fils. En plein tribunal, encore. Les partisans de l'autodéfense sont de plus en plus nombreux.

« Tout ça parce que des avocats comme vous et

des juges comme moi relâchent des criminels sur des arguments de droit. Tout ça parce que les avocats font des tours de passe-passe de plus en plus tordus et que les juges prennent des décisions arbitraires. Résultat, aussitôt dehors les criminels récidivent. On ne peut pas continuer comme ça si on veut que le citoyen moyen se sente en sécurité.

« Il y a des limites, tout de même, poursuivit le vieil homme. Le droit est devenu un jeu. Plus les inculpés qu'un avocat réussit à faire acquitter sont coupables, plus la réputation de celui-ci grandit, et avec elle le montant de ses honoraires. Vous, mon cher David, êtes un exemple parfait du système. Vous ne manquez de rien, n'est-ce pas ? Somptueux bureau. Honoraires confortables. On vous photographie chaque fois que vous arrivez au palais de justice ou que vous en repartez. On vous invite à la télévision, on sollicite votre avis sur les affaires importantes. Bref, vous êtes une vedette. Mais, pendant ce temps, l'image que le grand public a du droit est de plus en plus mauvaise.

— Votre Honneur, ce n'est pas moi qui ai dicté les règles du jeu.

— Je sais, fit le juge agacé en s'efforçant de couper court au torrent de justifications que Kirk n'allait pas manquer de déverser sur lui.

Mais sa tentative fut vaine ; l'avocat poursuivit :

— Et si vous faites allusion à ce qui s'est passé lors de l'affaire Corregio, je vous rappelle que la cour d'appel m'a blanchi. Je n'ai absolument pas soudoyé ce juré !

— David, David, inutile de vous mettre sur la défensive. J'étais à des lieues de penser à ça. Toutefois, puisque vous remettez cette histoire sur le tapis, je vous avouerai que j'ai vu des avocats se faire radier du barreau pour moins que ça. Encore un scandale dans ce goût-là, et vous verrez de quel bois je me chauffe, l'avertit Malachi.

Pas calmé pour autant, Kirk insista :

— Vous n'approuvez peut-être pas ma conception du droit, mais je ne vous permets pas de remettre en question mon sens de l'éthique.

— Bon sang, David. Il ne s'agit ni d'éthique ni de droit. Mais de justice ! Les gens ont besoin de justice, nous ne pouvons pas continuer à l'ignorer.

« Le geste de Trimble ne fait que refléter le sentiment d'impuissance et de frustration du citoyen lambda. Pour la peine, je vais vous charger d'une affaire qui ne vous rapportera que des clopinettes en guise d'honoraires. Ainsi qu'une modeste somme destinée à couvrir vos frais.

— Monsieur le juge, avec tout le respect que je vous dois, j'ai fait ma part...

Malachi l'interrompit :

— Oui, je sais, vous avez traité beaucoup d'affaires délicates pour lesquelles vous vous êtes porté volontaire. Mais, cette fois, je ne vous laisse pas le choix : je vous confie une mission.

— J'ai un calendrier très chargé et je ne peux malheureusement pas accepter cette tâche.

— Il y a dix ou douze ans, lorsque vous avez quitté le bureau du District Attorney, vous couriez après les affaires. C'est même moi qui vous ai confié votre premier dossier.

— À cette époque, mon nom était inscrit sur la liste 18B, qui recense les avocats disposés à défendre les indigents, expliqua Kirk.

— Et il y est toujours, lui rappela Malachi.

— Mon nom figure encore sur la liste 18B ? s'étonna Kirk.

— Il y était encore à trois heures cet après-midi, précisa Malachi. J'ai demandé à Ida de vérifier.

— Je ne me doutais pas... avoua l'avocat.

— Comme votre nom est toujours sur cette fameuse liste, vous êtes disponible. Et je vous commets d'office pour défendre... (Le juge s'approcha de son bureau pour se rafraîchir la mémoire et retrouver le nom de l'inculpé.)... Christopher Cory.

— Quel est le chef d'inculpation ?

— Homicide involontaire, répondit Malachi. Et si j'ai bien compris, il s'agit d'un homicide plutôt sanglant. La présentation devant le tribunal se fera dans quinze jours à compter de mercredi. J'espère que vous serez prêt à faire feu.

— Vous me prenez de court. Je plaide en ce moment et, juste après, j'ai une autre affaire...

Un sourire sarcastique plissa le visage plein de rides du juge.

— Je suis sûr qu'un avocat comme vous, doté d'un pouvoir de persuasion qui fait l'admiration de tous, saura convaincre mon confrère de repousser l'affaire à une date ultérieure.

Se rendant compte qu'il était inutile de protester, Kirk eut un hochement de tête et pivota sur lui-même pour quitter la pièce. Les mots de Malachi l'accompagnèrent :

— Ce sera peut-être une bonne leçon d'humilité pour vous, jeune prétentieux. Et, cette fois, je ne vous laisserai pas vous en tirer avec vos astuces habituelles. Tâchez de vous en souvenir !

3

David Kirk faisait régner une discipline de fer dans son cabinet. Deux secrétaires travaillaient pour lui. Greta Nissman, responsable du secrétariat et fidèle assistante de Kirk, était chez lui depuis l'ouverture du cabinet. Vieille fille d'un zèle et d'un dévouement à toute épreuve, la petite femme trapue connaissait les moindres faiblesses, les plus infimes changements d'humeur de son patron, aussi devançait-elle tous ses désirs. Pour le reste, elle menait le bureau à la baguette, son respect pour Kirk l'ayant transformée en véritable despote. La secrétaire en second était Louise Grant, employée chez l'avocat depuis six ans.

Avec son air froid et son attitude critique, Greta donnait toujours à Louise l'impression qu'elle était encore en période d'essai. Elle terrorisait en outre les deux associés chargés de préparer les plaidoiries de Kirk. Si elle avait décrété qu'un dossier devait être prêt à telle heure, celui-ci ne manquait pas de l'être. Et si, après l'avoir parcouru, elle estimait qu'il n'était pas assez complet, l'avocat qui s'en était chargé retournait séance tenante à la bibliothèque pour entreprendre des recherches complémentaires.

Le seul membre de l'équipe de David Kirk qui échappait à la tyrannie de Greta était Gerald Prince. La secrétaire faisait toujours grand cas de la relation privilégiée qui existait entre l'avocat et son jeune associé.

La première rencontre entre Gerry et David Kirk datait de l'époque où ce dernier, jeune assistant du bureau du District Attorney, s'était vu confier l'affaire qui opposait le Ministère public à Prince. En l'examinant rapidement, il en avait conclu qu'il s'agissait d'une affaire banale : un adolescent de Harlem appréhendé dans une ruelle de l'Upper West Side à Manhattan avait été accusé d'agression et de tentative de viol.

Au vu de la coiffure afro du jeune homme, Kirk s'était trouvé conforté dans cette première impression. Évidemment, le gamin était noir. Bien sûr, il avait une peur de tous les diables. Et sa mère proclamait haut et fort son innocence.

Kirk s'était dit : *Si les Noirs s'obstinent à protéger*

les brebis galeuses qui sont dans leurs rangs, comment pourrons-nous distinguer les innocents des coupables ?

Dans l'affaire Prince, la victime, dévalisée et quasiment violée, avait formellement reconnu son agresseur.

Nanti de ce témoignage ainsi que d'autres indices, au nombre desquels figurait un couteau retrouvé près du lieu de l'agression — couteau que Gerald reconnaissait avoir vu mais en aucun cas manipulé —, Kirk plaida l'affaire devant un jury multiracial. Il le fit avec tellement de vigueur et de sincérité que le verdict qu'il attendait tomba. Coupable.

Cinq mois s'écoulèrent.

Mais, un beau jour, en cuisinant des ados inculpés dans une autre affaire, David Kirk découvrit que l'un d'entre eux était le jeune Noir coupable d'avoir dépouillé et molesté la femme qui avait identifié Gerald Prince. Confrontée à ce nouveau suspect, celle-ci s'était montrée non seulement prête à retourner au tribunal déclarer sous serment qu'elle s'était trompée, mais désireuse de le faire.

Kirk fut soulagé, mais également tout fier de pouvoir rendre à Mme Prince son fils Gerald qui avait passé cinq mois dans une maison de correction pour mineurs.

Un soulagement et une fierté de courte durée cependant. Car, après que Kirk se fut excusé abondamment, Gerald Prince lui demanda :

— Ces cinq mois que j'ai perdus derrière les barreaux, qui est-ce qui va me les rendre ?

Et sa mère d'ajouter :

— La réputation de mon fils en a pris un coup, comment comptez-vous réparer ?

— Je ferai en sorte que tout soit effacé de son casier, affirma Kirk.

— Vous allez venir dans notre quartier faire du porte-à-porte et expliquer à nos voisins que c'était une erreur ? Et quand il retournera à l'école, vous l'accompagnerez pour raconter à tout le monde que mon fils a fait de la prison pour un délit qu'il n'a pas commis ?

Ce jour-là, David Kirk avait parcouru la rue de Harlem où habitaient les Prince en se sentant beaucoup moins faraud et vertueux. Non seulement il avait commis une grave injustice en poursuivant Gerald — quinze ans — avec un zèle de mauvais aloi, mais il s'était attendu à ce que la mère du jeune homme le félicite de faire machine arrière, et son attente avait été déçue.

Si l'excès de zèle pouvait être considéré comme une faute, un excès de confiance en soi et la certitude absolue de détenir la vérité constituaient une erreur au moins aussi grave. Décidé à se faire pardonner, Kirk promit d'aller trouver les copains de l'adolescent afin de leur fournir toutes les explications voulues et d'endosser la responsabilité. Plus encore, il s'arrangerait pour que Gerald Prince soit admis au City College. Il superviserait ses études et veillerait à ce qu'il obtienne des notes suffisamment élevées pour pouvoir être admis dans une faculté de droit.

Lorsque Gerald Prince commença son droit, David Kirk avait depuis longtemps démissionné du bureau du District Attorney pour s'installer à son compte. Parallèlement à ses cours du soir, le jeune homme travaillait chez lui dans la journée. Il l'accompagnait à tous les procès. Au début, il allait chercher sandwiches et boissons, ou bien se précipitait au cabinet afin d'y prendre un ouvrage dont Kirk avait besoin ou un nouveau dossier préparé par un de ses associés.

Et, une fois que Gerald Prince eut terminé ses études de droit à la New York Law School, et qu'il fut inscrit au barreau, l'avocat le prit comme assistant à plein temps. Il était toujours à côté de Kirk au tribunal, prenant des notes, griffonnant des questions. Le soir, il passait en revue les dépositions de la journée tout en préparant la stratégie du lendemain. Dans les tribunaux de New York, on savait que Gerald Prince, épaulé par David Kirk, allait devenir son bras droit.

Au début de chaque procès, c'était Gerry Prince qui conduisait l'entretien préliminaire avec le procureur adjoint chargé de l'affaire, afin de connaître les tenants et les aboutissants du délit ou du crime dont le client du cabinet Kirk était inculpé.

Toutefois, comme dans l'affaire qui opposait le Ministère public à Cory, le juge Malachi le surveillait de près, Kirk décida de se charger lui-même de ce premier entretien.

Le Ministère public était représenté par le procureur Howard Stone, un vieux briscard. Le meurtre — celui d'une actrice débutante assassinée par son ancien amant — réunissait tous les ingrédients susceptibles de titiller l'intérêt du public et d'inciter les médias — tabloïds et chaînes de télévision — à faire donner la grosse artillerie. Ce qui voulait dire que les interviews sur les marches du tribunal avant et après chaque audience seraient nombreuses. Pendant ce genre d'entretien, une petite phrase, un mot malheureux prononcé par un procureur inexpérimenté pouvait entraîner l'annulation du procès pour vice de forme, voire même le classement pur et simple de l'affaire.

C'était pour éviter ce genre de désagrément que le District Attorney du comté de New York avait confié l'affaire à Howard Stone, passé maître dans l'art de gérer les relations avec les médias, trop retors pour commettre des gaffes.

David Kirk n'était pas particulièrement inquiet

à l'idée d'avoir le procureur Stone en face de lui. Ça lui était déjà arrivé bon nombre de fois au cours de ces douze dernières années, et il avait gagné plus souvent qu'il n'avait perdu. C'était la coloration personnelle de leurs relations qui le gênait.

Ces relations ne dataient pas d'hier : elles remontaient à sa première année au City College. C'est alors que David Kirk avait fait une découverte qui devait bouleverser le reste de son existence.

C'était un matin comme les autres : Daniel, son père, âgé de soixante et un ans, à deux doigts de prendre sa retraite de chef de chantier, avait quitté le modeste mais confortable appartement familial du Bronx pour se rendre à son travail. Mais en fin de matinée, sur un chantier de la Sixième Avenue, alors qu'il discutait de façon assez vive avec un syndicaliste, il s'était écroulé. L'ambulance n'était même pas encore arrivée qu'il avait succombé à une crise cardiaque.

Le jeune David fut forcé de prendre en charge les problèmes pratiques qui se posent en pareil cas. Sa mère, Claire, était si désemparée qu'il lui fallut même s'occuper des obsèques.

Les papiers de famille importants, comme le certificat de mariage de Daniel et Claire Kirk, le certificat de baptême de David, etc., étaient à l'abri dans un boîte de cigares que Daniel avait achetée des années auparavant, à l'époque où il fumait encore. Cette boîte était rangée sur l'étagère du haut du placard de la chambre des Kirk.

Pour la première fois de sa vie, David s'en empara afin de mettre la main sur certains documents. Il en avait déjà sorti son certificat de baptême et deux livrets de caisse d'épargne. Mais avant de retrouver l'acte notarié afférent à la concession que possédaient ses parents au cimetière, il tomba sur un document rangé depuis si longtemps que ce dernier se scinda en trois morceaux au moment où il le déplia. Lorsqu'il en prit connaissance, il eut l'impression que le ciel lui tombait sur la tête.

C'était le certificat de naissance d'un nouveau-né répondant au nom de David Moorhead. Ce papier en renfermait un second, délivré et signé par un juge de la Family Court, établissant que David Kirk était le fis de Daniel et Claire Kirk. Mais en fait, sa vraie mère s'appelait Charlotte Moorhead. Le nom de son vrai père ne figurait pas sur le certificat.

Bien qu'abasourdi, David se garda cependant d'aller trouver sa mère, laquelle était toujours sous le coup de ce deuil brutal. Après les obsèques, une fois parents et amis partis, ce fut elle qui mit le sujet sur le tapis lorsqu'ils se retrouvèrent en tête à tête.

— Davey, tu as trouvé le papier, n'est-ce pas ? Je l'ai bien vu à ton regard.

À peine avait-elle prononcé ces mots qu'elle se remit à pleurer. Cela étonna David qui croyait ses larmes taries.

— Ne t'inquiète pas, Maman, fit-il pour la rassurer. (Mais il ne put s'empêcher d'ajouter :) C'est seulement que j'ai appris ça tellement... brutalement.

— Au début, ton père et moi, on ne savait pas quoi faire. T'en parler ? Ne pas t'en parler ? Certains spécialistes disent qu'il vaut mieux tout dire à l'enfant le plus tôt possible. D'autres prétendent le contraire. C'est ton père qui a pris la décision. « Pourquoi veux-tu que ce gamin passe sa vie à se demander qui sont ses véritables parents et comment il est arrivé jusqu'à nous ? C'est *notre* fils, Claire. C'est la seule chose qui compte. Notre fils. » Tu crois qu'il a eu tort, David ?

Comment répondre ? Il aimait toujours autant sa mère et son père. Une question le taraudait cependant : cette femme qui l'avait mis au monde, qui était-elle ? Où était-elle ? Et, surtout, pourquoi l'avait-elle abandonné ?

Après avoir réfléchi, tourné et retourné le problème des jours durant, David comprit que son père avait pris une sage décision. Pourquoi aurait-il porté ce poids, pendant sa petite enfance en particulier ?

La semaine suivante, Claire Kirk souleva la question inévitable. Tandis qu'elle lui servait son petit déjeuner avant qu'il ne file au collège, elle lui dit :

— Tu sais Davey, je ne t'en voudrais pas...

— De quoi, Maman ?

— De faire des recherches. On en parlait souvent, ton père et moi. Il disait toujours : « Si un jour Davey souhaite la retrouver, nous n'avons pas le droit de nous y opposer. »

David aurait bien voulu pouvoir rétorquer : « Ça ne m'a même pas effleuré. » Mais, en vérité, depuis sa découverte, il ne songeait qu'à ça. Aussi répondit-il :

— On verra, Maman, on verra. Chaque chose en son temps.

— Je te dirai ce que je sais. Où et comment nous t'avons eu. Ils doivent avoir des archives. J'espère que tu la retrouveras. Et si tu as envie de quitter cette maison pour...

Elle se remit à pleurer.

Il la prit dans ses bras.

— Maman, je t'en prie. Tu es ma mère, peu importe ce que je trouverai. Ma place est ici, auprès de toi. S'il te plaît, tu as suffisamment pleuré ces derniers jours. Fais-moi un petit sourire pour changer, lui demanda-t-il d'un ton enjôleur.

Claire Kirk fit une tentative mais échoua lamentablement et se remit à pleurer de plus belle. Comme sa mère le faisait lorsque, enfant, il se blessait et sanglotait de douleur, David lui appuya sur la joue avec l'index pour arrêter le flot de larmes et les faire refluer jusqu'à ses yeux. Ce petit jeu avait toujours eu pour effet de le dérider. Il réussit presque à obtenir un résultat. Certes, elle n'éclata pas de rire, mais du moins s'arrêta-t-elle de pleurer.

Au cours des semaines qui suivirent, travaillant la nuit pour subvenir aux besoins de la maison et assistant à ses cours pendant la journée, David parvint à se rendre au bureau de l'agence d'adoption. Il présenta son document à une préposée, demanda s'il y avait un service d'archives et si on pouvait l'aider. La responsable se montra très aimable. Tout dépendait du résultat des recherches du parent biologique. La mère, en l'occurrence. Dans le cas de Kirk, il n'était pas certain qu'on retrouverait sa trace. Dix-neuf ans s'étaient écoulés. Les gens meurent. Ils déménagent. Et, au cours des vingt dernières années, la population avait massivement quitté les États du Nord-Est pour s'installer dans le Sud et le Sud-Ouest.

— Nous ferons le maximum, conclut la responsable. Mais nous ne voulons pas que vous vous berciez d'illusions.

Quelques semaines plus tard, elle lui téléphona. Cette fois plus optimiste, moins réticente.

— M. Kirk... Je peux vous appeler David ? Après tout, vous êtes un de nos bébés. J'ai une bonne nouvelle. Je crois que nous l'avons retrouvée.

— C'est vrai ? Où est-elle ? Quand puis-je la voir ?

— Ça n'est pas si simple, David.

— Puisque vous savez où elle se trouve, quel est le problème ?

— Avant de tenter une réconciliation, il nous faut la contacter. Obtenir sa permission.

— Eh bien, bon sang, faites-le !

Trois autres semaines passèrent. De nouveau, il reçut un appel de l'agence. Cette fois, la responsable se montra tout à la fois plus circonspecte et plus chaleureuse.

— En résumé, si j'ai bien compris... Voyons, comment vous dire, David ?... Voilà, elle a refait sa vie. Elle est mariée depuis dix-sept ans. Avec un homme qui ignore tout de votre existence. Ils ont eu deux filles et un fils. Et... elle pense qu'en dévoilant son passé à son mari, elle risque de détruire son ménage.

— Elle a dit ça ? questionna David à voix basse.

— N'allez surtout pas vous imaginer qu'elle se désintéresse de votre sort. Elle m'a posé énormément de questions à votre sujet. Elle voulait savoir comment vous alliez, ce que vous faisiez. Bref, elle m'a paru se faire beaucoup de souci.

— Je vois. Bien sûr, dit-il en s'efforçant de cacher sa déception. Merci de votre aide. Dites-lui... Dites-lui de ne pas se tracasser. Je n'essaierai pas de la retrouver. Je ne me manifesterai pas. Elle n'a rien à craindre.

Là-dessus, il raccrocha. Il aurait bien aimé pouvoir pleurer un bon coup mais n'y parvint pas. Il songea : *Heureusement que j'ai eu les parents que j'ai eus. Mon rôle, maintenant, c'est de m'occuper de maman. De faire mon droit, de décrocher une mention afin de me trouver un super boulot et de gâter maman comme elle le mérite.*

Sage résolution. N'empêche que l'expérience l'avait marqué, lui infligeant une blessure qui, bien qu'adoucie par ses succès universitaires, avait fait naître en lui une véritable hantise : celle de se voir un jour aussi brutalement dépouillé de ses succès qu'il l'avait été, une fois, de ses certitudes relatives à son état civil.

4

Tout en poursuivant ses études de droit, David Kirk avait trouvé le moyen d'occuper deux emplois. Il étudiait chaque fois qu'il avait une minute, notamment dans le métro. Sa motivation ? Le besoin de réussir. Mais surtout de réussir brillamment. De façon à décrocher un job dans l'un des prestigieux cabinets d'avocats où l'on démarre à quarante ou cinquante mille dollars par an.

Le jour où il obtint son diplôme avec mention, il se dit :

Papa, j'ai réussi. Je peux maintenant offrir à maman ce qu'elle mérite.

Et aussi :

Charlotte Moorhead, si tel est bien ton nom, tu ne sauras jamais ce que tu as raté.

Claire Kirk ne vécut pas suffisamment longtemps pour profiter du succès de son fils : elle mourut juste avant l'affichage des résultats des examens.

Au cimetière, lorsqu'on la mit en terre, David Kirk fit une seconde découverte.

Pour le consoler, sa jeune cousine Margaret lui murmura :

— Quelle femme merveilleuse !... Elle s'est montrée aussi bonne envers toi que si tu avais été véritablement son fils.

David comprit alors que tout le monde savait

dans la famille qu'il avait été adopté. Tout le monde, sauf lui.

Il s'éloigna de la tombe de sa mère en se sentant plus seul que jamais. Il n'avait plus de parents ni finalement aucune famille. Désormais, il était seul au monde.

Le jour où le *New York Times* publia la liste des étudiants reçus, il eut l'impression d'être un taulard au sortir de la prison. Maintenant il allait pouvoir se présenter dans les cabinets huppés afin d'obtenir un poste à très haut salaire. Cependant, après des semaines passées à courir d'un cabinet à un autre, à envoyer des lettres de candidature spontanées accompagnées d'un CV alléchant et de lettres de recommandation élogieuses de ses professeurs, David Kirk dut admettre la réalité.

Les situations de rêve assorties d'émoluments faramineux étaient réservées aux étudiants diplômés de Harvard, Yale et Columbia. Quelques postes étaient décrochés par des anciens élèves de New York University et de Michigan. Mais jamais par des étudiants issus de Fordham, St John, ou New York Law — faculté où David Kirk avait fait ses études —, même lorsqu'ils avaient été reçus avec mention.

Les besoins financiers étaient tels que David eut à peine le temps de se retourner. Une chose était sûre en tout cas : il n'avait pas l'intention de démarrer avec un salaire de misère ni de passer le reste de sa vie enfermé à la bibliothèque de la Bar Association à préparer des dossiers sur lesquels d'autres avocats s'appuieraient pour développer leurs plaidoiries, s'attribuant tout le mérite de son travail.

David voulait être avocat à part entière. Plaider. Le tribunal, c'était sa place. Il avait les dispositions nécessaires. Les facultés intellectuelles. Sans fausse modestie, il savait qu'il avait du charme. En outre, il était persuasif, il l'avait démontré un été alors que, âgé de dix-sept ans, il avait gagné un paquet d'argent de poche en vendant des bibles au porte-à-porte dans les régions rurales bordant la frontière entre l'État de New York et la Pennsylvanie. Il pouvait se montrer charmant si nécessaire et volubile quand c'était indispensable.

Ce dont il avait besoin, c'était d'acquérir de l'expérience au tribunal.

Le moyen le plus simple pour y parvenir, c'était de décrocher une place dans l'équipe du District Attorney du comté de New York. Un de ses professeurs de droit qui avait jadis travaillé au bureau du procureur lui fit rencontrer Howard Stone, figure bien connue de la profession. Les District Attorneys risquaient de perdre leur place à chaque nouvelle élection, mais le vieil Howard Stone, lui, ne décollait pas de son poste.

La première fois que David Kirk le rencontra, deux choses le frappèrent. Sa maigreur presque cadavérique et le flacon de Tums posé bien en évidence sur sa table, à côté des monceaux de dossiers sur lesquels il travaillait. Au cours de ce premier entretien, David surprit à deux reprises Howard Stone la main dans le flacon. L'espace d'un instant, il se demanda combien de gélules le procureur pouvait absorber pendant un procès. Il ne devait pas tarder à le découvrir. Son sens impérieux du devoir et les frustrations rencontrées dans l'exercice de sa profession obligeaient Howard Stone à se nourrir d'antiacides. À deux reprises au moins au cours de leur collaboration, David Kirk eut l'occasion de le voir sortir d'une salle d'audience allongé sur un brancard à cause d'un ulcère qui s'était remis à saigner.

Stone avait suffisamment de bouteille pour reconnaître un plaideur-né quand il en croisait un. Aussi prit-il le jeune David sous son aile et en fit-il son assistant. Chaque fois que le procureur était au tribunal, Kirk se tenait à ses côtés. Il était là lorsque Stone cuisinait les témoins de la défense et démolissait leurs alibis bidon. Il était là lorsque Stone, à la fin du procès, résumait les débats devant le jury.

Les relations qui unissaient Howard Stone et David Kirk sortaient du cadre de celles qui peuvent unir un mentor et son protégé. En maintes occasions il était arrivé à Stone de révéler à son assistant des astuces savamment mises au point par ses soins, si bien que David avait l'impression que le procureur était pour lui comme un second père. Un second père adoptif. Le jeune homme, qui ignorait l'identité de son père biologique, se disait qu'il n'aurait pu être meilleur que Daniel Kirk ou Howard Stone.

Après plusieurs années de ce régime, Stone commença à confier à Kirk des affaires importantes, le chargeant de les préparer puis de les plaider. David courait donc d'un procès à l'autre sans ménager sa peine. C'était au bout de trois ans d'un labeur acharné qu'il s'était vu confier l'affaire Gerald Prince. Il l'avait attaquée avec sa détermination habituelle. Et avait obtenu gain de cause. Il obtenait presque toujours gain de cause.

Le choc qu'il éprouva en découvrant qu'il avait condamné un innocent, ruiné sa réputation et peut-être même compromis irrémédiablement son avenir, l'amena à repenser ses objectifs et sa vie.

Il prit une décision pénible. Puis, l'ayant prise, il pénétra dans le bureau de Howard Stone à la fin d'une dure journée et lui déclara placidement :

— Howie, gardez votre calme. Surtout ne vous mettez pas en rogne. J'ai décidé de démissionner.

— Démissionner ? répéta Howard Stone comme si le mot n'existait pas dans son vocabulaire.

Et d'un geste automatique il s'était emparé de son flacon de Tums.

— Donner ma démission, oui. Ouvrir un cabinet, poursuivit David Kirk.

— Ouvrir un cabinet, sans blague ? reprit Howard Stone en écho avec une inflexion écœurée. Alors vous allez défendre les escrocs, les mafiosi, les dealers, les putes, les proxénètes et les pédophiles que vous avez poursuivis jusqu'à maintenant ? J'ai passé six ans à vous former aux finesses du métier pour vous voir grossir les rangs de l'ennemi ? Très bien, mon garçon, allez-y ! Tirez-vous ! Sortez de mon bureau, bon sang de bon Dieu !

— Howie, vous ne comprenez pas, commença Kirk.

Mais Stone ne le laissa pas poursuivre.

— Inutile ! Pas besoin d'explications ! J'ai compris. C'est à force de voir tous ces avocats d'assises empocher un pognon fou alors qu'ils n'ont pas la moitié de vos compétences. Ces types-là possèdent des bureaux luxueux dans des immeubles flambant neufs. Ils se pointent au palais de justice dans leur limousine. Ils ont leur photo dans les journaux, ils passent à la télévision. Ils habitent des appartements somptueux dans la Cinquième Avenue ou à Central Park West. Alors vous vous dites pourquoi pas moi ? Si c'est ça que vous voulez, très bien ! Allez vous en mettre plein les poches. Mettez-vous à la solde de la mafia !

— Vous ne comprenez pas, Howie.

— Ben voyons. C'est pas la première fois que je me casse le cul à former un jeune procureur pour le voir renoncer à faire ce boulot et se laisser griser par l'argent. L'appât du gain. Et le reste.

— Bon sang, Howie ! Écoutez-moi ! poursuivit David Kirk, mi-furieux mi-suppliant.

Son regard, le sérieux avec lequel il s'était exprimé incitèrent Stone à le laisser poursuivre.

— Howie, c'est à cause... de l'affaire Prince. Gerry Prince. J'ai failli bousiller sa vie.

Le procureur balaya l'argument d'un revers de main.

— Personne n'est parfait. Pas même vous. Évidemment, ça fout un choc quand on s'en rend compte.

— Howie, ça n'est pas cela. J'ai le feu sacré. C'est vous qui me l'avez refilé. Lorsque je suis au tribunal, c'est plus fort que moi : je fonce. Pas de quartier. C'est au point que je ne me soucie pratiquement plus de savoir si l'inculpé est coupable ou innocent. Une fois que vous m'avez confié le dossier, c'est comme si vous m'aviez donné un permis de chasse en prime, et sommé de ne pas revenir bredouille. J'ai l'impression d'être devenu un malade de l'autodéfense.

— Voyons, mon petit, cessez de dramatiser, rétorqua Stone. Parce que je vois ça venir gros comme une maison, vous allez me sortir le vieux refrain : « Mieux vaut quatre-vingt-dix-neuf coupables en liberté qu'un innocent sous les verrous. » Cette belle formule a sûrement été inventée par des hommes de loi en mal de clientèle. Quatre-vingt-dix-neuf clients coupables à qui on fait cracher des honoraires substantiels, c'est quand même plus rentable qu'un seul innocent. Et une fois les coupables tirés d'affaire, les récidives, vous y avez pensé ? Je suis sûr que vous êtes surmené, mon petit, vous avez besoin de décompresser un peu. Et peut-être de vous envoyer en l'air avec une chouette nénette.

— Howie ! explosa David Kirk, ce que je veux, c'est protéger les gens du genre de procureur que je suis devenu. Et des procureurs comme vous !

Cette sortie fut suivie d'un silence de mort.

Howard Stone s'envoya deux autres pilules puis murmura :

— J'accepte votre démission, petit. Et maintenant disparaissez. Filez. Du vent !

Après avoir quitté le bureau du District Attorney, David Kirk ouvrit sa propre officine juridique dans un local modeste sous-loué à un petit cabinet et situé dans un vieil immeuble non loin de City Hall. Rien à voir avec le décor élégant que Howard Stone l'avait accusé de convoiter. L'une des secrétaires du pool dactylographique travaillait à mi-temps pour lui. C'était Greta Nissman.

Lorsque sa clientèle — constituée de truands à la petite semaine, de prostituées et d'indigents dont le tribunal lui confiait d'office la défense — se fut étoffée au point de lui permettre d'ouvrir son propre cabinet, il emmena Greta avec lui.

Tout heureux d'accrocher ses diplômes au mur de son bureau, il regretta que ses parents n'aient pu partager cet instant avec lui.

Daniel Kirk lui aurait dit : « Ton père est fier de toi, mon fils. » Il l'aurait serré dans ses bras, embrassé sur la joue. Maladroitement. Car les effusions n'étaient pas sa spécialité.

En l'espace de quelques années, la clientèle de David Kirk se développa considérablement. Sa réputation grandissait dans la profession comme dans le milieu. Des dossiers plus importants où étaient impliqués des inculpés pourris de fric commencèrent à lui être confiés. Les grands cabinets qui préféraient que leur nom n'apparaissent pas dans les affaires criminelles lui adressaient leurs clients. Parmi eux, bien sûr, des cabinets qui avaient refusé de l'embaucher des années auparavant.

En outre, sa réputation de battant incita de nombreux prévenus sans le sou à faire appel à ses services. Bien que ne disposant pas d'assez de temps pour se charger de tous les dossiers de ce type — un surhomme n'y serait pas arrivé —, il en prenait sa part, au point que certains jours Greta Nissman ronchonnait : « Ça doit tout de même exister, les inculpés dignes d'être défendus et qui en plus ont des sous. »

Sans aller jusqu'à abonder complètement dans son sens, Kirk partageait son point de vue.

C'est après avoir défendu le fils d'un riche entrepreneur de Long Island accusé d'avoir tué sa petite amie qu'il devint célèbre. Les preuves contre le jeune homme étaient accablantes. Restaient à découvrir le mobile et les circonstances du meurtre.

David Kirk eut recours à un moyen de défense original, pour ne pas dire révolutionnaire : mort accidentelle au cours de rapports sexuels « pimentés » par diverses manœuvres violentes.

Disposant de fonds illimités, Kirk fit témoigner plusieurs psychiatres experts. Il finit par troubler les jurés au point que ceux-ci se révélèrent incapables d'établir au-delà de tout doute raisonnable la culpabilité de l'inculpé.

Le jour de l'acquittement, David Kirk, qui avait refusé de s'exprimer devant les caméras pendant toute la durée du procès, effectua devant la télévision new-yorkaise, pour le journal de dix-huit heures, l'une des prestations les plus impressionnantes des six derniers mois.

Beau gosse, le verbe facile, élégant, plein de charme, il devint du jour au lendemain une vedette. À partir de ce moment-là David Kirk fit partie de ces gens qu'on reconnaît où qu'ils se trouvent. On sollicitait son avis sur des affaires délicates, qu'il fût ou non professionnellement impliqué.

Dans le milieu, les malfrats qui n'avaient pas mémorisé son nom disaient : « Eh, cette fois, on ferait peut-être bien d'appeler l'avocat de la télé. Vous savez, celui qu'est beau mec. »

Arrivé à ce stade de notoriété, il fut enfin à même de choisir les dossiers qu'il plaidait. Il établit donc ses propres règles. Pas d'affaires de drogue. Le moins possible d'affaires liées au crime organisé : il n'avait aucune envie d'être redevable de quoi que ce soit à la mafia ni de servir ses intérêts.

Libre de faire le tri parmi ses clients, il l'était aussi de choisir les femmes avec lesquelles il sortait quand il en avait le loisir. Sa célébrité lui valut d'être sollicité par diverses associations caritatives, et il était enchanté de répondre présent. À plusieurs reprises, il fit don de sommes substantielles à des causes importantes en mémoire de Claire et Daniel Kirk.

Les œuvres de bienfaisance étaient gérées par des femmes du monde plus ou moins désœuvrées qui avaient de l'argent à ne savoir qu'en faire. Sans parler du reste... Certaines avaient divorcé d'avec des maris que leurs entreprises avaient trop accaparés. D'autres avaient préféré rester célibataires. D'autres, enfin, étaient des carriéristes qui, tout comme David Kirk, voulaient réussir. Mais toutes étaient des créatures superbes, très séduisantes ; les photos où elles apparaissaient lors de divers galas de bienfaisance étaient publiées par les journaux et les magazines du pays tout entier.

Toutefois, pour Kirk, les exigences de sa carrière passaient avant tout le reste. Homme de loi renommé, il menait une vie de fou, surtout lorsqu'il était au tribunal, c'est-à-dire la plupart du temps. Il travaillait sept jours sur sept, vingt heures par jour. Rares étaient les femmes qui avaient assez de patience et d'abnégation pour endurer un régime pareil. Ce qu'il découvrit à ses dépens et plutôt douloureusement. Quelle était l'épouse qui pouvait se contenter d'excuses du type : « Écoute, chérie, tâche de comprendre... » ? Peut-être que c'était lui qui aurait dû se montrer plus compréhensif, moins exigeant. *La prochaine fois,* se promettait-il, *je ne ferai pas la même boulette. Je m'y prendrai autrement.*

Lorsque, après avoir passé plusieurs heures à plancher sur ses dossiers, cuisiner les témoins, mener des contre-interrogatoires, éplucher les dépositions de la veille, il réintégrait son appartement de la Cinquième Avenue à des heures indues, un vague sentiment de solitude l'envahissait. Mais il se consolait en se disant *primo* qu'il n'avait d'explications à fournir à personne, *secundo* que rien ne l'obligeait à faire l'amour à sa femme les jours où il était exténué.

Sa vie lui plaisait. Il goûtait sa liberté. Il appréciait sa solitude. Il aimait même se sentir esseulé.

Il ne se rendait pas compte qu'il y avait du cynisme dans sa façon de formuler les choses.

Tout cela faisait partie du vécu de David Kirk lorsqu'il appela Howard Stone pour savoir de quel crime son nouveau client, Christopher Cory, était inculpé.

— Bonjour, maître, lui lança Howard Stone tandis que Kirk pénétrait dans son bureau où régnait un désordre indescriptible.

Piles de dossiers partout. Flacons de pilules. Blanches, les pilules. Howie avait changé d'anti-acides.

Kirk nota que Stone avait prononcé le mot « maître » de la même façon que certains de ses peu recommandables clients. Il sourit aussi aimablement que les circonstances le lui permettaient, et salua à son tour.

— Bonjour, Howie, comment va ?

— Comme d'habitude, répondit Stone, remuant une fesse et faisant grincer atrocement son vieux fauteuil pivotant. (Puis, avec l'air de ne pas savoir pourquoi Kirk était là, il s'enquit :) Eh bien, Davey, vous ici ? En voilà un honneur. Quel bon vent vous amène par ce magnifique après-midi ensoleillé ? Vous devriez être dehors à profiter du fruit de votre dur labeur. Au golf, peut-être. Ou sur une plage d'East Hampton entouré d'une tripotée de beautés aux seins nus. N'est-ce pas là-bas que vous allez quand vous voulez vous offrir quelques jours de détente entre deux procès juteux — s'il faut en croire les potins des fouille-merde de *People* ou de *Vanity Fair* ? East Hampton ? Les Bermudes ? Palm Beach ? À moins que ne ce soit à Palm Springs ?

Ignorant l'allusion ironique à la publicité que lui avait value le succès remporté à l'occasion de la défense d'un homme censé être l'actuel parrain d'une famille de la mafia, Kirk répondit d'un ton sec :

— J'ai été commis d'office pour assurer la défense de Christopher Cory.

— Ah, le vieux Malachi essaye de faire de vous un honnête homme ! lança Stone en souriant. Eh bien, Davey, vous pouvez être sûr que je ferai de mon mieux pour participer à l'opération. Par où commence-t-on ?

— Les chefs d'inculpation retenus contre Cory. Puis-je voir le dossier ?

Comme s'il s'agissait d'une simple coïncidence, Stone répondit :

— Ça tombe bien, je l'ai là.

Et de désigner du doigt l'unique dossier posé

bien en évidence au milieu de son bureau, qu'il avait dégagé pour la circonstance.

Kirk comprit que sa petite passe d'armes avec le juge Malachi était revenue aux oreilles des membres du monde juridique plus vite qu'il ne l'aurait cru. Il s'empara du dossier qu'il commença à parcourir. Il n'avait pas fini de lire la deuxième page qu'il leva la tête et fixa Stone.

— Qu'est-ce que ça signifie ? Cet homme a été interrogé dans une affaire d'homicide et il n'y avait pas d'avocat présent à l'interrogatoire ?

— On lui en a proposé un, mais il a refusé, expliqua Stone en désignant le dossier d'un doigt osseux. Tout est consigné là-dedans. Qui plus est, il ne tient toujours pas à en avoir un.

Kirk ne releva pas. Il poursuivit sa lecture. Alors qu'il abordait une autre page, le paragraphe du haut lui fit hausser les sourcils et demander à Stone :

— Il n'était pas représenté par un avocat et vous lui avez fait une prise de sang pour prendre ses empreintes génétiques ? Allons, Howie ! Ce n'est pas possible !

— Il ne voulait pas de bavard. Et lorsqu'on lui a demandé un échantillon de son sang, au lieu de refuser, il a accepté.

— Qu'est-ce qui se passe, bon Dieu ? C'est quoi, cette embrouille ?

— Le type a refusé un avocat, comme je viens de vous le dire. Il a accepté de se laisser prélever du sang. Si vous ne me croyez pas, vous n'avez qu'à lui poser la question.

— Mais il a perdu la boule : s'exclama Kirk. Il a pété les plombs et vous en avez profité.

— Si vous songez à utiliser la démence comme système de défense, je vous conseille de renoncer. À mon avis, Christopher Cory est aussi sain d'esprit que vous et moi.

— Je dois lui parler. Et vite !

— Vous ne voulez pas prendre connaissance de la suite ? interrogea Stone.

— Inutile. Ce n'est pas tous les jours qu'on a la chance de tomber sur un suspect aussi naïf. Je me doute du traitement que vos gars lui ont fait subir.

Stone sourit.

— Dans ce cas, je vais vous éviter une lecture fastidieuse. Cet homme a été formellement identifié par un voisin de la victime. Lequel voisin est au parfum puisque Cory avait vécu quelques mois avec la jeune femme avant le meurtre. Il a vu votre client s'introduire dans l'appartement le jour du crime. Et comme si cela ne suffisait pas, nous avons retrouvé une empreinte sur les lieux du crime. Pas des empreintes de doigts. L'empreinte d'une paume. L'un des gants de caoutchouc du type s'est déchiré au moment où il perpétrait son crime.

David Kirk s'apprêtait à répondre mais Stone poursuivit :

— Comment on sait qu'il a pété son gant ? Ce contretemps l'a foutu tellement en rogne qu'il a retiré le gant et l'a jeté par terre. Les gars de la Criminelle l'ont ramassé dans la pièce.

— C'est tout ? s'enquit Kirk d'un ton dégagé, s'efforçant de minimiser l'impact de ces pièces à conviction, lesquelles ne manqueraient pas de s'avérer accablantes.

— Non, *maître,* ce n'est pas tout, répondit Stone. Ils ont également repéré une tache de sang de la taille d'une pièce d'un demi-dollar. Du sang qui ne correspondait pas à celui de la victime. Si les empreintes génétiques de votre client et celles de cette tache se recoupent, nous serons parés question preuves. Je dirais même que nous aurons un dossier inattaquable.

— Et l'arme ? questionna l'avocat, mentionnant

le dernier élément dont Stone n'avait pas encore parlé.

Ravi de constater que Kirk avait mordu à l'hameçon, le procureur poursuivit :

— Ah oui, effectivement, l'arme. On l'a retrouvée, figurez-vous. Couteau de boucher. Parfait pour ce genre de crime, bien *gore*. Il était dans la poubelle au pied de l'escalier devant le petit immeuble où habitait la victime.

— Des empreintes ? s'enquit Kirk.

— Partout. N'oubliez pas qu'il a déchiré son gant de chirurgien sur les lieux du crime.

— Je veux le voir. Tout de suite.

— À votre place, j'aurais la même réaction. Mais je viens de vous le dire : il ne veut pas d'avocat.

— On verra ça, trancha David Kirk.

5

David Kirk faisait les cent pas dans la petite salle de réunion réservée aux entrevues entre accusés et avocats. Depuis le temps où il avait commencé sa carrière, il avait passé de nombreuses heures dans ce genre d'endroit. Le mobilier était immuable. Table au plateau nu criblé de brûlures de cigarettes, deux ou trois chaises raides. Le tout imprégné de remugles de tabac froid malgré la pancarte « Défense de fumer ». L'odeur, si elle n'était pas aussi oppressante que d'habitude, prenait quand même à la gorge.

Kirk avait disposé sur la table son bloc et son stylo en or, cadeau d'un client plein aux as qui lui devait une fière chandelle. Il avait été tenté de s'en débarrasser, mais l'avait finalement conservé. Le stylo portait, outre ses initiales, son nom gravé sur le flanc. Kirk l'utilisait toujours avec un sentiment de culpabilité, se disant qu'il avait été payé avec l'argent du crime dont il avait réussi à faire acquitter son client. Pour se consoler, il se remémorait les principes éthiques de sa profession : *Tu n'as pas à juger ton client, seulement à le défendre.*

Le bruit de la porte le ramena à la réalité. Il alla à la rencontre de son nouveau client.

Au lieu d'un individu taillé en force — de la force, il avait dû en falloir au meurtrier pour commettre ce crime particulièrement sanglant —, il aperçut un jeune homme blond, bon chic bon genre, âgé d'environ vingt-cinq ans, plutôt maigre mais bien proportionné. Sa chemise bleue et son pantalon noir semblaient trop amples pour lui. Sans doute avait-il perdu du poids pendant ces quatre derniers jours passés en prison.

Kirk lui désigna de la main une chaise vide. Le jeune homme s'y dirigea, mais trébucha juste avant de l'atteindre.

L'avocat se précipita pour lui prêter main forte. Cependant, Cory se redressa sans son aide. Au lieu de s'asseoir, il s'agrippa au dossier de la chaise, haletant. Les muscles de son visage se crispèrent comme s'il lui fallait faire un effort violent pour s'asseoir.

— Ça va, Cory ?

— Oui, monsieur, répondit-il. (Puis, incapable de dissimuler plus longtemps sa douleur, il reconnut :) J'ai des maux de tête abominables. Vous n'auriez pas de l'aspirine, par hasard ? Ça fait quatre jours que je les supplie de me donner du Tylenol. Mais ils ne veulent rien savoir.

David Kirk ne put s'empêcher de songer : *Naïf, le mot est faible. Ce jeune homme n'a certainement jamais eu de contacts avec la police ni avec le système pénitentiaire s'il s'imagine qu'il suffit de demander un médicament ou de réclamer un médecin pour les obtenir. Il va falloir qu'il fasse son éducation.*

— Je vais demander qu'on vous donne de l'aspirine.

— Tout de suite ? Oh, je vous en supplie ! J'ai horreur de me plaindre, mais vous ne pouvez pas savoir combien ces migraines sont douloureuses, dit Cory, gêné de devoir quémander.

— Dès que je m'en irai, promit Kirk. Mais d'abord il y a un certain nombre de choses qu'il faut que vous me disiez.

— Je ferai de mon mieux, fit Cory, se cramponnant de plus belle à la chaise, comme si la douleur s'intensifiait.

— Pour commencer, lorsque vous avez été arrêté, est-ce que les policiers vous ont lu vos droits ?

— Oui. Ils m'ont dit que je pouvais avoir un avocat. Que je n'étais pas obligé de répondre à leurs questions. Pas plus que de leur donner un échantillon de sang. Et maintenant, que voulez-vous encore savoir ? Ce mal de crâne me tue.

— Lorsque vous avez été appréhendé...

— M. Kirk, pourquoi dites-vous « appréhendé » ? Des policiers sont venus m'arrêter. J'étais en train de travailler. Je développais des photos que j'avais prises dans la matinée... L'aube à Battery Park.

Kirk l'interrompit sans ménagement.

— Cory ! Inutile de nous perdre en querelles sémantiques ! Appréhension, arrestation, c'est sans importance. Ce que je veux savoir, c'est si au moment où ils vous ont embarqué, au moment où vous avez renoncé à réclamer un avocat et où vous leur avez fourni un échantillon de sang, vous souffriez de ces atroces migraines.

— Les migraines ont commencé au moment où ils m'ont amené ici, dit Cory.

— Avant qu'ils ne vous interrogent ? questionna Kirk.

— Pas avant l'interrogatoire, pendant.

— Pendant, rumina Kirk.

La réponse de Cory ne l'aidait pas autant qu'il l'aurait souhaité. Mais peut-être qu'en le mettant sur la voie il pourrait en obtenir une autre, légèrement différente.

C'était curieux, cette façon qu'avaient les clients de « retrouver » la mémoire une fois que leur avocat les avait orientés, leur révélant le danger que leurs réponses à chaud risquaient de leur faire courir.

— Écoutez, M. Kirk, je suis désolé. Mais si on ne me donne rien pour ma migraine, il va falloir arrêter l'entretien. J'ai l'impression que ma tête va exploser, se fendre en deux. Je vous en prie, faites quelque chose.

— Très bien, Cory. Mais il faut que je sache le plus vite possible. Dites-moi...

— Tout ce que vous voudrez. Je n'ai rien à cacher, coupa Cory.

— ... la vérité ! Est-ce que vous l'avez tuée ? questionna brutalement Kirk.

— Non. Comment aurais-je pu la tuer ? Je n'étais pas là-bas. Je le jure devant Dieu.

Des dénégations de ce genre, David Kirk en avait entendu plus souvent qu'à son tour. Généralement, il les considérait comme des mensonges.

Cette fois-ci, cependant, le sérieux qu'il lut dans les yeux bleus de Cory le persuada. Car ce regard lui rappelait celui de Gerald Prince, quinze ans, protestant avec véhémence de son innocence. Et David Kirk était incapable d'y résister.

— Très bien, mon petit, je ferai de mon mieux.

Afin de le réconforter et de le rassurer, Kirk

tendit le bras pour lui tapoter l'épaule. Au même instant, les yeux de Cory se révulsèrent et il s'affala de tout son long sur le sol. Kirk s'agenouilla, fit pivoter le visage du jeune homme vers lui pour s'assurer qu'il respirait. Cory reprit lentement connaissance et découvrit l'avocat penché au-dessus de lui.

— Que s'est-il passé ?

— Vous avez perdu connaissance, l'espace d'une seconde. Comment vous sentez-vous ?

— Je ne sais pas. Bien, je pense.

— Dites-moi, Cory, ça vous était déjà arrivé ?

— Ouais, admit-il.

— Écoutez, mon vieux, je vais vous faire apporter de l'aspirine. Et demander à mon médecin de venir vous examiner d'ici à la fin de la journée. En attendant, une dernière question. Pourquoi avez-vous renoncé à vos droits, répondu à leurs questions ? Pourquoi les avez-vous laissés vous prélever un échantillon de sang ?

— Je suis innocent. Si j'avais refusé de répondre ou de leur donner du sang, ils auraient pris ça pour un signe de culpabilité, non ?

Eh bien, songea Kirk, *c'est vraiment ahurissant, une naïveté pareille. À tout prendre, je préfère avoir pour clients des criminels endurcis. Je ferais mieux de retourner chez Howie Stone examiner le dossier à fond. Mais, auparavant, je vais appeler le Dr Heldeman.*

Ce soir-là, à sept heures et quart, tandis que le Dr Julian Heldeman examinait Christopher Cory dans sa cellule, David Kirk et Gerry Prince étudiaient le dossier que leur avait communiqué le District Attorney Howard Stone, conformément au code de procédure pénale de l'État de New

York. Les preuves détenues par le procureur — et susceptibles d'accabler ou de disculper l'accusé — devaient en effet être mises à la disposition des avocats de ce dernier.

En possession de la totalité du dossier, Kirk et Gerry furent bientôt à même de se faire une idée assez complète de l'affaire.

Alice Ames, actrice de vingt-deux ans, jolie et sexy, avait été retrouvée assassinée dans son petit appartement de Greenwich Village.

Le meurtre avait été particulièrement sanglant. Une lutte acharnée avait mis l'appartement sens dessus dessous.

Les voisins avaient déclaré avoir entendu des bruits de bagarre et des cris de femme.

L'expertise avait relevé une empreinte de paume sur le corps de la victime, sur le couteau utilisé par le meurtrier ainsi que sur plusieurs objets. L'empreinte permettait de supposer que l'assassin était venu dans l'intention de tuer : lors de l'agression, il portait des gants de chirurgien en caoutchouc. L'un d'eux s'était déchiré pendant qu'il perpétrait son crime, dénudant une partie de sa paume. Celle dont l'identité judiciaire avait retrouvé la trace.

En interrogeant voisins et amis de la défunte, les inspecteurs de la Criminelle étaient remontés jusqu'à Christopher Cory, qui avait vécu avec l'actrice quelques mois avant le meurtre. Le jeune homme avait été placé en détention préventive en attendant que l'affaire soit présentée devant le grand jury du comté de New York.

La Criminelle avait également établi que Cory avait déposé des vêtements chez un teinturier quelques jours après le meurtre. Des vêtements qui avaient été préalablement lavés bien qu'ils fussent en laine. Ils portaient encore des traces du sang de la victime.

Occasion, arme et autres indices : le seul élément qui restait à trouver était le mobile.

Alice Ames avait rencontré Cory dans un cours d'art dramatique. Ils avaient commencé à se voir. Puis à vivre ensemble.

Quelques mois avant le meurtre, Cory avait quitté le cours. À la même époque, leur liaison avait pris fin, Alice l'ayant mis à la porte.

Les amis d'Alice avaient raconté à la police que Cory avait effectué plusieurs tentatives de réconciliation mais que la jeune femme n'avait rien voulu savoir.

Cela avait suffi à Howard Stone comme mobile, et il avait décidé de soumettre l'affaire au grand jury.

Kirk s'apprêtait à refermer le dossier lorsque Howie Stone passa la tête dans l'entrebâillement de la porte. Il n'avait pas encore ouvert la bouche que Kirk comprit qu'il n'allait pas lui annoncer de bonnes nouvelles.

— J'ai pensé que vous aimeriez être au courant. Je viens de recevoir le rapport du labo concernant les empreintes génétiques de votre client. Elles collent avec le sang retrouvé sur le lieu du crime.

Et, avant de refermer la porte, Howie s'adressa à Gerry Prince :

— Si jamais vous aviez envie de travailler pour moi, faites-le-moi savoir. Des jeunes gens brillants, ça peut toujours servir.

Là-dessus, Howie laissa les deux avocats en tête à tête.

— Ça ne concorde pas, Gerry. Les faits et le Christopher Cory que j'ai rencontré ne collent pas. Il ne ressemble à aucun des tueurs que j'ai défendus.

— C'est pas pour autant qu'il est innocent, souligna Gerry Prince.

Dans la soirée, David Kirk vit le Dr Heldeman qui lui affirma ne pas savoir d'où venaient les migraines de Cory. Le médecin avait laissé un analgésique puissant au jeune homme : il était certain que ce médicament réussirait à calmer sa douleur. Seulement, ce remède n'aurait qu'un temps. La cause du mal était probablement d'ordre neurologique, ce qui signifiait que le cerveau était peut-être touché, qu'il y avait sans doute une tumeur se traduisant par de sévères migraines. En conséquence, des investigations plus approfondies allaient devoir être entreprises.

Heldeman communiqua à Kirk le nom du neurologue auquel il envoyait ses patients, le Dr Ramon Lipsky. Le matériel nécessaire à un examen neurologique complet étant évidemment inexistant dans l'enceinte d'une prison, il serait nécessaire que Cory soit relâché pendant plusieurs heures.

Comme il leur fallait attendre le lendemain matin pour demander une permission de sortie, l'avocat décida de profiter des heures qui allaient suivre pour continuer à interroger son client.

En regardant Cory assis devant lui et son associé, Kirk vit qu'il était redevenu parfaitement maître de lui maintenant que la douleur avait disparu. Il laissa à Gerry le soin de mener l'interrogatoire, se contentant d'examiner le jeune homme.

— Chris, vous savez de quel crime vous êtes inculpé ? questionna Gerry Prince.

— Les flics prétendent que j'ai tué Alice. C'est impossible : je n'étais pas là-bas. Comment est-ce que j'aurais pu la tuer ?

— Ils disent également que vous l'avez agressée après sa mort.

— Je l'aurais violée alors qu'elle était déjà morte ? Mais c'est dingue ! Jamais je ferais une chose pareille ! Jamais ! protesta Cory.

— Vous ne l'avez pas violée, rectifia Gerry. Vous l'avez molestée. La blessure que vous lui avez infligée indique que vous vous apprêtiez à la découper en morceaux mais que vous vous êtes ravisé en cours de route. Comme si vous aviez été interrompu. Ou que vous aviez changé d'idée.

— Oh, je vois, rétorqua Cory. Alors, c'est ça votre idée, M. Kirk ? Je vous connais, vous savez. On ne parle que de vous dans les médias. Vous êtes le meilleur. Vous avez recours à des systèmes de défense auxquels aucun autre juriste ne penserait. Si je comprends bien, cette histoire de démembrement, c'est encore une de vos inventions, pas vrai ? Vous essayez de me faire passer pour un barjo. Eh bien, vous vous êtes trompé de client. Je n'ai pas tué Alice. Je ne l'ai pas vue ce jour-là. D'ailleurs, ça faisait plusieurs mois que je ne l'avais pas vue. Et je ne comprends rien à vos boniments. Ni à ce que racontent les policiers et le District Attorney.

La respiration de Cory se fit haletante, il se cramponna à la table. Se rendant compte que ses migraines étaient revenues, Kirk alla droit au but.

— Chris, si vous n'étiez pas dans le secteur la nuit du meurtre, où étiez-vous ?

— Justement, admit lentement Cory, c'est ça qui est bizarre : je ne m'en souviens plus.

— Vous étiez avec des amis ? Au cinéma ? Chez vous, collé devant la télévision ? suggéra Kirk.

— Impossible de me rappeler. Sans blague. Je vous jure. Si j'étais coupable, vous pensez bien que j'aurais un alibi. J'arrive pas à me rappeler.

Gerry jeta un coup d'œil à David Kirk. Un coup

d'œil qui semblait signifier : *Ce gars-là, Howie Stone va n'en faire qu'une bouchée.*

Kirk opina du chef puis, reprenant la parole, il ajouta :

— Peut-être que ça va vous revenir. Concentrez-vous. Faites un effort.

— Mon trou de mémoire... J'espère que ça va pas vous donner envie de jeter l'éponge.

— Comment ça, jeter l'éponge ? fit Kirk.

— Vous ôter l'envie de me défendre.

— Absolument pas, le rassura Kirk.

— C'est sympa. Parce que, pour ne rien vous cacher, je me suis rarement senti aussi seul de ma vie. Jamais je n'ai eu autant besoin qu'on me croie. Je commence seulement à me remettre de ma rupture avec Alice, voyez-vous. J'avais pris la décision de plaquer les cours de théâtre. Les métiers du spectacle, c'est beaucoup trop aléatoire. À moins d'avoir un pot pas possible, de décrocher un rôle qui vous propulse du jour au lendemain au rang de star, on finit très vite par se fondre dans le troupeau des silhouettes anonymes. On est à la merci des caprices des metteurs en scène et des producteurs. On travaille une semaine et après ça on pointe au chômage pendant des mois. J'ai préféré laisser tomber. Question de maturité peut-être. Et décidé de me lancer dans la photo. Je me débrouille pas mal. La veille du jour où j'ai été arrêté, la directrice artistique de *Vogue* m'a appelé pour me dire tout le bien qu'elle pensait de mon travail. Elle va me confier un reportage. Peut-être même une couverture. J'ai un bel avenir devant moi, M. Kirk. Faut absolument que vous me sortiez du pétrin.

Se souvenant de ses débuts et de la passion avec laquelle il s'était lancé dans la carrière d'avocat, David promit :

— Nous ferons le maximum, mon petit. L'essentiel, c'est que vous soyez franc du collier. Courage !

— Merci, M. Kirk, répondit Cory, manifestement rasséréné.

6

Le lendemain matin, avant que ne commencent les audiences, David Kirk se présenta chez le juge Malachi afin de lui demander le papier autorisant le prisonnier Christopher Cory à se rendre chez le Dr Ramon Lipsky au Neurological Institute du Columbia Presbyterian Hospital, à Washington Heights.

Pilotant son fauteuil roulant jusqu'à son bureau afin de signer le formulaire, Malachi remarqua d'une voix basse et rauque :

— J'espère que ce n'est pas encore une de ces embrouilles dont vous avez le secret, Davey !

Soulagé d'obtenir le document plus facilement qu'il ne l'avait escompté, David Kirk se garda bien de lui répondre.

Le Dr Ramon Lipsky était frêle d'aspect, non du fait de son âge mais à cause des mauvais traitements qu'il avait subis alors qu'il était prisonnier dans un pays d'Europe ou d'Amérique centrale — il avait été libéré grâce à l'intervention d'Internatial Rescue.

Lipsky se montra peu loquace, ne parlant que lorsque c'était absolument nécessaire pour obtenir des détails de Cory. De temps en temps, il s'interrompait, réfléchissant à une réaction surprise chez le jeune homme. Mais il ne soufflait mot.

Lorsque Kirk crut l'examen terminé, Lipsky déclara :

— Et maintenant, passons à l'électroencéphalogramme. (Il appuya sur le bouton de l'interphone qui se trouvait sur son bureau.) Miss Murphy, à vous.

L'infirmière entra et ressortit, emmenant Cory avec elle.

Resté en tête à tête avec le médecin, Kirk hasarda :

— Eh bien, Dr Lipsky, qu'en pensez-vous ?

— Franchement et compte tenu de mon expérience personnelle de la prison, je dirais que c'est s'il n'avait *pas* de migraines que cet homme me semblerait anormal.

— Est-ce à dire que la cause de ses migraines n'est ni physique ni neurologique ?

— Je n'ai rien décelé de tel en tout cas. Et je peux vous affirmer que son électroencéphalogramme ne mettra en évidence aucune anomalie cérébrale.

— Ce qui du point de vue juridique signifie quoi ? insista Kirk.

Lipsky leva la tête du papier sur lequel il griffonnait des notes et dit :

— M. Kirk, dans mon pays d'origine, ce n'est pas mon métier de médecin qui m'a valu d'avoir maille à partir avec le gouvernement. J'étais ce qu'on peut appeler un homme engagé politiquement. Je suis resté un grand lecteur de journaux. Je sais donc qui vous êtes. Et pourquoi vous êtes devenu célèbre. Je sais également pourquoi vous m'avez amené Cory. Afin de trouver un fondement neurologique au système de défense que vous comptez utiliser. Je regrette. Quand le résultat de l'électroencéphalogramme sera sur mon bureau, je vous montrerai pourquoi.

Une demi-heure plus tard, l'infirmière revenait avec Cory, apportant les tracés reflétant l'activité électrique du cerveau du jeune homme.

Lipsky tendit les papiers à Kirk.

— Vous avez des notions de médecine ? Dans ce cas, vous allez comprendre tout de suite. Sinon vous allez avoir confirmation de ce que je viens de vous dire : le cerveau n'est le siège d'aucune anomalie. Si cela réduit à néant votre système de défense, croyez bien que j'en suis navré.

— Au diable ces histoires ! explosa Cory. Mes migraines ! Débarrassez-moi de mes migraines !

Au lieu de répondre, Lipsky s'adressa à David Kirk.

— Ses maux de tête peuvent très bien être psychosomatiques. Ils le sont probablement, compte tenu de la situation dans laquelle il se trouve et du fait qu'il ne semble pas y avoir d'autre explication possible. À votre place, je consulterais un psychiatre.

— Pourquoi ne pas lui faire passer un scanner ou une I.R.M. ? insista Kirk.

Lipsky haussa les épaules.

— C'est une idée. Mais je doute que ces examens vous apportent du nouveau. Toutefois, ce serait à un psychiatre d'en juger.

— En auriez-vous un à me conseiller ? questionna Kirk qui précisa : Un psychiatre *légal.*

— Évidemment, un psychiatre qui a l'habitude de témoigner au tribunal, rétorqua Lipsky. Le Dr Wilson. Charles Wilson. Il est très bien.

Lipsky griffonna le nom sur son bloc, arracha la feuille et la tendit à Kirk.

Cinq jours durant — à raison d'une heure par jour les quatre premiers et de trois heures le cinquième —, le Dr Charles Wilson reçut Christopher Cory. Il lui posa des questions, pesa ses réponses. Une fois qu'il eut collecté les données nécessaires et fut parvenu à une conclusion, il s'entretint avec David Kirk.

La première question de l'avocat fusa :

— Ses migraines, vous avez réussi à le soulager ?

— Il semble qu'elles aient diminué d'intensité, répondit le psychiatre. Mais il en souffre encore. Toutefois, il présente un tableau très curieux.

— Sur lequel je pourrais m'appuyer pour échafauder mon système de défense ? s'empressa de demander Kirk. Il faut que je le sache le plus vite possible. Parce que, selon le code pénal...

Wilson l'interrompit.

— Je sais. Si vous plaidez l'aliénation mentale, vous devez mettre le District Attorney au courant dans les trente jours qui suivent la présentation du prévenu devant le tribunal.

— Laquelle doit avoir lieu ce mercredi, souligna Kirk. C'est dire à quel point vos conclusions sont importantes.

— Là n'est pas le problème, M. Kirk, répondit le Dr Wilson. Ses réactions aux tests sont aussi normales qu'auraient pu l'être les vôtres ou les miennes. Mais il y a quelque chose de curieux tout de même.

— Si par *curieux* vous entendez *légèrement anormal,* ça me suffit pour étayer ma défense, fit l'avocat, prenant la balle au bond.

— Je me vois mal affirmant que cet homme est fou, dérangé ou anormal. Tout ce que je peux dire, c'est que son cas est... surprenant.

— Surprenant ? reprit Kirk en écho. Ce n'est

pas avec ça que je vais impressionner le juge ou le jury.

— Exact, acquiesça Wilson.

— Qu'est-ce que vous me suggérez ?

— Justement, j'y viens, fit Wilson. J'ai failli vous dire : « Allez consulter John Beaumont. C'est lui le meilleur. » À force de faire appel à lui, j'oublie qu'il n'est plus. Heureusement qu'il a un excellent assistant. Expert comme lui en hypnose.

— Hypnose ? répéta Kirk, abasourdi.

— Oui, c'est une technique qui pourrait être indiquée dans un cas comme celui-ci, et le Dr Scott est un as en la matière. Il faut dire que c'est John Beaumont qui a assuré sa formation.

— Le Dr Scott, reprit Kirk.

— Ma secrétaire appellera la vôtre pour lui donner son numéro de téléphone, promit Wilson.

— Merci, dit Kirk d'un ton résigné. (Alors qu'il se dirigeait vers la porte, il ne put résister, se retourna :) Docteur, ses migraines, vous en pensez quoi ?

— Elles sont d'origine psychosomatique, expliqua Wilson. Tout ce qu'on peut faire, c'est essayer de les faire céder un peu grâce à divers médicaments. Mais à moins qu'on n'en découvre la cause sous-jacente, elles persisteront.

— Il n'y a vraiment rien d'autre à tenter ?

— Si quelqu'un peut faire quelque chose, c'est le Dr Scott, dit Wilson. À condition, bien sûr, que mes soupçons soient fondés.

— Dites-moi, docteur, vous le croyez, Cory ? Vous croyez à son innocence ?

— Je le crois persuadé d'être innocent, fit Wilson.

— Mais encore ?

— Faites-le examiner par le Dr Scott, se contenta d'ajouter Wilson.

Deux jours plus tard, alors qu'il dictait du courrier, David s'interrompit soudain :

— Cette histoire me turlupine, Greta.

Greta, qui le connaissait depuis des années, répondit sans s'émouvoir :

— Relisez tranquillement votre premier jet. Si vous n'en êtes toujours pas satisfait, demandez à Gerry d'y jeter un coup d'œil.

— Ce n'est pas de ce rapport que je parle, mais de Cory. Comment a-t-il pu avoir un trou de mémoire pareil ?

— Des clients qui ont perdu la mémoire, vous en avez eu d'autres, lui rappela Greta.

— Oui, mais c'était de la frime. Cory, lui, a vraiment perdu la mémoire. Il est resté amnésique trois jours durant, rétorqua Kirk qui ajouta soudain : Mettez la main sur Lannigan. Demandez-lui de fouiller dans le passé de Cory.

— Lannigan n'est pas donné, souligna Greta en gestionnaire avisée. Et vous avez été commis d'office dans cette affaire.

— Eh bien, c'est le cabinet qui paiera. Il faut que j'aide ce gamin. Mettez Lannigan sur le coup tout de suite, lui ordonna Kirk. Et maintenant où en étions-nous ?

— Compte tenu des témoignages... relut Greta.

Kirk reprit sa dictée.

Quelques jours plus tard, Francis Lannigan, policier new-yorkais en retraite devenu enquêteur pour son propre compte, était dans le cabinet de Kirk et lui faisait son rapport.

— De vous à moi, Dave, cette histoire est bizarre. (Il tapota la poche abritant son carnet.)

Un exemple. En terminale, au lycée, Cory était tellement populaire qu'il a été élu président de la classe. Et puis voilà qu'il se fait renvoyer avant de passer le bac.

— Pour quel motif ? interrogea Kirk.

— Mensonge.

— Quel genre ?

— C'est plutôt vague, concéda Lannigan. Le professeur impliqué dans l'incident n'exerce plus au lycée, mais, d'après le dossier de Cory, il était question d'une fille. Les circonstances exactes, les détails ? Impossible de mettre la main dessus. Peut-être ont-ils été passés sous silence pour protéger la fille.

— Qu'est-ce que vous avez récolté d'autre ?

— Il avait décroché un petit boulot au supermarché local. D'abord comme manutentionnaire. Puis comme caissier. Cette fois encore, il s'est retrouvé dehors. Viré.

— Pour quelle raison ?

— Justement, c'est ça qui est étrange. Pas pour vol. Pour avoir menti. C'est du moins le motif qui figure dans son dossier. Ce type m'a tout l'air d'être un menteur invétéré.

— Un menteur invétéré... (Se levant de son fauteuil, Kirk se mit à arpenter la pièce comme un lion en cage.) Le témoignage de Cory ne vaudra pas un clou si jamais Stone réussit à accéder à ce dossier.

— C'est déjà fait, lui annonça Lannigan. (Kirk, qui allait se tourner vers lui afin de l'interroger, n'eut pas le temps de poser sa question : Lannigan le devança.) Il a envoyé un de ses hommes là-bas le lendemain de l'arrestation de Cory.

— Ça ne m'étonne pas de lui, admit Kirk à contrecœur. Ce vieil Howie ne fait jamais les choses à moitié. Et c'est un rapide.

— Désolé, Dave, mais ce que j'ai trouvé, c'est

des faits. Du concret. Est-ce qu'il y a autre chose que vous aimeriez me voir vérifier concernant Cory ?

— Ça suffit pour l'instant, Frank, merci. Envoyez la note à Greta.

David Kirk arpentait son immense cabinet de long en large :

— Gerry, la présentation devant le tribunal doit avoir lieu dans quarante-huit heures, et j'aimerais bien avoir une idée du système de défense que je vais utiliser. Or on a quoi, pour l'instant ? Le témoignage accablant du psychiatre légal. Une identification formelle par des témoins qui connaissent Cory. Son trou de mémoire. Le fait qu'il est intelligent, populaire et qu'il ment facilement. Quel genre de défense peut-on construire sur des bases pareilles ?

— Le mieux, c'est peut-être de conclure un accord, suggéra Gerry.

— Un accord ? Dans une affaire qui va faire les délices des médias et avec des preuves aussi accablantes ? Mais Howie Stone va me chasser de son bureau en hurlant de rire. En outre, le vieux Malachi m'a drôlement à l'œil. Il aurait tôt fait de m'accuser d'essayer de me défiler si je faisais un *deal.* Il attend de moi que je défende ce garçon. Que je le défende avec la dernière énergie. Malheureusement, nous manquons d'éléments solides sur lesquels baser sa défense. En outre...

— Je sais, l'interrompit Gerry. À supposer qu'on réussisse à négocier avec la justice, à obtenir une peine moins lourde, qui sait ce qui arrivera en sept ou huit ans de prison à un naïf comme Cory ? Sa vie risque d'être bousillée à jamais.

— On ne peut pas laisser faire ça, dit Kirk.

Il se laissa tomber dans son fauteuil de cuir, prit ses messages. Comme d'habitude, Louise les avait classés par ordre d'importance.

Celui du dessus portait cette phrase : « Le Dr Michael Scott vous a rappelé. »

— Gerry, qui diable est ce Dr Michael Scott ? Pourquoi est-ce que je l'ai appelé ?

— Ce n'est pas Wilson qui vous a conseillé de prendre contact avec lui ?

— Très juste, se rappela Kirk en décrochant son téléphone. Louise, appelez-moi le Dr Scott.

Quelques instants plus tard, le téléphone sonnait.

— La secrétaire du Dr Scott m'a demandé si vous pouviez vous rendre à son cabinet mercredi prochain à dix-huit heures.

— Mercredi prochain ? protesta Kirk. Mais le temps nous est compté. Vous savez bien que nous ne disposons que de trente jours après la présentation devant le tribunal, laquelle doit avoir lieu après-demain. Est-ce que le docteur ne peut pas nous recevoir plus tôt ?

— Sa secrétaire est charmante mais elle a été très ferme : elle m'a dit qu'avant, c'était impossible.

Aucun médecin n'avait été capable d'établir un diagnostic susceptible de fournir à l'avocat un moyen de défense ; il y avait peu de chances que Scott fît mieux. Kirk se dit qu'il était inutile d'insister.

— Très bien. Notez l'adresse.

7

Lorsque David Kirk plaidait, il s'arrangeait pour que sa limousine avec chauffeur soit à sa disposition vingt-quatre heures sur vingt-quatre. Cela lui permettait de se concentrer pleinement sur son travail au lieu de se soucier des problèmes épineux que pose la circulation dans une ville de la taille de New York. La voiture passait le prendre à son domicile, l'emmenait à son cabinet à cinq ou six heures du matin et se tenait prête à le conduire au tribunal pour l'audience, à dix heures. Si, pendant le procès, il avait besoin d'un document ou d'un quelconque ouvrage de sa bibliothèque personnelle, la limousine conduisait Gerry en vitesse jusqu'à son cabinet et le ramenait avec le livre ou les papiers demandés.

Le mercredi soir, à six heures moins le quart, David Kirk se glissa dans le véhicule. Épuisé, vidé après une dure journée, il n'était pas particulièrement heureux à la pensée de rencontrer le Dr Scott. Il jeta un coup d'œil au nom et à l'adresse que Louise avait dactylographiés pour lui : « Dr Michael Scott, 112 Soixante-treizième Rue Est. »

Le fait que la très efficace Louise n'ait pas noté le numéro de l'appartement ne pouvait signifier qu'une chose : le Dr Scott devait avoir son cabinet au rez-de-chaussée d'un grand immeuble. Ou bien alors il occupait l'un de ces impressionnants hôtels particuliers de la Soixante-treizième Rue, vestiges d'une époque où les artères allant de la Cinquième Avenue à Park Avenue s'ornaient de bâtisses cossues, lieux de résidence du gratin.

Lorsque la limousine s'arrêta devant le numéro 112, Kirk découvrit que la seconde hypothèse était la bonne. L'adresse correspondait en effet à un hôtel particulier à la façade de pierre blanche de trois étages de haut. Sans aucun doute, c'était là que le médecin exerçait et résidait.

Kirk, qui avait failli renvoyer le chauffeur, se ravisa *in extremis.* Si, au cours de son entretien avec le Dr Scott, il s'apercevait que le praticien n'apportait pas d'eau à son moulin, l'avocat prendrait congé au lieu de perdre son temps et... son argent. Car, à l'instar des avocats, les psychiatres se font payer en honoraires.

— Attendez-moi, Geraldo, je ne serai pas long.

Il s'approcha du 112, se demandant si la maison n'était pas verrouillée pour la nuit. Puis il consulta le bout de papier que Louise lui avait remis. La date était bonne. L'heure également. Kirk jeta un œil par les panneaux vitrés jouxtant la porte d'entrée opaque. Le hall était plongé dans l'obscurité. Peut-être que le Dr Scott avait oublié le rendez-vous.

Kirk se demanda s'il devait tourner les talons. Puis il se dit que, maintenant qu'il était là, il pouvait au moins se donner la peine de sonner. Il appuya donc sur le bouton une première puis une seconde fois. Pas de réponse.

Alors qu'il allait regagner la limousine en se félicitant d'avoir demandé à Geraldo de l'attendre, une lumière s'alluma au fond du vestibule. Une femme sortit des ténèbres et s'approcha de la porte d'entrée. Ne voulant pas qu'elle le surprenne à épier l'intérieur de la demeure, Kirk battit en retraite et se planta devant la porte d'entrée. Celle-ci s'ouvrit, révélant une femme blonde de grande taille vêtue d'un tailleur ajusté gris. Elle portait une chemise blanche toute simple qui aurait pu être une chemise d'homme. En guise de cravate, elle avait une lavallière rouge autour du cou.

— J'ai rendez-vous avec le Dr Scott.

— Je sais.

Kirk décela un léger sourire sur le visage plutôt agréable. *Si elle ne portait pas des lunettes à monture aussi lourde, elle pourrait être belle,* songea-t-il. *C'est peut-être la raison pour laquelle elle a tellement tardé à descendre m'ouvrir. Peut-être est-elle plus qu'une secrétaire pour le Dr Scott.*

Sans broncher, il suivit l'inconnue jusqu'à un petit ascenseur qui montait au premier. L'appareil était lent et la cabine petite, ce qui lui laissa le loisir d'observer la jeune femme. Elle lui parut avoir une trentaine d'années. Ses cheveux blonds soigneusement nattés lui arrivaient au milieu du dos. Son parfum très féminin n'était ni sucré ni entêtant. Comme la femme elle-même, il sortait de l'ordinaire sans être agressif.

Lorsque la porte de l'ascenseur s'ouvrit, elle l'entraîna vers un grand bureau. Un coup d'œil permit à Kirk de se rendre compte qu'un siècle plus tôt cela avait dû être la salle de bal. C'était en effet une pièce immense dotée d'une cheminée de marbre qui occupait tout le panneau du fond. Le plafond était sculpté à profusion. Les murs étaient lambrissés de chêne, et manifestement de chêne ancien. Des étagères couraient le long des boiseries, toutes remplies d'ouvrages techniques.

Le panneau faisant face à la cheminée était occupé par un immense bureau de chêne, lui aussi fort ancien.

Sur le bureau, attirant le regard, un cadre double contenait deux photos d'hommes : l'un d'un certain âge à l'air aristocratique ; l'autre plus jeune, très beau, qui ressemblait à un sportif.

Alors que l'avocat examinait ces portraits, la femme l'apostropha d'un ton brusque : « M. Kirk ! », tout en lui désignant du geste le fauteuil de cuir rouge flanquant le bureau. Il eut l'impression de se faire taper sur les doigts, d'avoir commis une indiscrétion.

Une fois qu'il fut assis, au lieu de sortir chercher le Dr Scott, l'inconnue prit place dans le fauteuil de cuir à haut dossier.

— Et maintenant, commença-t-elle, parlons de votre client.

Habitué à traiter avec des intermédiaires, David Kirk rétorqua :

— Le Dr Scott a peut-être l'habitude de demander à sa secrétaire de conduire le premier entretien, mais, au risque de paraître brutal, je dois préciser que je n'ai pas de temps à perdre en préliminaires. Je suis un avocat très occupé.

— Je vois. *Votre* secrétaire aura commis l'erreur habituelle. Vous a-t-elle dit que j'étais le Dr *Michael* Scott ?

— Oui, acquiesça Kirk, prenant dans sa poche le bout de papier que Louise lui avait remis.

Elle y jeta un coup d'œil et dit :

— Ça n'est pas la première fois que cela se produit. Mon père était un fervent lecteur de la Bible. Et c'est pourquoi il m'a baptisée Michal. Sans « *e* ». Ça ne m'a pas simplifié l'existence, vous vous en doutez. À la fac de médecine, déjà, il y avait toujours une secrétaire ou un gratte-papier quelconque qui croyait bien faire et corrigeait l'orthographe de mon prénom. Résultat, en première année, on m'a affectée dans un dortoir de *garçons*. Et j'ai été sollicitée par quatre associations d'*étudiants* différentes.

— Cela prouve qu'ils avaient bon goût, remarqua Kirk en souriant.

Au lieu de lui rendre son sourire, le Dr Scott le rembarra :

— Inutile de vous croire obligé de me flatter. Même si vous êtes coutumier du fait lorsque vous travaillez avec des femmes.

Le ton était donné.

Le Dr Michal Scott avait été mise au courant par Wilson, aussi poursuivit-elle :

— M. Kirk, ce n'est pas en une ou deux séances que je vais pouvoir résoudre un cas comme celui-ci. Il va falloir que je voie votre client quotidiennement, pendant plusieurs jours. La première chose à faire est donc d'obtenir sa libération sous caution.

— Sa libération sous caution ? se rebiffa Kirk. Un type de cet âge, célibataire, instable, accusé d'un meurtre particulièrement atroce... Je ne sais pas si c'est bien raisonnable.

— Je suis prête à en discuter avec le juge, proposa le Dr Scott.

— Très aimable à vous. Mais, docteur, vous vous rendez compte, j'imagine, que j'ai été commis d'office pour assurer la défense de Cory, et que les moyens financiers dont je dispose pour régler les honoraires d'experts dignes de ce nom sont très limités.

— Ce n'est pas pour des raisons financières que je m'intéresse à ce cas. Mais parce que, si j'en crois ce que m'a expliqué Wilson, il peut m'être précieux dans la réalisation du nouvel ouvrage que j'ai en chantier. Lequel me permettrait de compléter la série.

— Compléter la série ? s'étonna Kirk. Mais combien d'ouvrages avez-vous déjà à votre actif ?

— Six.

— Séduisante comme vous l'êtes, comment vous débrouillez-vous pour trouver le temps d'écrire ? (Elle lui jeta un regard qui l'obligea à s'excuser.) Désolé. Je vous promets de vous épargner flatteries et compliments.

Elle ne lui adressa ni sourire ni regard amusé. Mais d'un ton ferme, elle reprit :

— Arrangez-vous pour obtenir sa libération

sous caution. C'est la seule façon pour moi de travailler avec lui.

— Je vais faire mon possible, promit Kirk.

Bien qu'elle lui eût donné l'impression que l'entretien était terminé, il s'attarda néanmoins.

— D'après le Dr Wilson, vous êtes un expert en matière d'hypnose. Pourriez-vous me rendre un service ? Hypnotiser Cory. L'obliger à se souvenir de l'endroit où il se trouvait à l'heure du crime. C'est vital.

— Pour moi, ce qui est vital, c'est le fait qu'il ne se souvienne de rien, rétorqua le Dr Scott.

Elle se replongea dans le manuscrit qu'elle était en train de corriger à son arrivée. Kirk comprit qu'on lui signifiait son congé.

Il se leva, marqua une pause, le temps de jeter un nouveau coup d'œil aux photos. Elle leva les yeux et le dévisagea d'un air acerbe : sa curiosité de mauvais aloi constituait une intrusion dans sa vie privée.

Il sortit sans ajouter un mot.

8

L'audience relative à la mise en liberté sous caution de Christopher Cory se tint dans le cabinet particulier du juge Aaron Malachi à la demande expresse de ce dernier.

L'exposé de Kirk fut bref. Certes, son client était inculpé de meurtre. Mais il n'avait pas de casier judiciaire et jamais il n'avait représenté un quelconque danger pour ses semblables. Par ailleurs, il y avait maintenant six ans qu'il habitait Manhattan. La mise en liberté provisoire sous caution ayant pour but non de punir le prévenu mais de l'obliger à se présenter au tribunal au jour et à l'heure dits, Kirk estimait que son client pouvait en bénéficier légitimement. Un gangster comme John Gotti, une pointure du milieu, n'avait-il pas profité de cette mesure les deux premières fois où il avait été jugé pour meurtre ?

En outre, poursuivit l'avocat, il y avait dans cette affaire une raison supplémentaire de faire droit à sa requête. Son client souffrait toujours de migraines tenaces, rebelles à tout traitement. D'après les médecins dont Kirk montra les comptes rendus au juge, ces maux étaient vraisemblablement d'ordre psychosomatique. Selon le Dr Wilson — expert dont la compétence ne pouvait être mise en doute —, l'état dans lequel se trouvait l'inculpé était tellement troublant qu'il convenait de le faire examiner par un psychiatre. Et le spécialiste auquel le Dr Wilson avait adressé Christopher Cory était le Dr Michal Scott.

— Le traitement de l'inculpé, d'après le Dr Scott, risque de nécessiter plusieurs séances. Séances auxquelles il sera bien évidemment impossible à mon client de se rendre s'il reste derrière les barreaux. C'est pourquoi j'insiste : sa mise en liberté sous caution est une question de santé et peut-être même de vie ou de mort.

Howie Stone sourit, secouant la tête d'un air mi-amusé, mi-incrédule.

— Votre Honneur, voudriez-vous demander à maître Kirk s'il croit sérieusement que des migraines peuvent causer la mort de son client.

Stone s'était adressé de manière indirecte à Kirk de façon à mettre l'accent sur le ridicule de l'argument avancé par ce dernier.

— Votre Honneur, rétorqua aussitôt l'avocat, dans l'état actuel des choses, mon client est incapable de participer activement à sa propre défense.

Stone éclata carrément de rire.

— Les maux de tête constitueraient une forme d'incapacité mentale sur laquelle asseoir une défense ? C'est nouveau, ça !

— Votre Honneur, je ne plaide pas l'irresponsabilité. Mais j'insiste : les migraines de Cory sont si graves qu'elles l'empêchent d'avoir le cerveau suffisamment clair pour participer à sa propre défense. En conséquence, il ne peut pas bénéficier de la représentation juridique garantie par la Constitution.

— Ça me semble raisonnable, concéda Malachi en se tournant vers Stone.

— Votre Honneur, contre-attaqua ce dernier, dans cette affaire, l'inculpé est coupable. Et sans l'ombre d'un doute. Tout le condamne. À mon avis, cette histoire de migraines, c'est du cinéma. Un point c'est tout. Maître Kirk n'en est pas à un tour de passe-passe près.

— Vos sous-entendus sont déplacés. Comment osez-vous me croire capable de falsifier des faits devant la Cour pour obtenir la mise en liberté sous caution d'un client inculpé de meurtre ? répliqua vivement Kirk.

— Désolé, dit Stone feignant de s'excuser. Je ne « sous-entendais » rien, maître. Je vous accusais tout bonnement d'avoir monté cette histoire de migraines de toutes pièces. Votre Honneur, n'oubliez pas les preuves en notre possession. Les empreintes laissées par l'inculpé sur le lieu du crime. L'analyse de sang et le fait que les empreintes génétiques correspondent. L'identification formelle de Cory alors qu'il pénétrait sur les lieux du crime. Tout ça est limpidc. Et pourtant mon confrère a le culot de réclamer la mise en liberté sous caution de son client. Allons, messieurs, ça ne tient pas debout !

Malachi se tourna vers Kirk.

— Davey, qu'avez-vous à répondre ?

— M. Stone et moi-même sommes au moins d'accord sur un point. Cette affaire est limpide. Trop, même. C'est au point que j'en viens à me demander si mon client n'est pas la victime d'un coup monté.

— Un coup monté ? lança le procureur, ironique. Monté par qui ? Dans quel but ?

Il se tourna vers Malachi comme pour le prendre à témoin.

Le vieux juge se contenta de grommeler :

— Excusez-moi un instant.

Et d'un coup de fauteuil roulant, il se propulsa vers les toilettes. Il ne s'absenta que quelques minutes, pendant lesquelles Stone ne souffla mot mais se contenta de hocher la tête d'un air narquois en songeant à ce qu'il considérait comme un coup de bluff de la part de Kirk.

Malachi sortit des W.-C. et reprit place à son bureau.

— C'est encore là-dedans que je suis le mieux pour cogiter. Vous voulez savoir ce que je me disais à l'instant ? Voilà un jeune homme qui est accusé de meurtre. Qui n'a aucune famille. Pas de boulot. Voilà une affaire dont les médias se sont déjà emparés. Imaginons que je le laisse sortir et qu'il en profite pour disparaître dans la nature. Je passe pour quoi, moi ? Bien sûr, je pourrais faire semblant d'accéder à la requête de Kirk. Et fixer le montant de la caution de telle sorte qu'il ne parvienne pas à réunir la somme. Comme ça j'apparais comme un type réglo. Et en même temps je suis sûr que l'inculpé reste en prison jusqu'au jour du jugement.

Le juge réfléchit un instant.

— Très bien. Je fixe le montant de la caution à cent mille dollars. Dix mille en liquide. Davey, est-ce que votre client dispose de cette somme ?

— Non, Votre Honneur.

— Vous voyez, fit Malachi à Stone, l'invitant à entrer dans son jeu.

— Mon client ne possède pas cette somme. Mais moi, si, précisa l'avocat.

D'un même mouvement, Stone et Malachi se tournèrent vers David Kirk, les yeux écarquillés.

— Vous, avocat ? Vous paieriez la caution d'un client ? Davey, vous êtes vraiment sûr de savoir ce que vous faites ?

— Au moins cette fois les choses sont claires, dit Stone en riant, on sait qui a perdu la tête dans cette affaire.

Impassible, David Kirk répondit :

— Je suis persuadé de l'innocence de mon client. Comme cela il pourra se faire soigner. Et il viendra au procès. Je vous enverrai un chèque dès demain matin.

Howie Stone hocha la tête d'un air triste. Faisant au revoir de la main au juge et murmurant : « Décidément, on aura tout vu », il sortit.

Une fois Stone parti, Malachi poursuivit :

— Davey, vous croyez vraiment que votre client est victime d'un coup monté ?

— Quand il dit qu'il n'était pas sur les lieux, je le crois. Il n'a pas l'allure d'un criminel. Je suis prêt à en jurer. La seule explication, c'est que quelqu'un s'est arrangé pour lui faire porter le chapeau.

— Qui ? Pourquoi ? questionna le vieux juge.

— C'est ce qu'il va nous falloir découvrir, rétorqua Kirk, troublé, car, pour l'instant, il nageait complètement.

David Kirk alla chercher Chris Cory et le reconduisit chez lui. Il désirait voir où il vivait et comment, et surtout il voulait lui parler loin de l'atmosphère oppressante de la prison.

Cory habitait un loft au coin de la Trente-neuvième Rue Ouest et de la Onzième Avenue. Le mobilier y était réduit à sa plus simple expression. Un séjour-salle à manger de petite taille donnait sur une chambre plus exiguë encore.

La seule pièce un peu vaste avait été transformée en chambre noire afin que Cory pût y développer ses photos. Il y avait là un agrandisseur et du matériel qui semblait coûteux. Il était peu probable que Cory abandonne tout cela pour un crime que, selon lui, il n'avait pas commis.

La chambre noire intrigua Kirk pour une autre raison. Accrochée au séchoir se trouvait en effet une série de nus. Tous de la même jeune femme. Techniquement, les clichés étaient irréprochables. Et la beauté du sujet étonnante.

Une fois Cory installé dans son décor familier, Kirk s'assit pour le briefer.

— Vous ne devez en aucun cas quitter le comté. C'est-à-dire l'île de Manhattan. Il vous faudra appeler mon cabinet chaque fois que vous vous absenterez pour plus de quelques heures et indiquer à ma secrétaire votre destination ainsi que l'heure de votre retour. En outre, vous devrez vous rendre régulièrement chez le Dr Scott. C'est elle qui vous précisera quand. Au début, vous irez tous les après-midi, à cinq heures.

— Tous les après-midi ? s'inquiéta Cory.

— Oui. Ça ne sera pas une mince affaire de découvrir l'origine de vos migraines.

— Alors c'est grave... dit Cory d'un air sombre.

— Elle ne peut encore se prononcer. C'est pourquoi vous allez devoir la voir tous les jours. Si vous ratez un seul rendez-vous, je me verrai contraint de demander au juge Malachi de revenir sur sa décision. Et vous vous retrouverez au ballon ! En deux temps trois mouvements ! Compris ?

— Ouais. Je comprends, assura Cory, la pâleur de son visage trahissant la violence de la migraine qui lui serrait de nouveau les tempes. Dites-moi une chose. Pourquoi faut-il que j'aille chez elle tous les jours ? Soyez franc. Est-ce qu'elle vous a dit que j'avais perdu la boule ? Parce que j'aime autant vous prévenir : je ne suis pas fou. Et je n'ai pas envie que vous ou quiconque alliez raconter au procès que je suis dingue ! Je veux que vous me promettiez de ne pas faire ça !

— Très bien, je vous le promets, dit Kirk pour le calmer. Mais si vous pouviez vous rappeler où vous étiez au moment du crime, ça nous faciliterait le travail.

— Je me suis creusé la cervelle mais impossible de me souvenir. Je ne me rappelle rien du tout, insista Cory.

Sur le point de partir, mais intrigué par les photos de nus qu'il avait vues dans la chambre noire, Kirk ne put résister :

— C'est elle ?

— Oui, convint Cory. Ça a été pris avant notre rupture. Elle devait tourner dans un film une scène déshabillée.

— C'est une beauté classique, remarqua Kirk. Quand je pense que quelqu'un lui a planté un couteau dans la gorge... L'a frappée à plusieurs reprises...

Frissonnant, Cory plaqua ses doigts contre ses tempes, s'efforçant de dissiper son mal de tête.

David Kirk avait demandé à Greta de faire porter dans son appartement de la Cinquième

Avenue tous les documents afférents à deux autres affaires qu'il plaidait.

Il était plongé dans la correction d'une note lorsque le téléphone l'interrompit. Sa première réaction fut de se dire : *Qui diable peut bien appeler à une heure pareille ? Il doit être minuit passé.* Il jeta un coup d'œil à l'horloge ancienne de son bureau décoré avec un goût impeccable. *Minuit passé ? Seigneur, deux heures passées, oui !* Son travail l'avait absorbé plus longtemps qu'il ne l'avait cru. *Qui est-ce qui peut bien m'appeler à cette heure-là ?* Il n'y avait que deux possibilités : un client appréhendé au milieu de la nuit — il en avait plusieurs auxquels ce genre de mésaventure était susceptible d'arriver — ou alors une femme qui se sentait seule et cherchait un peu de compagnie. Il en connaissait quelques-unes qui entraient dans cette catégorie. Bien que ces derniers temps, compte tenu des exigences de sa vie professionnelle, sa vie sociale fût réduite au strict minimum.

Quel que fût son correspondant, Kirk n'était pas d'humeur à l'accueillir avec enthousiasme.

— Oui ? lança-t-il d'une voix sèche sans même s'annoncer.

— Kirk ? fit une voix masculine qui lui sembla vaguement familière. D'après le *Post,* vous êtes l'avocat de Chris Cory. C'est exact ?

— Qui est à l'appareil ?

Son interlocuteur éclata de rire. D'une voix grinçante il répondit :

— Ben, voyons. Faites semblant de ne pas me reconnaître.

— Je suis censé vous connaître ? questionna Kirk, supposant qu'il avait affaire à un malade.

Des appels de dingues, il en recevait des tas chaque fois qu'il défendait un homme ou une femme qui déplaisait au public. Comme la fois où il avait plaidé pour un confrère accusé de sévices sur enfant et de meurtre. Les gens avaient été tellement outrés qu'il avait été assailli de coups de téléphone de menaces.

La voix grinçante poursuivit :

— Vous ne me reconnaissez pas ? Vous en êtes sûr ? Dommage. Vous le regretterez plus tard, lorsque Christopher Cory sera reconnu coupable d'avoir tué Alice Ames.

— Pourquoi est-ce que je regretterai de ne pas vous avoir reconnu ?

— Parce que c'est moi qui l'ai tuée, répliqua l'homme d'un ton satisfait.

— Vous l'avez tuée ? reprit Kirk en écho, s'efforçant de faire traîner la conversation en longueur afin de recueillir d'éventuels indices qui pourraient le mettre sur la piste de son correspondant.

— Oui, reprit la voix. Et si votre poste est équipé d'un système vous permettant de retrouver l'origine des appels qu'on vous passe, inutile de perdre votre temps. Je vous téléphone d'une cabine. (Il éclata de rire.) Vous ne croyez tout de même pas que je suis idiot ?

— Non, bien sûr que non, fit Kirk, s'efforçant d'entrer dans son jeu. Mais comment puis-je savoir que vous ne me racontez pas des bobards ?

— Vous n'avez qu'à me tester, fit l'inconnu.

Au moment où il enfonçait la touche « localisation du correspondant », Kirk questionna :

— Si vous l'avez tuée, vous devez savoir comment elle est morte.

— Mais je le sais, se vanta l'inconnu. On a tranché sa jolie gorge avec un gros couteau de cuisine. Et on l'a poignardée à plusieurs reprises. Il y avait du sang partout.

Ça, son correspondant aurait pu l'apprendre en

lisant la presse ou en regardant les informations à la télévision. Kirk s'efforça donc d'en savoir plus.

— Vous lui avez tranché la gorge, vous l'avez lardée de coups de couteau et vous êtes sorti tranquillement ? interrogea-t-il.

L'inconnu éclata d'un rire grinçant.

— C'est dans tous les journaux. Ce que les gens ignorent, c'est qu'elle a une entaille qui part de l'épaule.

Pour la première fois, Kirk eut la certitude de parler au meurtrier. Chaque fois qu'un crime était médiatisé, il se trouvait des malades pour appeler la police et prétendre avoir commis le meurtre. Mais, généralement, lorsqu'ils étaient soumis à un interrogatoire en règle, ces mêmes maniaques s'avéraient être des simulateurs. Cet homme, se dit l'avocat, n'est pas un imposteur. Il connaît trop bien les détails.

— Dites-moi pourquoi, après avoir commencé à la démembrer, vous vous êtes arrêté en cours de route, questionna Kirk.

La voix chargée d'animosité prit une inflexion sentimentale.

— C'est à cause de son corps. Un corps parfait. J'aurais eu l'impression de massacrer la Joconde.

— Est-ce qu'on pourrait se rencontrer ? poursuivit Kirk. J'aimerais vous parler.

— Sans blague, vous m'étonnez, fit son correspondant, raccrochant abruptement dans un rire.

David Kirk nota le numéro d'appel. Il vérifierait plus tard. Mais force lui fut de s'avouer que cet appel était inquiétant. Pour deux raisons : *primo,* l'inconnu était le meurtrier, *secundo,* il semblait trouver très drôle que Christopher Cory fût jugé et condamné à sa place.

Le matin à la première heure, Kirk demanda à Greta de faire le nécessaire concernant le numéro de téléphone. Ainsi que l'inconnu l'avait précisé, c'était celui d'une cabine. Une cabine du bas de Manhattan.

Tout en examinant le morceau de papier que Greta lui avait remis, Kirk dut se rendre à l'évidence : il était confronté à un dilemme. Son correspondant l'avait conforté dans l'idée que Christopher Cory était bel et bien la victime d'un coup monté, et malgré tout l'avocat n'osait faire part de sa découverte ni au District Attorney ni au juge Malachi. Ils lui riraient au nez, trouvant son histoire un peu trop *ad hoc*.

Il lui semblait déjà entendre les sarcasmes et la voix gouailleuse de Stone : « Un correspondant anonyme au beau milieu de la nuit ? Allons, Davey, un homme comme vous, une "vedette" du barreau, devrait pouvoir trouver mieux. Dans le genre de ce que vous aviez inventé pour faire innocenter ce jeune meurtrier, vous vous souvenez ? Cette partie de jambes en l'air assaisonnée de galipettes sado-maso qui avait tourné au vinaigre et provoqué la mort de la petite. Ça, c'était une trouvaille de génie, du travail cousu main. Mais cet appel bidon, mélodramatique, ce n'est pas digne de vous. C'est à peine digne d'un vieux film de série B. »

Non, trancha Kirk. Il n'y avait qu'une seule personne à qui il pouvait faire part de l'appel qu'il avait reçu. Le Dr Scott.

9

À cinq heures de l'après-midi tapantes, Christopher Cory se présenta chez le Dr Michal Scott. Conformément aux instructions reçues, il sonna.

La porte s'ouvrit avec un grésillement feutré, et il pénétra dans la petite salle d'attente. Il entendit du bruit, et ne tarda pas à comprendre que le patient qui l'avait précédé descendait l'escalier et quittait l'hôtel particulier, sa séance terminée. Toutefois, la salle d'attente avait été conçue de façon qu'il ne voie pas le patient en question. Il attendit quelques minutes avant qu'une voix de femme lui ordonne :

— M. Cory, vous pouvez monter.

Il gravit l'escalier moquetté, s'attendant à tomber nez à nez avec une dame imposante. À sa grande surprise, il découvrit plantée sur le palier une femme blonde plus jeune et beaucoup plus séduisante qu'il ne se l'était imaginée.

Il ne songea pas un instant que si elle se tenait là, c'était pour le regarder gravir les marches. Elle remarqua qu'il se déplaçait avec lenteur comme si ses pieds étaient trop lourds. Elle se dit qu'il lui faudrait l'examiner afin de s'assurer qu'il ne se droguait pas.

Lorsqu'il s'introduisit dans son cabinet, elle constata qu'il était vêtu avec soin. Veste de tweed marron, chemise blanche, cravate discrète. Tenue un peu trop classique, un peu trop passe-partout pour un garçon de son âge.

Il prit place en face d'elle, changea de position. Une fois. Deux fois. Elle ne fut pas étonnée de le voir se tortiller de la sorte. Nombreux étaient les patients qui se sentaient mal à l'aise à l'idée d'être soignés par une femme.

Avant de prendre la parole, elle s'assura qu'il ne présentait aucun des signes pouvant donner à penser qu'il se droguait. Puis elle lui tendit une feuille de papier.

— Un curriculum vitae. Remplissez-le et rapportez-le-moi demain.

Elle l'obligea à tendre le bras pour s'en saisir, et

en profita pour voir si la face interne de son poignet ne portait pas de cicatrices trahissant une tentative de suicide. Effectivement, elle en aperçut. De fines lignes discrètes. Encore rouges. La tentative devait être récente.

Tandis qu'il pliait le papier et le glissait dans sa poche intérieure, elle en profita pour scruter son visage afin de repérer d'éventuels tics. Il en avait quelques-uns.

Une fois qu'il eut rangé le formulaire, il la fixa, attendant la première question.

— Eh bien, M. Cory... commença-t-elle.

Il lui adressa un sourire. Ce sourire, le Dr Michal Scott l'avait observé sur le visage de presque tous ses patients lors de la première séance. C'était un sourire qui se voulait confiant et chaleureux, mais qui trahissait en fait malaise et appréhension : *Docteur, je vais bien, n'est-ce pas ? Je suis là uniquement pour que vous me le confirmiez. Après quoi, je pourrai repartir et les choses en resteront là.*

— Mes premières questions, M. Cory, risquent de vous surprendre mais contentez-vous d'y répondre. Savez-vous quel jour nous sommes ?

Interloqué, il reprit en écho :

— Comment ça, quel jour ?

— Quel jour sommes-nous aujourd'hui ?

— Vous voulez connaître le jour, le mois ou l'année ?

— Les trois éventuellement.

— Eh bien, on est le 4 avril 1994. Un lundi.

— Parfait, répondit le Dr Michal Scott. Et où sommes-nous ?

Cory sourit, secouant doucement la tête. Elle attendit. Il se décida à répondre :

— Nous sommes à New York. Dans la Soixante-treizième Rue. Dans le cabinet du

Dr Michal Scott. Superbe, le cabinet. Presque aussi beau que le docteur.

La réaction de Cory, bien que légèrement différente de celle à laquelle le médecin s'attendait, lui apprit néanmoins ce qu'elle désirait savoir.

Il est très mal à l'aise. Étant donné les circonstances ça n'a rien d'étonnant. Comme la plupart des hommes, il s'imagine que c'est en me flattant qu'il va réussir à me mettre dans sa poche. Son comportement est tellement transparent que j'en suis presque désolée pour lui. Attention où je mets les pieds : je risque d'accepter trop facilement ce qu'il va me raconter. Il vaut donc mieux que je filme cette première séance pour la revoir ultérieurement.

— M. Cory, beaucoup de patients sont gênés lorsqu'ils voient le médecin prendre des notes. Ils se préoccupent davantage des faits et gestes du docteur que des réponses qu'ils lui fournissent. C'est pourquoi j'ai pris l'habitude de filmer les séances. Cela vous épargnera des tensions inutiles et ça m'évitera de me laisser distraire par la prise de notes. Je dois me concentrer à fond sur ce que vous me dites. Ça vous ennuie beaucoup ?

— Que vous filmiez nos entretiens ? Bien sûr que non, répondit-il immédiatement. J'ai l'habitude. C'était une procédure courante au cours d'art dramatique.

— Parfait, j'en ai pour une minute.

Elle se leva et traversa la pièce. Cory l'observa, notant sa façon de bouger. Elle était non seulement séduisante mais d'une grande féminité. Lorsqu'elle pivota, elle surprit son regard. Il eut l'air gêné comme un petit garçon qui s'est fait pincer en train d'espionner une femme nue.

Elle regagna son bureau.

— Et maintenant, M. Cory, quelques questions préliminaires. Vos migraines, c'est récent ou non ?

Au lieu de répondre, Cory se contenta de la fixer jusqu'à ce qu'elle reprenne.

— M. Cory... Vos migraines.

Il sourit, avouant :

— Vous ne correspondez pas à l'idée que je me faisais de vous. Vous êtes beaucoup plus...

— M. Cory, vos migraines ?

— J'en ai déjà eu auparavant. Mais jamais aussi fortes.

— Avez-vous eu des syncopes ? (Voyant qu'il ne réagissait pas, elle expliqua :) Des pertes de connaissance ?

— Oh oui. M. Kirk vous en a parlé, n'est-ce pas ?

Au lieu de répondre, le Dr Michal Scott questionna :

— Des trous de mémoire ?

— Pas vraiment... Encore que, oui, j'en ai eu.

— L'impossibilité de vous rappeler où vous étiez à l'heure du crime ?

— Est-ce que vous travaillez pour le District Attorney ? demanda Cory d'un ton sec.

— Bien sûr que non. Mais votre avocat est troublé par le fait que vous n'arriviez pas à vous souvenir, souligna-t-elle.

— Ce n'est pas la première fois.

— Avez-vous eu récemment des douleurs à la poitrine, des palpitations, la sensation d'étouffer ?

— En d'autres termes des symptômes de panique ? Posez-moi carrément la question, docteur, je ne suis ni un enfant ni un imbécile. Non je n'ai pas eu de symptômes de panique.

Bien que le sentant agacé, elle poursuivit :

— Des nausées, des douleurs à l'abdomen ?

— Pas que je me souvienne, dit-il, commençant à s'énerver.

— Mal dans les parties, alors ? questionna le Dr Michal Scott. (Comme il ne répondait pas tout de suite, elle précisa :) Pénis ? Scrotum ? Testicules ?

Il hésita puis répondit :

— Rien de tout ça.

Il lui restait encore une question à poser. Elle ne s'attendait pas à une réponse franche mais elle la posa quand même.

— M. Cory, avez-vous déjà fait une tentative de suicide ?

Il se détourna légèrement. Et avoua :

— Oui.

— Une seule ? Ou plusieurs ?

— Plusieurs, se borna à répondre Cory.

— Maintenant que nous en avons terminé avec les questions préliminaires, détendez-vous et parlez-moi de vous, suggéra-t-elle.

Toute velléité de résistance abandonna Cory, qui fondit en larmes.

— Docteur, avant tout, il y a une chose que vous devez savoir : je ne l'ai pas tuée. Je suis incapable de tuer qui que ce soit. Et encore moins Alice. Je l'aimais.

Il porta les mains à ses tempes comme pour faire céder la douleur. Il resta silencieux, poussa un profond soupir puis avoua doucement :

— Excusez-moi. Les migraines recommencent. Vous n'auriez pas...

— Vous n'avez pas apporté quelque chose ? contra le Dr Michal Scott.

— Je suis à court du médicament que le Dr Wilson m'avait prescrit.

Le Dr Michal Scott ignora cette requête indirecte. Elle poursuivit :

— Vos migraines, elles vont, elles viennent ? Ou est-ce qu'elles sont persistantes ?

— Ça va, ça vient.

— Et quand elles sont là, combien de temps durent-elles ?

— Une éternité.

— Combien de temps exactement ?

— Une heure, deux peut-être, parfois davantage. Quand j'étais en prison, j'avais ça en permanence. J'ai bien cru que j'allais devenir fou.

Le Dr Michal Scott hocha la tête d'un air entendu. En la voyant, Cory bondit, l'accusant :

— Ah ça y est, nous y voilà !

— Que voulez-vous dire ?

— Vous m'avez piégé, vous m'avez poussé à prononcer ce mot.

— Quel mot ? fit le Dr Michal Scott, pas dupe.

— J'ai pourtant dit à M. Kirk que je ne voulais pas être innocenté sous prétexte que je suis dingue. Je suis innocent parce que je ne l'ai pas tuée. Vous avez compris ? Je ne l'ai pas tuée !

Haletant, il dut s'appuyer contre le bureau du docteur. Un filet de sueur coula le long de sa tempe.

Le médecin ne broncha pas. Cory se laissa retomber lentement dans son fauteuil, les doigts contre ses tempes.

— Cette douleur, cette douleur ! chuchota-t-il.

Le Dr Michal Scott lui accorda quelques minutes de répit.

Lorsqu'il eut récupéré il murmura :

— Désolé. Mais vous devez me croire, docteur. Je ne suis pas fou. Je suis victime des circonstances.

— Et si vous me parliez un peu de ce que vous faisiez avant que tout cela n'arrive, suggéra la jeune femme.

— Je n'ai pas grand-chose à dire, commença-t-il. Enfin, pas encore. Je commence tout juste à trouver ma voie. Je suis sur le point de percer. D'être reconnu dans mon travail.

— D'acteur ?

— Au départ, je voulais être acteur, c'est exact.

C'est comme ça d'ailleurs que nous nous sommes rencontrés, Alice et moi. On prenait des cours d'art dramatique dans la même boîte jusqu'au moment où on s'est séparés. J'ai renoncé au théâtre alors que certains me trouvaient des dispositions pour revenir à mes premières amours : la photo. Et dans le milieu, on commence à apprécier mon travail. Mon press-book a été très bien accueilli. (Il précisa :) Ce sont les clichés que je montre dans les rédactions, les agences de publicité. Les gens aiment ce que je fais. Et ce n'est pas par politesse qu'ils me font des compliments. Je suis dans le circuit depuis suffisamment longtemps pour savoir faire la différence. Je n'ai pas encore décroché de grosses commandes. Mais je sens que ça ne va pas tarder. Et puis, manque de pot, il a fallu que cette histoire me tombe dessus.

Il secoua la tête, prit une profonde inspiration et pressa de nouveau les doigts contre ses temps.

— Avant la photo et le théâtre, reprit le Dr Michal Scott, vous faisiez quoi ?

— Pas grand-chose. Je suis né dans un petit bled où j'ai fait mes études secondaires. Au lycée, je n'étais pas un foudre de guerre. J'étais régulier, j'avais la moyenne. Je ne séchais jamais. En terminale, j'ai été élu président de classe. Je ne faisais pas de sport. Mais, dans les activités artistiques, je me défendais. C'est moi qui dessinais les affiches du groupe théâtral. J'ai joué le rôle principal dans une pièce également. J'ai essayé d'aller à l'université. Mais le théâtre et la photo me passionnaient trop. Alors j'ai plaqué la fac. J'ai déniché des petits boulots. J'ai commencé à prendre des cours d'art dramatique. En même temps, je bossais dans un magasin de photo pour subvenir à mes besoins. J'ai économisé de quoi m'acheter le meilleur matériel possible. Après avoir quitté le cours de théâtre, j'ai décidé de me consacrer à la photo, d'en faire mon métier. Voilà, conclut-il. Je vous avais prévenue, il n'y a pas grand-chose à dire.

— Et votre famille, dans tout ça ?

— Ma foi, j'avais deux sœurs. Mon père travaillait dur. C'était un manuel. Un mécanicien. Le théâtre, la photo, ça ne lui disait rien. Il trouvait que c'était des activités de pédé. J'ai toujours eu l'impression qu'il avait la trouille d'avoir un fils homosexuel.

— Et vous l'êtes ? Homosexuel ?

— Bien sûr que non.

Difficile de croire que sa vie de famille ait pu être aussi lisse qu'il le prétendait. Mais, pour l'instant, elle ne cherchait pas à approfondir la question.

— Dites-moi, en ce qui concerne vos relations avec cette jeune femme...

— Dieu soit loué vous n'avez pas dit la victime ! Comme les journaux. Ou le District Attorney.

— Comment l'appelleriez-vous ?

— Alice, Alice tout simplement. Une fille extra, la plus formidable que j'aie jamais rencontrée. Tendre. Affectueuse. Elle me comprenait. Elle était bien la seule. Et elle m'aimait. Oh, on s'engueulait, bien sûr. Mais on finissait toujours par se réconcilier. Sur l'oreiller. Des fois, je me dis que les disputes n'étaient qu'un prélude à nos ébats.

— La dernière fois, dit le Dr Michal Scott, la fois où vous vous êtes querellés sans vous réconcilier, la fois où vous êtes parti...

— Ç'a été l'enfer. Mais je savais que ça valait mieux pour elle. Je ne voulais pas être un obstacle à sa carrière. Parce qu'elle était géniale, Alice, elle avait l'étoffe d'une star. Elle serait sûrement devenue une vedette. Celui qui l'a tuée devait être jaloux. Vouloir la détruire et me détruire en même temps.

— Qui aurait pu vouloir la détruire et vous détruire du même coup ?

— Je ne vois pas, avoua-t-il. (Puis il parut se souvenir.) Ce metteur en scène, peut-être... Il lui avait fait du rentre-dedans. Promis le succès à Broadway. Mais elle ne voulait pas travailler avec lui. Lui aurait pu la tuer, affirma Cory.

— Revenons à votre famille, enchaîna le Dr Michal Scott. Vous m'avez parlé de votre père mais pas de votre mère.

Singeant la prononciation d'un Allemand parlant péniblement l'anglais, Cory sourit :

— Trrrès trrrès intéressant, ce silenssse, Dr Freud, n'est-ce pas ? Détrompez-vous, c'est sans intérêt au contraire. C'est pourquoi je vous ai si peu parlé de ma mère. C'était une bonne mère.

— Si vous deviez la résumer en un mot, diriez-vous que votre enfance a été globalement heureuse ou malheureuse ?

— Ni heureuse ni malheureuse. Sans histoire. Mon père aurait préféré que je joue au base-ball au lieu de faire du théâtre. Il me l'a fait comprendre plusieurs fois.

— Lorsque vous reviendrez me voir demain, M. Cory, j'aimerais que vous me racontiez vos souvenirs d'enfance. Notez-les si nécessaire. Mais tâchez de vous en souvenir avec le plus de précision possible.

— Je vous ai tout dit, protesta-t-il. Je n'ai rien à ajouter.

— Ce n'est pas un crime de ne pas se souvenir, souligna le Dr Michal Scott. Toutefois, si la mémoire vous fait défaut, on peut recourir à l'hypnose.

— Ah non ! Pas question de vous laisser faire joujou avec mon cerveau ! Et encore moins pendant que je suis incapable de me défendre.

— J'ai un produit qui vous aidera.

— Si c'est à ça que vous songez, ne comptez pas sur moi demain. Je ne remets pas les pieds ici ! menaça-t-il.

— M. Cory, vous n'êtes pas un patient comme les autres. Vous êtes accusé de meurtre. On vous a libéré sous caution à condition que vous veniez me voir, insista le Dr Michal Scott. Je vous attends donc dans mon cabinet à cinq heures demain. Et tous les jours qui suivront. Aussi longtemps que je le jugerai nécessaire.

Il parut sur le point de se rebiffer mais se calma peu à peu. Redevenant le jeune homme soumis qui cherchait à se concilier ses bonnes grâces.

— Parfait, je serai là. Mais je vous en prie, pas d'hypnose. Je ne pourrai pas le supporter.

— Nous verrons, dit le Dr Michal Scott. Nous verrons.

10

L'étrange coup de fil nocturne obséda David Kirk au cours des quarante-huit heures qui suivirent, même lorsqu'il plaida.

C'était tellement insensé qu'il n'en fit pas part à Gerry Prince. S'il y avait quelqu'un à qui il lui fallait en parler c'était au Dr Scott. Il avait une autre raison d'appeler cette dernière : la première séance avec Chris Cory. Quelles conclusions pouvait-on en tirer ? Existait-il suffisamment de données psychiatriques pour lui permettre de mettre son système de défense au point ?

Quant à la résistance de Cory, il était vraisemblable que la perspective de passer vingt-cinq ans, voire toute sa vie, en prison la ferait fondre. En pareil cas, Kirk avait vu des amis de longue date s'entre-déchirer, des femmes se retourner contre leur mari, des fils contre leur père. Si le Dr Scott pouvait lui fournir un témoignage solide, l'avocat s'arrangerait pour convaincre Cory.

Au lieu de demander à Greta de composer le numéro, il s'en chargea personnellement. Il tomba sur le répondeur : « Je suis en consultation pour l'instant. Laissez-moi votre nom, l'heure et l'objet de votre appel. »

La diction du Dr Scott était aussi nette et précise que sa tenue, sa démarche et ses cheveux blonds impeccablement nattés. Il se demanda ce qui pouvait la pousser à rechercher ainsi la perfection. Lui-même éprouvait le même besoin, mais seulement quand il se sentait vulnérable. Est-ce que par hasard cette femme souffrait du même mal que lui ?

Il laissa un bref message sur son répondeur : « J'ai à vous parler. C'est très important. »

Un peu après vingt heures, le Dr Scott le rappela.

— Désolée, je n'ai pas pu vous recontacter plus tôt. De quoi s'agit-il ?

— De deux choses. Trop importantes pour qu'on en discute au téléphone. Est-ce que vous avez dîné ?

— Je croyais avoir mis les points sur les i, M. Kirk. Nos relations sont strictement professionnelles.

— Docteur, je veux seulement vous faire part de développements susceptibles de modifier mon approche et la vôtre dans l'affaire Cory.

Après avoir poussé un profond soupir, le Dr Scott capitula.

— Où ? À quelle heure ?

— Tout de suite si possible. Pour vous faciliter les choses, je suggère que nous nous retrouvions dans un petit restaurant très calme au coin de la Troisième Avenue et de la Soixante-douzième Rue. À cinq minutes à pied de chez vous.

— *Le Chalet français.*

— Vous connaissez ?

— J'y suis déjà allée, convint le Dr Scott. Il est huit heures quatorze. Rendez-vous à huit heures trente ?

— Parfait.

Kirk raccrocha, songeant : *C'est tout à fait elle. « Il est huit heures quatorze. » Pas huit heures et quart. Huit heures quatorze. Est-ce que cela signifie qu'elle s'accorde seize minutes ni plus ni moins pour faire un brin de toilette et se rendre au* Chalet *afin de s'y trouver à huit heures et demie tapantes ?*

Il quitta son cabinet sur-le-champ de façon à être là-bas en avance. Il était curieux de voir si elle arriverait à huit heures trente précises. Il ne fut pas déçu !

Il remarqua qu'Émile, le propriétaire du restaurant, accueillait la jeune femme avec l'amabilité qu'on réserve généralement aux clients réguliers. Le restaurateur la conduisait vers une table lorsqu'elle lui chuchota quelques mots à l'oreille. Aussitôt, il changea de cap et l'entraîna vers la table de Kirk.

Émile demanda à ce dernier ce qu'il désirait boire comme apéritif, et il apporta au médecin une boisson à l'aspect très agréable joliment colorée. L'avocat en conclut que non contente de connaître cet endroit comme elle le lui avait confié au téléphone, elle le fréquentait souvent. Sa table habituelle, celle vers laquelle Emile l'avait entraînée, était une petite table d'angle. Le couvert y était mis pour une personne. De toute évidence, la jeune femme dînait seule. Et suffisamment régulièrement pour qu'Emile sache exactement ce qu'elle buvait.

Après avoir avalé une gorgée de sa mixture, elle alla droit au but comme si elle avait fixé à leur entretien un laps de temps qu'elle n'entendait pas dépasser.

— Eh bien, M. Kirk, si vous me parliez de ces développements ?

— D'abord, quelle impression mon client vous a-t-il faite ?

— Je ne l'ai vu qu'une fois. À moins de tomber sur un cas extrême, il est impossible de se faire une opinion en si peu de temps.

— Vous avez parlé du crime ?

— Il clame son innocence. Il n'était pas là-bas. Il n'aurait pas pu s'y trouver.

— Vous a-t-il dit où il était à l'heure de l'assassinat ?

— Il ne s'en souvient absolument pas.

— Si je comprends bien, il vous a servi le même refrain qu'à moi.

— Vous appelez ça un refrain, M. Kirk ? Vous voulez dire qu'il est coutumier du fait ?

— J'ai fait faire une petite enquête sur lui. Il se peut que nous ayons affaire à un mythomane, convint l'avocat. Un menteur chronique.

Émile les interrompit pour prendre leur commande. Une fois qu'il eut tourné les talons, le Dr Scott étudia son verre presque vide tout en murmurant : « Un menteur chronique... »

Elle avait l'air pensif mais pas troublé, contrairement à ce que Kirk aurait pu imaginer.

— Que les psychiatres trouvent ça normal, je le comprends, affirma-t-il. En particulier au cours des premières séances. Mais les avocats se doivent de considérer les choses différemment. Je crois que Cory dit la vérité. Mais si je le fais venir à la barre et que le procureur fasse état de ses antécédents, il se fera descendre en flammes. Qu'il dise la vérité ou non.

Comme si les préoccupations de Kirk la laissaient de marbre, la jeune femme murmura de nouveau : « Un menteur chronique... »

— Docteur, ce n'est pas en répétant mes paroles que vous arriverez à un résultat.

— C'est une habitude chez les avocats ?

— Quoi donc ? se rebiffa-t-il.

— De tirer des conclusions hâtives.

Agacé par ce qu'il prenait pour de la condescendance, Kirk insista :

— Quelles sont les conclusions que vous avez tirées, docteur ?

Le premier plat avait été déposé sur la table. Cela ne fit qu'agacer l'avocat davantage. Le Dr Scott, qui avait attaqué ses coquilles Saint-Jacques, répondit :

— M. Kirk, ce que vous considérez comme embarrassant peut tourner à l'avantage de votre client.

— Le District Attorney est en mesure de faire la preuve que mon client est un menteur, et vous trouvez que cela peut jouer en sa faveur ? Décidément, docteur, si j'avais à choisir, c'est votre profession que j'exercerais. Pas la mienne.

— M. Kirk, vous ne possédez pas les qualités requises pour exercer mon métier. Vous vous impliquez personnellement beaucoup trop. Ça fausse votre jugement.

Piqué au vif, Kirk rétorqua :

— Les esprits supérieurs comme vous s'imaginent que les avocats sont des escrocs. Que tout leur travail consiste à poser des questions et faire pression sur le jury en tirant sur la corde sensible. À la télévision peut-être !

Il crut déceler une ébauche de sourire sur son

visage. Peut-être avait-il effectivement laissé paraître trop d'émotion en défendant sa profession.

— Un avocat, un bon avocat, et j'en suis un, est un acteur qui doit improviser son texte. Un metteur en scène qui doit diriger le spectacle — client, témoins —, et même parfois orienter les réactions du juge. En outre, après avoir passé la nuit à étudier les témoignages des uns et des autres, briefer les témoins, rechercher des précédents juridiques, il lui faut débarquer au tribunal le matin frais et dispos. Croyez-moi, ce n'est pas une sinécure. C'est la liberté d'un client, vingt-cinq années de sa vie, voire sa vie même, qui sont en jeu. (Se rendant compte qu'il était de plus en plus sérieux, il mit la pédale douce pour ajouter :) Ce genre de travail se paye. Le prix, c'est la solitude. Car rares sont les femmes qui rêvent d'épouser un avocat.

Pour détendre l'atmosphère, le Dr Scott expliqua :

— M. Kirk, tout ce que je voulais vous dire d'un point de vue strictement psychiatrique, c'est que l'impossibilité dans laquelle Cory se trouve de se souvenir a des aspects positifs.

— Comment cela ? interrogea Kirk, dubitatif.

— Pour commencer, une étude de Bradford Ford et Smith datant de 1979 a démontré que dans quarante à soixante-dix pour cent des cas les meurtres sont suivis d'amnésie.

Kirk ne put s'empêcher de bondir.

— Vous supposez donc que Cory a tué Alice Ames ! Je ne le crois pas.

— M. Kirk, c'est maladif chez vous, ce besoin de devancer votre interlocuteur. Et de vous tromper, qui plus est.

Kirk la fusilla du regard, ce qui la laissa de marbre car elle poursuivit :

— Ce que vous qualifiez de mensonge pourrait

bien être autre chose. Le cas Cory risque d'être terriblement compliqué, si ce n'est dangereux. Et en posant un diagnostic prématuré, je risquerais de lui causer un préjudice très grave, souligna le Dr Scott. Maintenant, si c'est là tout ce que vous aviez à me dire...

Apparemment, elle mettait fin au dîner, le congédiant comme un domestique.

Kirk se rendit alors compte qu'il n'avait même pas abordé la seconde raison qui avait justifié leur rencontre.

— Il y a autre chose.

Devant sa réaction, il comprit qu'elle le soupçonnait de recourir à une ruse pour l'empêcher de quitter le restaurant.

— Dr Scott, c'est l'affaire la plus bizarre que j'aie jamais eue à traiter. Je sais que mon client est innocent. Il n'a pas tué cette femme. Et pourtant je ne peux pas le prouver.

— Vous savez que Cory est innocent ? fit-elle, très intriguée.

Kirk se mit en devoir de résumer l'étrange coup de téléphone qu'il avait reçu à deux heures du matin. Il lui décrivit la voix et les paroles prononcées par son interlocuteur.

— Passionnant, commenta la jeune femme.

— Passionnant, c'est tout ce que cela vous inspire ! Mais ça prouve que ma théorie est juste. C'est exactement comme ça que Stone a vu les choses. *Une affaire limpide. Un exemple typique.* Tout est trop parfait. Cory a été victime d'un coup monté.

— M. Kirk, c'est peut-être très encourageant pour un avocat, mais quelles sont, selon vous, les retombées en ce qui me concerne ?

— Bien que Cory ait la manie de mentir, cela prouve que, dans le cas présent, il dit vrai lorsqu'il affirme ne pas avoir tué cette fille. Il n'était même pas sur place, rétorqua Kirk.

— Pour ce qui est de la franchise de Cory, je me ferai ma propre opinion. En tant que psychiatre auprès des tribunaux et spécialiste de l'hypnose, je n'ai que deux questions à prendre en compte. Tout d'abord : Cory est-il en mesure d'être jugé et de participer activement à sa propre défense ? Ensuite : est-ce qu'il était suffisamment responsable lorsque le crime a été perpétré pour avoir eu la volonté de le commettre ?

— Si Cory n'était pas sur les lieux, docteur, pourquoi se poser la question de savoir s'il avait l'intention de tuer ? insista Kirk.

— Maître, il est encore trop tôt pour être aussi affirmatif, souligna le médecin.

Sans laisser à Kirk le temps de donner libre cours à son agacement, elle poursuivit :

— M. Kirk, ce que vous venez de me raconter m'aidera certainement à formuler mes propres conclusions. Mais si vous voulez que mon témoignage tienne la route au tribunal, il va falloir que votre client et moi fassions du travail sérieux. Et le travail sérieux, c'est tout ce qui vous intéresse, n'est-ce pas ?

L'avocat se sentit encore plus irrité. Cette femme en apparence parfaite avec son air distant, sa maîtrise complète de la situation, sa compétence professionnelle ne semblait pas avoir de faiblesses.

Et, après un bref : « M. Kirk, il se fait tard. J'ai un patient à voir très tôt demain matin », elle se leva.

Rares étaient les gens qui avaient osé mettre un terme à une réunion sans demander à Kirk son avis.

Il se leva à son tour et, la toisant, demanda :

— Dites-moi, Dr Scott, vous étiez déjà belle,

étant bébé ? Vos cheveux blonds étaient déjà parfaitement nattés ? Vous aviez déjà ces traits presque parfaits ? L'âge ingrat, vous n'avez jamais connu, j'imagine. Vous n'avez jamais perdu vos dents de devant ? Vous ne vous êtes jamais écorché les genoux en tombant de bicyclette ? Vous n'avez jamais échoué à un examen ? Jamais eu de problèmes avec vos parents ? Votre vie a toujours été aussi lisse que celle d'une héroïne de roman-photo ?

Il regretta presque aussitôt cette sortie qui trahissait son énervement.

Il se sentit encore plus penaud lorsqu'elle lui répondit très doucement :

— Je suis passée par tout ça. Et par bien d'autres choses encore.

Il regretta d'autant plus vivement cette intrusion dans sa vie privée. Il ne se sentait pas fier d'avoir percé le mur de son invulnérabilité.

— Désolé.

— M. Kirk, dès que j'aurai dressé des conclusions concernant votre client je vous les communiquerai. Sachez toutefois qu'il va me falloir un certain temps pour aller au fond des choses. Ma longue expérience dans ce domaine...

— Votre longue expérience ? Quel âge avez-vous, docteur ? La trentaine ?

Refusant de se laisser entraîner sur ce terrain, le Dr Scott se borna à répondre :

— Certains d'entre nous ont le privilège d'acquérir de l'expérience très tôt.

Plus tard, avant de s'endormir, il se remémora ses paroles.

Certains d'entre nous ont le privilège d'acquérir de l'expérience très tôt.

11

Le lendemain après-midi, à cinq heures moins cinq, Christopher Cory pénétra dans la salle d'attente du Dr Michal Scott où il patienta jusqu'à ce qu'elle lui demande de gagner son cabinet au premier étage.

Au lieu du jeune homme souriant aux manières doucereuses qu'elle avait rencontré la veille, ce fut un garçon manifestement perturbé que le médecin découvrit ce jour-là. Il n'arrêtait pas de remuer, de s'agiter, tripotant sa cravate puis l'abandonnant, conscient de trahir ainsi son malaise.

Michal Scott en déduisit que son allusion à l'hypnose était à la base de cette agitation somme toute compréhensible. Elle mit la caméra vidéo en marche pour enregistrer la séance.

— Eh bien, comment vous sentez-vous aujourd'hui, M. Cory ?

Il baissa les yeux, contempla ses mains moites, puis les frotta contre ses cuisses. Enfin, incapable de supporter plus longtemps le secret qui lui pesait, il lâcha :

— J'ai passé une nuit épouvantable. Impossible de fermer l'œil. Lorsque j'ai enfin réussi à m'endormir, je n'ai pas arrêté de rêver. J'ai fait des cauchemars atroces. Je courais. J'ai couru comme un dératé toute la nuit. Je me suis réveillé à plusieurs reprises, le cœur battant comme s'il allait exploser. J'ai cru que j'avais une crise cardiaque.

— Des palpitations ?

— C'est ça, oui. Des palpitations. Et la sensation d'étouffer. J'avais l'impression de ne pas réussir à reprendre mon souffle. Là-dessus, les migraines ont recommencé. Je suis debout depuis cinq heures moins le quart. Je suis à bout de forces.

— Avez-vous déjà éprouvé ce genre de symptômes ?

— Oui, ce n'est pas la première fois.

— Est-ce que ces épisodes s'accompagnent d'une sensation d'engourdissement au niveau des mains ou des pieds ? De picotements ? questionna le Dr Scott.

— Non, ça, c'est seulement quand j'ai des crises de panique. (Il s'aperçut aussitôt qu'il s'était trahi car il avait affirmé la veille au médecin ne jamais avoir connu de crises de ce type.) Ces trucs-là, c'est pas souvent que ça m'est arrivé. Une fois ou deux.

— M. Cory, est-il possible que vous ayez passé une nuit épouvantable parce que vous redoutiez cet entretien ?

— Non... je... À dire vrai, docteur, je suis plutôt content de revenir vous voir. Vous êtes très sympathique. La personne la plus compréhensive que j'aie rencontrée depuis le début de cette lamentable affaire.

— Bien que j'aie fait allusion à un éventuel recours à l'hypnose ? interrogea la jeune femme.

Les mains de Cory furent prises de tremblements. Il les porta à ses tempes. Le médecin se rendit compte que ce n'était pas la douleur qui le poussait à agir ainsi.

— Pourquoi avez-vous si peur de l'hypnose ? Craindriez-vous de dévoiler des secrets enfouis dans votre subconscient pendant des années ?

— Je n'ai pas de secrets. Pas de gros secrets, protesta-t-il.

— Et pourtant, la simple idée de l'hypnose vous a fait faire d'horribles cauchemars. Et donné des sueurs froides.

Il la fixa, l'air de dire : comment le savez-vous ?

— C'est généralement ce qui se passe, expliqua le Dr Scott. Cauchemars. Sueurs froides. Tremblements. Attaques de panique. Douleurs abdominales. Parfois même nausées.

À chaque symptôme énoncé, il hochait la tête. Lorsqu'elle eut terminé, il murmura :

— Alors, vous savez tout.

— M. Cory, les symptômes que vous présentez m'incitent à croire que vous avez des problèmes anciens, très anciens, qui refusent de remonter à la surface. Étant donné que nous ne pouvons décemment pas attendre du tribunal qu'il patiente plusieurs années, une analyse didactique est exclue. Si vous voulez que je vous aide, la seule solution, c'est l'hypnose.

Cory se détourna.

Accepter de dévoiler son moi intime, de se mettre à nu via le sommeil hypnotique, c'est toujours pour les patients une décision difficile à prendre. Si le problème de Cory était bien ce que le médecin soupçonnait, il avait d'autant plus de raisons de refuser de se prêter à l'expérience. Elle décida de ne pas lui forcer la main. La décision devait venir de lui. Et de lui seul.

— L'autre jour, vous avez parlé d'un produit... Le pent...

— Le penthotal.

— Il faut faire une piqûre, n'est-ce pas ? J'aime pas les aiguilles. J'ai jamais aimé ça. Mais j'aime encore moins l'idée qu'on me drogue.

— Il existe une autre façon de procéder : la suggestion. Seulement, pour ça, il faut que vous me fassiez entièrement confiance. Est-ce le cas ?

Il se tourna vers elle et plongea son regard dans les yeux gris pleins de chaleur.

— Avant de me décider, il faut que je sache si cette expérience est susceptible de m'aider. Ce n'est pas du procès que je parle. Je veux savoir si ça va m'aider à régler mes autres problèmes. (Voyant qu'elle le fixait, il fut obligé de reconnaître :) Oui, j'en ai d'autres. Ça a commencé longtemps avant mon arrestation. Et ça n'a aucun rapport avec l'inculpation de meurtre. Si l'hypnose peut m'aider à m'en débarrasser, je suis prêt à tenter le coup.

— Parfait. Parce que ça peut être effectivement très utile. Mais pour cela il faut que vous vous laissiez aller sans résister, insista Michal Scott.

— Je crois que j'y arriverai, risqua-t-il. La prochaine fois.

— Pourquoi pas aujourd'hui ?

— Là, maintenant, tout de suite ? Comme ça, sans préparation ? s'inquiéta-t-il, faisant marche arrière.

— Aucune préparation n'est nécessaire.

— Maintenant ? reprit Cory. Tout de suite ? (Il finit par hocher la tête en guise d'assentiment.) Je ne vous promets rien mais je ferai de mon mieux. Parce que j'ai confiance en vous. Je vous aime bien. Je vous aime beaucoup.

— Très bien, alors fermez les yeux. Laissez vos bras tomber de part et d'autre des accoudoirs. Maintenant, imaginez que vous êtes à la campagne. Au sommet d'une pente herbue. Tout doucement vous descendez cette pente. L'herbe est tendre sous vos pieds nus. Une brise fraîche enveloppe votre visage. Rafraîchissante, apaisante. Tout en bas de la prairie, vous trouvez un petit escalier de bois. Vous le descendez lentement. Marche après marche. Une. Deux. Trois. Quatre. Cinq. Vous continuez à descendre les marches. Et vous les comptez. Comptez avec moi, Chris. Sept. Huit. Neuf. Dix...

Michal Scott s'arrêta mais Cory continua à compter tout en sombrant dans le sommeil. Sa voix baissait peu à peu, et bientôt il parut plongé dans un sommeil hypnotique.

Certains sujets feignent de dormir alors qu'en

fait ils sont parfaitement éveillés. Surtout lorsqu'ils ont des choses à cacher. Pour vérifier l'endormissement effectif du sujet, le Dr Scott mettait en œuvre une technique que lui avait enseignée son maître, le Dr John Beaumont, spécialiste de l'hypnose.

Michal Scott prit la main de Cory. La tenant paume en bas, elle traça un cercle sur le dos de sa main à l'aide de son index.

— Chris, vous avez senti quelque chose ?

— Oui, madame, chuchota-t-il.

— Décrivez-moi ce que vous avez ressenti ?

— Un cercle. Vous avez dessiné un cercle sur le dos de ma main.

— Exact. À l'intérieur de ce cercle, vous n'éprouvez aucune sensation. Frôlement, chatouillis, piqûre, vous ne sentez rien. C'est compris ?

— Oui, répondit-il d'une voix sans timbre.

— Je vais effleurer du doigt le dos de votre main. Lorsque mon doigt se posera à l'extérieur du cercle, vous sentirez quelque chose et vous direz « oui ».

— Très bien.

— Mais lorsque je poserai mon doigt à l'intérieur du cercle, c'est-à-dire à l'endroit où vous êtes privé de sensations, vous direz « non ». C'est bien compris ?

— Oui, dit Cory qui hocha la tête en gardant les yeux fermés.

Un sujet véritablement hypnotisé accepte sans broncher les instructions de l'hypnotiseur aussi bizarres soient-elles, et réagit aux stimulations comme on le lui demande, répondant par oui ou par non.

Le Dr Scott commença par poser son doigt à l'extérieur du cercle à plusieurs reprises. À chaque fois, Cory murmurait « oui ». Ensuite, la jeune femme plaça son doigt à l'intérieur du cercle. Cory répondit : « Non. » Elle posa son doigt en dehors du cercle. Il répondit : « Oui. »

De nouveau elle posa le doigt à l'intérieur du cercle et Cory fit « non ». Après, elle alterna : passant de l'intérieur à l'extérieur. À chaque fois, le jeune homme répondait par oui ou par non conformément aux instructions reçues.

Ayant passé ce test avec succès, Cory allait pouvoir en subir d'autres.

— Chris, vous m'avez dit hier que vous étiez sur le point de percer en tant que photographe. C'est vrai ?

Il ne répondit pas tout de suite. La tête basse, les mains jointes et pendantes entre les cuisses, il était avachi dans son fauteuil.

— Chris ?

— C'est pas vrai, réussit-il à chuchoter. Je suis pas si bon que ça. D'ailleurs, je suis pas bon à grand-chose. Comme acteur, je cassais pas des briques. Comme amant, je suis pas vraiment à la hauteur. Souvent, après l'amour, je me mets à pleurer.

— Y a-t-il une activité à laquelle vous preniez vraiment plaisir à vous livrer ?

Après avoir marqué une brève pause, il reconnut :

— Pas vraiment, non.

Ainsi qu'elle l'avait soupçonné, il était incapable d'éprouver du plaisir. Symptôme intéressant qui, s'ajoutant à ses autres observations, allait pouvoir lui permettre de dresser son diagnostic. Diagnostic fort rare mais dont les retombées risquaient d'être particulièrement graves compte tenu de la situation dans laquelle le jeune homme se trouvait.

— Chris, Alice Ames, la jeune femme qu'on vous accuse d'avoir assassinée, est-ce qu'elle connaissait l'existence de vos difficultés ?

— C'est même pour ça qu'elle a cessé de me

voir, avoua-t-il. Je lui en veux pas, notez bien. Quelle femme voudrait d'un type comme moi ?

— Vous vous êtes revus après avoir rompu ?

— Non. Une fois je suis allé dans son quartier. Je suis resté à faire le pied de grue devant son immeuble. Et c'est là que j'ai vu entrer ce type. Grand. Barbu. La trentaine. Je sais pas pourquoi, mais j'ai tout de suite compris qu'il allait chez elle.

— Qu'est-ce qui vous fait dire ça ?

— Je...

Il commença à se tortiller, manifestement peu désireux de poursuivre, mais elle insista :

— Chris, comment avez-vous su qu'il entrait chez elle ?

— Je l'avais croisé dans l'escalier, une fois, reconnut-il. Je l'ai suivi, tout doucement, dans l'escalier. Et j'ai aperçu ses pieds. Devant la porte d'Alice. Je l'ai entendu frapper. Elle a crié : « C'est toi, Sandy ? » J'ai entendu la porte s'ouvrir. De nouveau, la voix d'Alice, mais vite étouffée : ils devaient s'embrasser. Et elle avait l'air très contente de le voir. Très, très contente. La porte s'est refermée. Là j'ai compris.

— Est-ce que vous êtes retourné là-bas, Chris ? Pour les espionner ?

— Jamais.

— Dites-moi, vous l'avez tuée ?

— Non, je vous jure que non.

— Chris, vous nous avez dit à M. Kirk et à moi-même que vous ne vous souveniez plus de l'endroit où vous vous trouviez au moment du meurtre.

— C'est exact.

— Vous ne vous souvenez absolument pas ?

— Non, insista-t-il.

— Ça vous était déjà arrivé auparavant ?

— C'est la première fois que je suis accusé de meurtre.

— Non, je veux dire ça vous était déjà arrivé

d'oublier des événements, d'oublier où vous étiez ? questionna le médecin en choisissant soigneusement ses mots.

— Si j'ai oublié des événements ? Ouais, ça m'est arrivé.

— Racontez-moi.

— Une fois, par exemple, j'étais dans la chambre noire en train de développer des photos. On a frappé. C'était un livreur. Comme j'avais rien acheté, je me suis dit que ça devait être un cadeau. De qui ? Mystère. Mais bon, j'ai pris le paquet. Je l'ai ouvert. Y avait un costume dedans. Pas exactement un costume. Une veste et un jean noir. Bizarres. Vraiment bizarres, ces fringues. Pas du tout ce que je porte normalement. Le carton contenait également un reçu. Avec ma signature. Apparemment, c'était bien moi qui avais acheté ça. Ça m'a foutu les jetons. Je savais plus quoi penser. Je n'ai pas osé rapporter les vêtements au magasin. Et puis ça s'est reproduit. Mais c'est la première fois que j'en parle à quelqu'un. C'était trop bizarre.

Michal Scott était arrivée à ses fins. Toutefois, ne voulant pas attirer l'attention de Cory sur ce point, elle continua de lui poser des questions — insignifiantes, celles-là — auxquelles il répondit sans se troubler.

Elle le fit sortir de son sommeil hypnotique aussi lentement qu'elle l'y avait plongé. Il s'éveilla sans éprouver la moindre gêne, comme elle le lui avait prédit.

Après le départ de Cory, le médecin repassa la bande. Puis elle décrocha l'appareil et composa le numéro de David Kirk. Ce dernier était parti, mais Gerry Prince était toujours dans la bibliothèque. Il lui communiqua le numéro personnel de son patron.

Elle réussit à le joindre au moment où il enfilait sa veste de smoking avant de se rendre à un concert de bienfaisance au profit de la recherche contre le sida. Elle lui déclara être en possession de cassettes qu'il devait absolument visionner avant qu'ils mettent au point la stratégie qu'elle adopterait dans l'affaire Cory.

— Docteur, c'est avec joie que je me défilerais, croyez-le. Seulement, je dois remercier un certain nombre de généreux donateurs et faire de nouveau appel à leur porte-monnaie.

— Effectivement, il vous est difficile, dans ces conditions, de vous décommander à la dernière minute, convint-elle.

— Pourquoi ne pas m'accompagner ?

— Pour avoir ma photo dans le *Times* ou le *Post* demain ? Merci, très peu.

— Ah, voilà ce qui vous arrête ? Vous craignez qu'on ne dise que le Dr Michal Scott et le brillant avocat d'assises David Kirk... sortent ensemble ?

— M. Kirk, j'étais au fait de vos exploits avant de vous voir débarquer dans mon cabinet. David Kirk, éminent avocat, dont la photo paraît dans les journaux chaque fois qu'il y a du gala de bienfaisance dans l'air. Et toujours en compagnie d'une groupie qui le mange des yeux. Le récit déchirant que vous m'avez fait, l'autre soir, de la vie de chien que vous menez m'a tiré des larmes. Pas au point cependant de me donner envie d'aller grossir les rangs de vos fans.

— Vous y allez un peu fort.

— Peut-être, reconnut-elle. Mais j'ai eu une journée chargée et je ne suis pas d'humeur à assister à un concert assommant. Même si c'est pour la bonne cause.

— Bobby Short chantant du Cole Porter. Barbara Streisand interprétant des chansons de son nouvel album, vous trouvez ça assommant ?

Elle marqua un temps puis s'enquit :

— Est-ce que j'ai le temps de prendre une douche rapide et de me coiffer ?

— Si vous voulez, je peux même vous donner un coup de main.

— Ça suffit comme ça, Kirk, rétorqua-t-elle avec humeur. Si je viens, c'est pour une seule raison : m'entretenir avec vous afin d'être prête à entendre Cory demain. À quelle heure se retrouve-t-on et où ?

L'espace d'un instant, il fut tenté de lui renvoyer : « À huit heures quatorze, à l'Avery Fisher Hall, au Lincoln Centre. » Un peu refroidi toutefois par sa remarque, il se contenta de déclarer sobrement :

— Je serai dans le hall de l'Avery Fisher Hall à partir de huit heures. Prenez tout votre temps. Si vous arrivez en retard, je ne m'en formaliserai pas. À propos, tenue de soirée de rigueur, bien sûr.

Arrivé à huit heures moins cinq, David Kirk examinait les femmes élégantes et leurs compagnons en grande tenue s'engouffrant dans le hall de marbre de l'Avery Fisher Hall. Il scrutait la foule bruissante, cherchant la natte dorée de Michal Scott. Impossible de l'apercevoir. Pas même parmi les retardataires.

Le temps qu'elle le rejoigne, le concert avait commencé.

Dans un premier temps, il ne la reconnut pas. Ses cheveux blonds n'étaient pas nattés comme d'habitude mais encadraient souplement son visage. Sa robe du soir d'un rouge écarlate — manifestement sortie de l'atelier d'un grand couturier — mettait en relief des courbes féminines que ses tailleurs stricts dissimulaient.

Une femme qui possède dans sa garde-robe une tenue de ce genre doit avoir une vie sociale beaucoup plus mouvementée que je ne le soupçonnais, se dit Kirk. *Qui est l'heureux élu ? Peut-être y en a-t-il plusieurs ?*

Il se précipita vers la porte.

— Désolée d'être en retard. Mais au moment où je sortais de la douche, j'ai reçu un appel urgent d'un patient.

— Rien de grave ?

— Cela attendra demain matin, dit-elle. (Se rendant compte qu'il la dévisageait, elle questionna :) Il y a quelque chose qui ne va pas ?

— Au contraire. Pour quelqu'un qui veut passer inaperçu, vous avez une curieuse façon de vous habiller.

— C'est pour que votre réputation n'en souffre pas, M. Kirk, que j'ai mis cette robe. Et maintenant, on peut y aller ? Je meurs d'envie d'écouter Bobby Short.

Une fois qu'elle fut assise, Kirk monta sur scène pour faire un petit discours. Il souligna la nécessité de récolter des fonds pour la recherche sur le sida et félicita les artistes qui avaient accepté de venir chanter gracieusement à cette occasion. Il prit soin de remercier, par leur nom, tous ceux qui avaient contribué à la cause.

Michal Scott l'observait. Incontestablement, il était séduisant. Sa voix, sa diction étaient remarquables, ce qui n'avait rien d'étonnant compte tenu du métier qu'il exerçait. Il y avait également en lui un magnétisme animal qui expliquait son succès auprès des femmes. Elle décida de ne pas se laisser influencer par ce charisme.

Lorsqu'il eut terminé de parler, l'orchestre se remit à jouer.

À l'entracte, Kirk vit ses prévisions se confirmer : tandis que Michal Scott et lui buvaient un cappuccino dans le hall, on les prit en photo. Et même on les mitrailla. Mais lorsque les reporters lui demandaient le nom de la délicieuse jeune femme blonde qui l'accompagnait, David Kirk répondait comme on confie un secret d'État :

— Cette dame préférerait que son nom ne soit pas mentionné dans vos colonnes. Cela pourrait être gênant. Vous me comprenez, n'est-ce pas ?

Et les reporters d'opiner gravement du bonnet : *Compris, vous pouvez nous faire confiance.* Mais, immédiatement après, ils se répandaient dans le hall, questionnant les invités. Les spéculations allaient bon train.

Un homme connaissait la réponse à la question des journalistes. Il avait été un patient du Dr Beaumont puis du Dr Scott. Mais il décida de garder le silence.

12

Il était onze heures lorsque la limousine de Kirk les déposa devant l'hôtel particulier de la Soixante-treizième Rue Est.

Michal Scott le fit entrer dans son cabinet puis s'éclipsa afin de préparer du café. Lorsqu'elle revint avec le plateau, elle le trouva planté devant les photos. Bien qu'il examinât celle du jeune homme, elle expliqua :

— Le Dr Beaumont. Mon maître. Le meilleur dans sa spécialité.

Se rendant compte qu'elle avait préféré ignorer la curiosité que lui inspirait le jeune homme, Kirk fit comme si de rien n'était et enchaîna :

— C'est ce que le Dr Wilson m'a dit. Mais il ne m'a jamais précisé en quoi consistait cette spécialité.

— La réponse à cette question, vous l'aurez après avoir vu les cassettes que je compte vous montrer. Café ?

— Avec plaisir. J'ai hâte de visionner ces films, fit Kirk.

Dans le même temps, il ne pouvait s'empêcher d'admirer la façon dont la robe du soir écarlate soulignait les courbes du corps de la jeune femme. Une fois débarrassée de ses tailleurs stricts, elle était décidément très sexy. Et intelligente avec ça. Mais pourtant célibataire. Qui était le jeune homme dont elle ne voulait pas révéler l'identité ?

Elle introduisit une cassette dans le magnétoscope qu'elle mit en marche. David Kirk regarda la bande sur laquelle le Dr Scott avait enregistré sa première séance avec Christopher Cory. Il la trouva intéressante. Sans plus.

Tandis qu'elle introduisait une nouvelle cassette dans l'appareil, elle remarqua :

— Notez la différence entre celle-ci et celle de Cory sous hypnose.

Kirk fixa l'écran avec le plus vif intérêt en voyant Cory obéir aux suggestions du médecin et sombrer graduellement dans un sommeil hypnotique. Son intérêt s'accrut encore lorsque arriva le test du cercle.

— Ça sert à quoi ?

— Les simulateurs font appel aux ressources de la logique normale dans ce genre de situation. Ils savent que, quand on ne sent rien, on ne réagit pas. Mais ceux qui sont réellement en état d'hypnose acceptent le caractère illogique de la suggestion hypnotique et font exactement ce qu'on leur demande.

— Autrement dit, Cory ne simule pas, conclut Kirk.

Une fois la cassette terminée, Kirk remarqua :

— Ça prouve qu'il n'a pas menti. Il n'a pas tué Alice Ames. C'est formidable ! Je peux faire un excellent usage de cette cassette au procès. Décidément, docteur, vous êtes à la hauteur de votre réputation.

— Ce n'est pas dans ce but que je vous ai demandé de venir visualiser mes cassettes, corrigea la jeune femme.

Avec un sourire, Kirk laissa tomber :

— Ne me dites pas que les cassettes vidéo jouent aujourd'hui le rôle que jouaient hier les estampes japonaises ! Que c'est un traquenard new age !

Michal Scott se contenta de secouer la tête, faisant voleter ses cheveux.

— Nous avons une grave décision à prendre, annonça-t-elle.

— Vous venez de m'apporter la preuve que mon client est innocent. Je ne vois pas de quelle décision...

— M. Kirk, vous n'avez rien remarqué d'autre ?

— Quoi ?

— Il est incapable de se souvenir de l'endroit où il se trouvait au moment du meurtre. C'est bien ce qu'il vous a déclaré ?

— Et sous hypnose, il a maintenu cette déclaration, nous prouvant ainsi qu'il ne mentait pas.

— Oh, mais il a fait mieux, souligna le Dr Scott.

Il a précisé que ce n'était pas la première fois que sa mémoire lui jouait des tours.

— Vous parlez des vêtements bizarres qu'il a achetés, dit Kirk. Mais c'est parfait. Ça renforce encore son alibi. Il a connu d'autres épisodes d'amnésie. Cela signifie qu'il n'a pas inventé cette histoire pour se fabriquer un alibi commode.

— Ce n'est pas si simple, maître, et le Dr Wilson s'en doutait, je crois. Il a senti qu'il y avait anguille sous roche. C'est pourquoi il m'a adressé ce patient. Le Dr Beaumont, voyez-vous, était l'un des principaux experts américains sinon mondiaux en matière d'hypnose et aussi du S.P.M.

— S.P.M. ? Que signifie ce sigle ? Cela aurait-il un rapport avec la sclérose en plaques ou la maladie de Charcot ?

— La sclérose en plaques et la sclérose latérale amyotrophique sont des maladies qui touchent le système nerveux. Le S.P.M. ou syndrome de personnalité multiple est une maladie mentale.

— Personnalité multiple, reprit Kirk qui s'interrompit aussitôt. Vous n'allez pas prétendre que Cory serait atteint de ce syndrome ?

— Je ne peux encore rien affirmer. Tout ce que je peux vous dire, c'est qu'il y a des signes et des symptômes qui ne trompent pas.

— Et alors ?

— La question que je me pose est de savoir jusqu'où je dois pousser les investigations. La curiosité professionnelle m'incite à chercher plus loin. Mais avant d'être mon patient, Cory est votre client...

— Justement, en tant qu'avocat, j'ai une question à vous poser, moi aussi. Est-ce que vos découvertes éventuelles apporteraient de l'eau à mon moulin et me permettraient de construire un système de défense solide ?

— Outre qu'il est sous le coup d'une inculpation, il se peut que Cory soit malade et qu'il ait besoin d'aide.

— Docteur, comprenez-moi bien. Un avocat est d'abord un technicien tenu de défendre son client bec et ongles, que ce dernier soit coupable ou innocent. Il ne peut pas se mettre dans sa peau ni le guérir de ses maux. Même s'il le trouve sympathique. Et je trouve Cory sympathique. Seulement, l'inquiétude que sa santé m'inspire doit passer au second plan, et je dois vous demander si, au cas où il serait atteint du syndrome de personnalité multiple, cela pourrait me servir de système de défense.

— Pour répondre à votre question, il existe un précédent : un homme accusé de meurtre et reconnu atteint du S.P.M. s'est vu acquitté.

— Je demanderai à Gerry Prince de faire les recherches.

— Il s'agit de l'affaire Milligan, précisa Michal Scott. Ce devait être dans l'Ohio ou l'Illinois.

— Il nous faudra prouver que cette maladie est synonyme d'irresponsabilité pour celui qui en souffre, réfléchit Kirk.

— Selon l'Association américaine de psychiatrie, le syndrome de personnalité multiple est à classer dans les maladies mentales, répliqua Scott. Les critères sont bien répertoriés. En premier lieu, l'existence à l'intérieur d'une même personne de deux ou plusieurs personnalités distinctes. En second lieu, le fait que deux de ces personnalités ou états de conscience au moins prennent à tour de rôle le contrôle du sujet et lui dictent son comportement.

— En supposant que vous parveniez à démontrer à la cour le caractère effectif de ces deux phénomènes, vous pouvez jurer que Cory est victime d'une maladie mentale ? interrogea Kirk, la poussant dans ses retranchements.

— Oui.

— Alors, foncez. Donnez-moi de quoi convaincre le tribunal.

— Il faudrait que je commence par en être moi-même convaincue.

— Et pour ça, vous faites quoi ?

— Il faut que j'entre en contact avec la ou les personnalités secondaires.

— Expliquez-moi ça, fit Kirk, intrigué.

— Dans notre jargon, Cory est ce qu'on appelle la personnalité principale, en un mot l'« hôte ». Les personnalités parasites sont des « squatters ». Retenez bien ces termes. Vous allez être amené à les utiliser fréquemment.

— Vous allez vraiment rencontrer les personnalités secondaires qui « squattent » Cory, et leur parler ?

— C'est la seule façon de prouver que mon diagnostic est bon, affirma le Dr Scott. Vous ne pensez tout de même pas que le procureur va se contenter de me croire sur parole.

— Howie Stone ? Il va rameuter un bataillon d'experts pour leur faire jurer que Cory est aussi sain d'esprit, aussi normal que le juge Malachi.

— Il faut donc que j'affûte mes arguments, que je sois prête à leur tenir tête. En un mot, que je sois absolument certaine que Cory souffre de ce trouble. Et maintenant, si vous voulez m'excuser, j'ai un patient très tôt demain matin.

— Bien sûr. Je ne voulais pas vous faire veiller.

— Je vous reconduis.

Elle le précéda. Tout en passant devant son bureau, il ne put s'empêcher d'examiner de nouveau les deux photos dans leur cadre.

— Ce devait être un excellent professeur pour former une psychiatre telle que vous.

— C'était un homme remarquable, dit-elle avec respect et une affection teintée de réserve.

— Au son de votre voix, on dirait que c'était votre père.

Au lieu de répondre, elle questionna :

— Vous prenez l'ascenseur ou vous descendez à pied ?

— Je descends à pied.

— Alors n'oubliez pas de fermer la porte en partant.

Une fois dehors, au lieu de monter dans sa limousine, Kirk décida de marcher le long de la Cinquième Avenue. Compte tenu de l'heure tardive et de l'apparition toujours possible de loubards en quête de passants solitaires à agresser, Geraldo suivit son patron, réglant son allure sur la sienne.

L'avocat avait besoin de réfléchir, et le calme relatif de Manhattan à cette heure tardive ainsi que l'air vif de la nuit le stimulaient.

Une nouvelle stratégie s'offrait à lui. Certes, il lui faudrait se bagarrer avec Cory, qui ne voulait pas entendre parler de défense fondée sur l'irresponsabilité. Mais l'avocat se faisait fort de le convaincre.

Évidemment, il faudrait faire apparaître au grand jour — à condition qu'elles existent — les autres personnalités, les « squatters », comme le Dr Scott les avait baptisées, et ça n'allait pas être de la tarte. En outre, il devrait persuader le juge Malachi et Howie Stone de lui permettre — à ce stade plutôt tardif de la procédure — d'adopter cette défense : les trente jours réglementaires seraient en effet bientôt écoulés.

Enfin, mais ça n'avait aucune espèce d'importance, il se surprit à se demander pourquoi Michal Scott ne lui avait pas dit qui était le jeune homme dont la photo jouxtait celle du Dr Beaumont.

13

Consciente de l'importance de l'enjeu tant juridique que psychiatrique de l'affaire Cory, le Dr Michal Scott prescrivit à son patient une batterie de tests impressionnante qu'elle lui fit subir.

Après cela, elle le soumit à divers examens physiques. Cory coopéra pleinement. Il accepta que soient étudiés et mesurés le rythme de sa respiration ainsi que sa tension pendant que, sous hypnose, on lui posait des questions délicates. Son rythme respiratoire ne se modifia en rien, sa tension ne bougea pas.

Michal Scott lui fit également subir un test de réponse galvanique après lui avoir fixé des électrodes aux bras et sur la poitrine. Cet examen est destiné à confondre les simulateurs que des changements de température au niveau de la peau trahissent. Or aucune réaction de ce type ne fut mise en évidence chez le patient.

Cory ayant passé avec succès ce test considéré par les experts comme l'outil le plus fiable en matière de dépistage de la simulation, le Dr Scott fit savoir à David Kirk qu'elle était prête à passer à l'étape suivante, cruciale pour le diagnostic.

Lorsque l'avocat lui demanda s'il pouvait y assister, elle lui répondit :

— Il faudra que vous soyez là, mais quand je l'hypnotiserai, vous resterez dans la pièce à côté. C'est seulement lorsqu'il sera plongé dans un sommeil hypnotique que vous participerez à l'expérience. Quand est-ce que vous pouvez vous libérer ?

— Jeudi soir. Six heures, ça vous va ?

— Rendez-vous jeudi, donc, confirma Scott.

— Ce soir, Chris, nous allons passer directement à l'hypnose.

— C'est fini, les tests ?

— Terminé, lui assura le Dr Scott.

— Dieu soit loué. Ça fait drôle de passer des tests à n'en plus finir, sans savoir ce que la personne en face recherche. Sans savoir si ce que je dis risque de déplaire. Il y a des jours où je sors de votre cabinet, ou bien des labos, en me demandant si ce que j'ai raconté à droite et à gauche ne va pas vous inciter à me larguer. Parce que, de fil en aiguille, vous en êtes venue à occuper une grande place dans ma vie. Pas seulement parce que vous êtes une femme dont je n'aurais aucun mal à tomber amoureux. Si je l'osais. Mais parce que mon sort, ma liberté sont entre vos mains. M. Kirk est mon avocat : c'est son boulot de me défendre. Mais vous, c'est pas pareil, vous comptez davantage. Certains jours... Je me laisse aller à fantasmer... Je me projette dans l'avenir. À un an, deux ans d'ici. Cette histoire est terminée. Tout le monde sait que je suis innocent. Je reviens dans cette maison, et je vous demande si vous voulez bien me voir non à titre de patient mais en tant qu'homme. Et vous... vous acceptez. Je vous sors, je vous emmène dîner. Je suis fier d'être vu en votre compagnie. « Elle trouve que je suis un type bien. La preuve, elle sort avec moi. » Là-dessus les fantasmes se précisent...

Il se tut un instant, comme pour réussir à trouver le courage de poursuivre.

— Nous faisons l'amour... Je vous embrasse... Sur la bouche... Le cou... Les seins... Je pense souvent à vos seins... Mais je ferais mieux d'arrêter. Autrement, vous allez me flanquer dehors.

Cory évita le regard du médecin, en proie à la plus vive gêne.

— C'est bon, Chris. Et maintenant, fermez les

yeux. (Soulagé de s'en tirer à si bon compte, il s'exécuta.) Vous êtes dans la prairie que vous connaissez bien. Une petite brise souffle, l'herbe oscille devant vous. Vous traversez ce champ immense. Vous dévalez doucement la pente. Vous avez l'impression de flotter au-dessus de l'herbe humide. La brise vous emporte. Vous arrivez devant l'escalier. Vous comptez les marches à mesure que vous descendez. Un, deux, trois. Comptez avec moi, Chris. Quatre, cinq, six.

Il continua docilement à compter seul :

— Sept, huit, neuf, dix, onze, douze.

Cette fois, il paraissait endormi. C'était le moment de lui faire passer un ultime test. Michal Scott ne devait rien laisser au hasard, d'autant qu'elle serait appelée à témoigner au tribunal.

S'approchant de la porte, elle fit signe à David Kirk de pénétrer dans son cabinet et lui désigna le fauteuil de cuir bleu près de la cheminée.

— Vous pouvez ouvrir les yeux maintenant, Chris.

Lorsqu'il se fut exécuté, elle déplaça légèrement son fauteuil de façon que Cory soit exactement face à la caméra de télévision.

— Chris, est-ce que vous apercevez M. Kirk dans cette pièce ?

Sous hypnose, Cory parcourut lentement la pièce du regard jusqu'à ce qu'il tombât sur l'avocat près de la cheminée.

— Oui. M. Kirk est dans ce fauteuil de cuir, répondit le jeune homme d'une voix basse et sans timbre.

— Et maintenant, Chris, regardez le fauteuil près de vous. Est-ce que ça n'est pas également M. Kirk qui est assis dedans ?

Cory jeta un coup d'œil au fauteuil vide qui était à sa droite et répondit :

— Oui, c'est M. Kirk.

La présence simultanée de deux David Kirk dans la même pièce ne constituait pas pour Cory hypnotisé une anomalie.

Le Dr Scott chuchota en aparté à l'avocat :

— C'est ce qu'on appelle la logique de la transe. Dans son état, il accepte tout ce que je dis. Même si c'est illogique.

Le psychiatre était maintenant prêt à passer à l'étape suivante, laquelle n'était pas sans risque.

— Chris, depuis plusieurs jours maintenant, vous vous plaignez de migraines tenaces. À deux reprises vous avez été jusqu'à déclarer : « J'ai l'impression que ma tête va éclater et se fendre en deux. » Vous le croyiez vraiment ?

— C'est l'impression que j'ai eue...

— Ça n'aurait pas pu être autre chose ? insista Scott.

Cory ne répondit pas tout de suite mais après un long moment de silence, il fit non de la tête.

— Chris, j'aimerais parler à la personne qui a tué Alice.

Cory ne broncha pas.

— Chris ? insista-t-elle d'un ton enjôleur.

Cory détourna la tête. Kirk consulta Michal Scott du regard, se demandant ce qu'elle attendait. D'un geste, elle lui fit signe de se montrer patient.

— Chris, j'aimerais parler à celui ou à celle qui a tué Alice.

Cory resta de marbre, se gardant bien de se tourner vers le psychiatre. Elle attendit. Kirk, qui avait les yeux fixés sur Cory, ne décela chez lui aucun frémissement, aucune réaction. Il se dit que ce que Michal Scott avait espéré réussir venait d'échouer. Et, tout à coup, Cory se mit à trembler légèrement. D'abord ce fut sa main droite qui se crispa spasmodiquement, puis la gauche. Puis son corps tout entier se tordit sous l'effet de convulsions cloniques.

Dans un souffle, Michal Scott expliqua :

— Ce sont les prémices de ce qu'on appelle dans notre jargon la métamorphose.

Kirk fut sidéré de voir le changement qui s'opérait sur le visage de Cory. Des rides marquées apparurent autour de ses yeux et de sa bouche. Son menton un peu mièvre se mit à pointer agressivement. Le jeune homme gentil et doux s'était mué en un être d'où se dégageait une présence maléfique. Ses mains — des mains d'artiste — prenaient un aspect grotesque et se crispaient tels des poings noueux. Mais il n'avait toujours pas prononcé un mot.

S'efforçant de quitter Cory des yeux, l'avocat jeta un regard inquisiteur au Dr Scott. Elle lui fit de nouveau signe de se montrer patient. Elle attendit que la métamorphose se fût achevée puis murmura doucement :

— Chris ?

Au lieu de s'exprimer d'une voix sans timbre comme les hypnotisés ont coutume de le faire, le jeune homme éclata en accents rauques et accusateurs :

— Espèce de salope ! Ça vous démangeait, hein ? C'était plus fort que vous ! Sale fouineuse ! Il a fallu que vous foutiez votre nez dans mes affaires !

— Qui êtes-vous ? questionna Michal Scott.

— C'est pas vos oignons, bordel ! Alors barrez-vous ! Foutez le camp ! J'ai pas de comptes à vous rendre.

— Qui êtes-vous ?

— Qui je suis ? (Amusé, il éclata de rire.) Mais celui qui manipule cet imbécile de Chris. C'est une marionnette. Je tire les ficelles. Et lui il danse, il m'obéit au doigt et à l'œil !

Il éclata de nouveau de rire, mais cette fois avec amertume.

— Vous avez bien un nom ?

— Évidemment que j'ai un nom. Mais ce crétin ne le connaît pas. Je ne lui dis jamais rien. Et pour cause : il s'empresserait d'ouvrir sa gueule à tort et à travers.

— Vous voulez bien me le dire, à moi ?

Le double maléfique de Christopher Cory dévisagea le médecin d'un air lubrique, et sourit.

— Vu que vous avez été suffisamment astucieuse... et culottée pour... Vous êtes une sacrée bonne femme, vous savez... D'accord, je vais vous le dire.

— C'est quoi ?

— Max.

Au cours de cet échange, David Kirk était venu se placer derrière le Dr Scott afin de mieux voir le nouveau Chris Cory. Les changements intervenus dans son visage étaient encore plus marqués. Particulièrement au niveau de la mâchoire, qui évoquait assez celle d'un homme de Neandertal. Sa physionomie exprimait la haine, et on le sentait prêt à exploser à tout moment.

— Max, pouvez-vous me dire qui a tué Alice Ames ?

Le visage du double de Cory s'étira en un sourire vengeur et satisfait.

— La petite Alice ? Vous pensez tout de même pas que c'est cette lavette, ce minus de Christopher qui l'a tuée ? Pauvre type, il serait pas foutu d'assommer une mouche. Il a pas de couilles. Non, il a fallu que ce soit moi qui me charge du travail, une fois de plus. Le sale boulot, c'est toujours pour ma pomme. Mais fini de se défiler, cette fois il va morfler. Je me suis drôlement bien démerdé : c'est lui qui va porter le chapeau. Je voudrais pas me vanter, mais, franchement, j'ai fait très fort dans le genre : il va passer le reste de sa vie en prison pour un crime que j'ai commis !

Il éclata d'un rire rauque et cruel.

— C'est pas beau, ça ? Je liquide la petite. Et il paie les pots cassés ! Ses migraines, il les aura pas volées. Encore une idée à moi, les migraines, à propos.

Il éclata encore de rire.

David Kirk sentit un filet de sueur perler sur son front. Il n'était plus en face d'un jeune homme timide et apeuré mais d'un meurtrier démoniaque que la loi était dans l'incapacité d'appréhender.

— Ses migraines, fit le médecin, le relançant.

— Oui, reprit Max, s'esclaffant de nouveau. C'est une idée géniale. Après avoir tué Alice, j'ai voulu qu'il sache qui j'étais. Alors je lui ai envoyé un signal. Je lui ai dit : « Espèce d'abruti — c'est comme ça que je l'appelle —, non seulement tu vas moisir en taule pour le restant de tes jours, mais je vais m'arranger pour te faire perdre la boule. Je vais te filer des maux de tête épouvantables qu'aucun médicament au monde ne pourra soulager. Et quand tu raconteras au médecin que tu as l'impression que ta tête va éclater et se fendre en deux, ce sera le strict reflet de la réalité. Parce que le deuxième larron, ce sera moi. Ouais, j'avais tout prévu. Et puis cette salope de Scott est arrivée.

Il se tourna vers elle d'un air menaçant.

— Sale garce ! Je devrais vous faire subir le même traitement qu'à Alice !

Il se leva, menaçant, mains tendues comme pour étrangler le psychiatre. Kirk fit un pas en avant, prêt à intervenir, mais le Dr Scott chuchota :

— Non !

Une fois que Kirk eut reculé, le médecin ordonna :

— Max ! Assis !

Il la fusilla du regard. Allait-il obtempérer ou bien mettre ses menaces à exécution ? En fin de compte, il se laissa tomber dans son fauteuil, murmurant d'une voix rauque :

— Garce... Espèce de garce.

Le plus gros du danger étant passé, le médecin ajouta :

— Et maintenant, Max, avant de partir, dites-moi si vous êtes seul ou s'il y en a d'autres ?

— D'autres ?

— D'autres comme vous, précisa-t-elle.

— Y en a pas d'autres. Il est pas question qu'il y en ait d'autres ! s'exclama Max.

— Vous pouvez vous retirer maintenant, Max. Nous nous reverrons.

— Et comment, j'y compte bien ! Et la prochaine fois, vous vous en tirerez pas aussi facilement ! lança-t-il, menaçant.

14

Max ayant disparu, Christopher Cory se calma petit à petit. Lentement, il redevint lui-même, placide, paisible. Toujours sous hypnose, il semblait sommeiller, inconscient de ce qui s'était passé comme de l'endroit où il se trouvait.

— J'étais à cent lieues de me douter... chuchota Kirk. Pauvre gosse, vivre avec un fardeau pareil...

— C'est la vie des gens atteints du syndrome de personnalité multiple. Ne pas savoir. Avoir des blancs. Être accusés de mensonge parce qu'ils sont incapables d'expliquer où ils se trouvaient quand l'autre personnalité a pris le relais.

— Au début, son histoire d'amnésie ne me semblait pas tenir debout, avoua Kirk dans un soupir. (Puis il poursuivit :) Dr Scott, je vous l'ai déjà dit, mon boulot, c'est d'assurer sa défense. Pas de le soigner. Après la scène dont je viens d'être témoin, je suis plus que jamais déterminé à plaider sa cause : non seulement ce gamin a grand besoin d'aide mais il la mérite. Et je vais tout mettre en œuvre pour qu'il en bénéficie. Pensez-vous qu'une guérison soit possible ?

— Chaque chose en son temps, M. Kirk. Dans l'immédiat, il faut que je le fasse sortir de son sommeil hypnotique. (Elle éleva la voix :) Chris, vous m'entendez ?

Il hocha doucement la tête, détendu comme lorsqu'il s'était endormi.

— Chris, vous allez vous réveiller. Vous vous sentirez en forme, reposé. Comptez avec moi de dix à un. À un, vous serez réveillé. Vous ne vous souviendrez de rien. Dix, neuf, huit, sept, six, cinq, quatre, trois, deux, un.

Il ouvrit les yeux comme s'il s'éveillait d'un profond sommeil réparateur.

La présence de Kirk le surprit. Sans lui laisser le temps de poser des questions, le psychiatre expliqua :

— M. Kirk est là pour préparer votre procès.

Cory sourit à l'avocat.

— Merci d'avoir pris la peine de vous déplacer. (Se tournant vers le Dr Scott et se levant, il ajouta :) L'heure est écoulée, j'imagine.

— Avant que vous ne sortiez, Chris, j'ai une question à vous poser.

— Allez-y, répondit-il aimablement.

S'efforçant de formuler sa question de façon aussi anodine que possible, Michal Scott s'enquit :

— Est-ce que vous connaissez quelqu'un du nom de Max ?

— Max, réfléchit Cory. Non. (Puis il se reprit :) Ah, si. Quand j'étais gamin, j'en ai connu un. Mais il s'appelait pas Max. Son nom, c'était Maximilien.

Évidemment, personne ne l'appelait comme ça. Trop chichiteux. On l'avait surnommé Hig — son nom de famille, c'était Higgins. À part ça, non, je connais pas de Max. Pourquoi ?

— Chris, rasseyez-vous.

Soudain mal à l'aise, il jeta un coup d'œil à Kirk comme pour demander une explication. Puis il se laissa lentement tomber dans son fauteuil.

— Il y a quelque chose qui cloche chez moi, n'est-ce pas ? fit-il à voix basse.

— Ce n'est pas exactement comme cela que je formulerais la chose. Nous avons mis en évidence un phénomène très important vous concernant.

Crispé, le jeune homme regarda alternativement Kirk puis le médecin.

— Rassurez-vous, cela se soigne. Ça demandera du temps mais c'est soignable, affirma Michal Scott.

— Y a de l'espoir, alors, se rassura Chris dont l'ébauche de sourire trahit l'anxiété. De quoi s'agit-il ?

— Du syndrome de personnalité multiple.

— Personnalité multiple, reprit-il en s'efforçant d'assimiler.

— Cela signifie qu'il existe en vous non pas une mais plusieurs personnalités.

— Plusieurs personnalités, murmura-t-il, de plus en plus mal à l'aise. Comment ça ?

— Un enfant jeune confronté à des événements traumatisants s'invente parfois des personnalités secondaires qui prennent en charge et gèrent le malaise et les souffrances qu'il est incapable d'assumer seul.

— Malaise, souffrances, répéta-t-il. (Puis, soulagé, il ajouta :) Mais j'ai jamais souffert.

— Vous ne vous en souvenez pas consciemment parce que vous avez refoulé ce vécu traumatisant au fond de votre conscience, laissant à la personnalité secondaire qui « parasite » la personnalité originelle le soin de souffrir à votre place, souligna Scott.

— Ah, je comprends ! fit Chris qui explosa soudain. Les psys sont bien tous les mêmes ! Vous voulez que je mette ce qui m'arrive sur le dos de ma mère ! Ou de mon père ! Eh bien, c'étaient des gens formidables, mes parents. Qui m'aimaient. Et que j'aimais. Alors cette histoire de personnalité parasite, c'est des blagues. Un tissu de mensonges !

Il se retourna contre David Kirk.

— C'est une idée à vous, pas vrai ? Vous ne croyez pas à mon innocence, alors vous inventez un système de défense à la mords-moi-le-nœud. Pourtant je croyais avoir été clair : même si ça doit me coûter ma liberté, jamais je ne vous laisserai dire que je suis fou. Pour une bonne raison : c'est que je ne le suis pas !

Christopher Cory tremblait de rage et de peur. Bientôt il se mit à hoqueter. Il parut se ratatiner dans son fauteuil, en larmes, suppliant :

— Ne me faites pas ça... Je vous en supplie...

Kirk se tourna vers Michal Scott, attendant qu'elle réagisse. Mais elle garda le silence. Soudain, Cory bondit de son fauteuil et fonça vers la porte.

Michal Scott cria dans son dos :

— Rendez-vous demain à cinq heures.

— Pas question que je remette les pieds chez vous ! gronda-t-il en se précipitant vers l'escalier.

Kirk pivota vers Michal Scott. Sans lui laisser le temps d'ouvrir la bouche, elle le rassura :

— Ne vous inquiétez pas. Il sera là à l'heure dite.

— J'étais loin de me douter qu'un patient atteint du S.P.M. puisse faire courir de tels dangers à son psychiatre, avoua Kirk. Est-ce qu'ils réagissent tous comme Cory ? Est-ce que les personnalités secondaires sont toujours aussi agressives, aussi violentes que Max ?

— Certains parasites haïssent la personnalité originelle. Ils cherchent à lui nuire. Voire même à la détruire. D'autres au contraire la protègent. Les violents ne font qu'exprimer ouvertement l'hostilité que les patients comme Chris refoulent depuis l'enfance.

— Mais est-ce que l'enfant — et plus tard l'adulte — ne se rend pas compte qu'il a « inventé » cette personnalité secondaire ?

— La personnalité « hôte » n'est pas consciente de la présence des autres. Alors que les personnalités parasites connaissent son existence, expliqua Michal Scott.

— Autrement dit, seul le patient ignore ce qui se passe, résuma Kirk. Mais vous avez dit qu'on pouvait le soigner. J'aimerais vous aider, contribuer financièrement à...

— Ce ne sera pas nécessaire. Son cas m'intéresse tellement que j'envisage de le soigner gratuitement.

— Après avoir vu Max à l'œuvre, je me rends compte que ça ne sera pas une partie de plaisir. Il a menacé de vous tuer, lui rappela Kirk. Et nous savons qu'il est capable de mettre ses menaces à exécution.

— C'est exact. Mais moi je suis capable de le contrôler.

— Espérons-le. En tout cas, je vous remercie de m'avoir autorisé à assister à cette séance. L'expérience m'a été très profitable en tant qu'avocat : je dispose maintenant de tous les éléments nécessaires. Dès demain, je ferai connaître au juge notre intention de plaider l'aliénation mentale.

— Pas encore, rétorqua le médecin. Pour que

le diagnostic soit complet, il nous faut encore découvrir l'origine de ce trouble.

— N'avez-vous pas évoqué des sévices subis dans la prime enfance ?

— C'est exact. Il va donc falloir que je fasse régresser Cory et que je lui fasse revivre ces expériences traumatisantes. Afin qu'il réagisse et les surmonte. C'est ce qu'on appelle l'abréaction.

— Le plus tôt sera le mieux, alors, fit Kirk d'un ton pressant.

— J'en doute. La régression est un processus très lent, M. Kirk. Et l'abréaction un phénomène très dangereux. Cela prend du temps.

— Combien ?

— Des jours, des semaines. Davantage peut-être. On ne peut absolument pas accélérer le processus. Car, dans certains cas, les conséquences peuvent être fatales.

— Docteur, je vous rappelle qu'il ne nous reste que quelques jours pour faire part au tribunal du système de défense que nous avons choisi. Et si je ne fais pas le nécessaire, Cory risque de se voir condamné à passer vingt-cinq ans de son existence, voire sa vie entière, en prison.

Le Dr Scott ne voulut pas en démordre.

— C'est à moi de décider.

— Tenez-moi au courant. Afin que je puisse faire le nécessaire le plus vite possible.

— Bien sûr, répondit-elle d'un ton ferme.

— Merci. Maintenant je vous laisse : j'imagine que vous devez avoir un patient de bonne heure demain.

Alors qu'il atteignait la porte, elle le rappela :

— M. Kirk, les intonations de Max, son rire, son comportement agressif, ça ne vous rappelle rien ?

— Si. Le coup de téléphone que j'ai reçu à deux heures du matin, admit l'avocat.

— Je m'en doutais. C'est ça qui m'a mise sur la

piste. Claquez la porte en sortant, vous serez gentil.

Kirk descendit l'escalier moquetté. *Bon sang, comment fait-elle pour me donner régulièrement l'impression que je suis un domestique qu'on congédie à volonté ? Personne ne m'a jamais traité de cette façon. Encore moins une femme. Mais celle-là...*

15

Quelques jours plus tard, la limousine de David Kirk remontait Park Avenue au milieu de la circulation chargée du début de soirée. Tous les automobilistes semblaient s'être donné le mot pour emprunter la prestigieuse artère.

Agacé, intrigué, Kirk examina le message que Greta lui avait remis.

Bizarre, ce message. Elle appelle, laisse un mot à Greta. « Dites à M. Kirk de se trouver à mon cabinet à dix-neuf heures quinze précises. » Qu'est-ce qui se prépare et pourquoi faut-il que je sois aussi ponctuel ? C'est une maniaque de l'exactitude, cette femme-là. Peut-être qu'elle devrait consulter un psychiatre.

Bien que le trafic fût dense, il arriva néanmoins devant l'hôtel particulier du Dr Scott avec quelques minutes d'avance. Elle mit un certain temps à descendre lui ouvrir. Lorsqu'elle apparut finalement, il s'aperçut qu'elle avait délaissé ses costumes stricts habituels : elle était en jean avec un pull bleu qui moulait son buste de la façon la plus flatteuse. Ses cheveux flottaient librement sur ses épaules. Un peu trop librement peut-être. Comme si elle avait été interrompue en plein effort.

L'arrivée de Kirk la prenait visiblement par surprise.

— Dix-neuf heures quinze. Vous ne m'avez pas interdit de me présenter chez vous plus tôt.

— Bon, fit-elle en se détendant, au fond ce n'est pas plus mal que vous soyez en avance : vous allez pouvoir m'aider. Suivez-moi.

Sur le point de se diriger vers le petit ascenseur, elle se ravisa et emprunta l'escalier.

Au lieu de l'entraîner sur la droite vers son cabinet, elle tourna à gauche, lui fit longer un étroit couloir encombré de meubles qui manifestement venaient d'être déplacés.

Drôle d'heure pour déménager des meubles. Surtout quand on attend de la visite.

— J'aurais besoin d'un coup de main.

Kirk la suivit dans une petite pièce qu'on avait vidée de son mobilier. À en juger par les carrés et les rectangles légèrement décolorés sur les murs, la pièce avait été également débarrassée de tous les tableaux qu'elle contenait. Il remarqua un détail encore : l'absence de fenêtre. Le seul meuble était un petit canapé.

— Prenez-le par l'autre bout, lui ordonna Scott. Et veillez à ne pas esquinter la porte ni à érafler les murs du couloir.

— Oui, madame. Bien, madame. À vos ordres, madame.

Elle le rabroua d'un regard.

— Parfait, et maintenant on soulève !

Force lui fut de reconnaître qu'elle ne ménageait pas sa peine. Avec le plus grand soin ils transportèrent le canapé dans le couloir, l'adossant contre le mur afin de dégager le passage.

— Maintenant je file faire un brin de toilette avant l'arrivée de Chris.

— Et le but de la manœuvre, c'est quoi ?

— Le temps presse : suivez-moi, je vous expliquerai en me préparant.

Kirk la suivit dans le couloir jusqu'à une pièce située à son extrémité. Tandis qu'ils se hâtaient, elle lui dit d'un ton sec :

— Le facteur temps a une importance telle dans notre affaire que j'ai décidé d'accélérer le mouvement. J'espère que tout se passera bien. Nous verrons ça d'ici peu.

Elle entra dans sa chambre. Tout en gagnant sa penderie, elle continua de parler et entreprit de se changer.

— J'ai commencé à faire régresser Chris.

— Vous en êtes arrivée au moment de son enfance où il a subi des sévices ?

— Je n'ai pas encore osé m'aventurer jusque-là. Mais ce soir c'est à cela que je vais m'atteler. C'est pourquoi j'ai débarrassé la pièce de tout ce qui se casse. L'abréaction peut être un phénomène extrêmement traumatisant.

— Au point qu'il faille qu'elle se déroule dans une pièce nue ?

— À l'hôpital, j'aurais demandé à deux garçons de salle d'être présents avec une camisole de force.

— Les patients peuvent devenir violents à ce point ?... J'ai remarqué que la pièce était dépourvue de fenêtres. Pour l'empêcher de se jeter dehors ?

— C'est déjà arrivé, convint-elle. C'est pourquoi il vaut mieux qu'il n'y ait pas de fenêtres. Pas de radiateurs, pas d'étagères ni de tableaux. En un mot pas d'angles. Même la caméra de télévision est hors de portée.

Elle revint dans sa chambre vêtue d'une jupe et d'un chemisier stricts, les cheveux nattés avec soin.

Kirk se dit qu'il la préférait avec les cheveux un

peu en désordre. Cela lui donnait l'air moins inabordable.

Tandis qu'ils retournaient vers son cabinet, Kirk demanda :

— Quelles instructions avez-vous à me donner ?

— Observez ce qui se passe. De façon à engranger les éléments qui vous permettront de faire face aux prétendus experts de Stone.

La sonnerie l'interrompit.

— Le voilà, dit-elle à voix basse.

Elle appuya sur le bouton de l'interphone puis alla jusque sur le palier du premier.

— Vous pouvez monter, Chris.

Kirk distingua un bruit de pas étouffé dans l'escalier moquetté.

Cory ne cacha pas sa surprise en découvrant David Kirk. Il sourit, hocha la tête. Manifestement il avait du mal à s'adapter à cette situation.

— La séance de ce soir va être identique aux six précédentes, Chris. J'utiliserai la même méthode.

— L'hypnose ?

— Oui.

— Très bien, fit-il, se dirigeant vers le cabinet du psychiatre.

Une fois installé dans son fauteuil habituel, il attendit que le processus s'engage. Michal Scott vint se placer derrière lui. Parlant bas, elle évoqua les images familières : prairie verdoyante, brise légère, escalier, marches qu'il fallait compter une à une. Très rapidement Cory se trouva plongé dans un sommeil hypnotique.

— Chris, vous allez me suivre dans le couloir et de là dans une autre pièce.

Elle sortit, suivie de Cory qu'elle fit entrer dans la pièce vide.

— Et maintenant Chris, poursuivit-elle lentement, nous allons de nouveau remonter en arrière.

Vous n'êtes plus un jeune homme de vingt-six ans. Vous avez vingt et un ans. Vous m'entendez, Chris ? Maintenant, vous avez dix-huit ans. Dix-huit ans, Chris. Maintenant, vous en avez seize. Treize. Vous avez treize ans. Maintenant, vous en avez douze. Vous avez douze ans, Chris. Cette fois nous allons remonter plus loin encore. Vous avez neuf ans, huit ans. Et maintenant sept. Et maintenant Chris, vous avez six ans. Six ans.

Les yeux toujours fermés, il fit oui de la tête.

— Quand je vous toucherai la main, vous ouvrirez les yeux.

De nouveau, il hocha la tête.

— Chris, vous avez six ans. Vous vous souvenez de ce que vous faisiez à six ans ? Avec qui viviez-vous à cette époque ?

— Maman.

Kirk constata qu'il prononçait le mot non pas avec la voix d'adulte hypnotisé de Chris Cory mais avec les inflexions d'un bambin aux abois.

— Vous avez peur, Chris ? Peur de votre mère ?

Le visage de Cory refléta une angoisse enfantine. Il se détourna du Dr Scott. Et, ce faisant, se trouva face à Kirk. Il se détourna de nouveau. Lentement, il gagna un angle de la pièce nue. Il s'accroupit, recroquevillé sur lui-même, comme s'il voulait se cacher ou disparaître. Soudain il leva les bras comme pour éviter un coup. Il se mit à gémir tel un petit garçon de six ans mort d'inquiétude.

Kirk consulta Michal Scott du regard. Elle lui fit signe de ne pas broncher et de s'éloigner du champ de vision de Cory.

— Qui est-ce qui veut vous frapper, Chris ?

— Lui.

— Qui, lui ?

— Lui.

Le Dr Scott s'approcha de Cory ratatiné dans

son coin. Une fois de plus, il se fit un bouclier de ses bras, gémissant :

— Non, je regarderai pas, non... non !...

Cette fois, Cory pleurait à chaudes larmes, s'essuyant les joues avec la manche de sa veste.

— Chris, qui c'est « lui » ? insista le Dr Scott.

— Il... il vient la voir tous les après-midi... Tous les après-midi... Depuis que papa est mort, répondit le petit Chris de six ans.

— Et que fait-il ?

— Il lui fait des choses. J'les ai vus. Il m'a surpris. Il m'a tapé. « Si tu recommences, je te flanque la raclée de ta vie. »

— Et tu as recommencé ?

Accroupi dans l'angle de la pièce, Chris hocha lentement la tête avec l'air terrorisé du petit garçon coupable.

— Et il t'a surpris à nouveau, Chris ?

Chris fit oui de la tête, se recroquevillant sur lui-même de plus belle.

— Qu'est-ce qu'il t'a fait, Chris ?

— Il a mis sa main dans ma culotte, il a sorti mon zizi...

— Et ensuite ?

— Il a dit qu'il allait me le couper, murmura le petit Chris de six ans.

— Il a dit... reprit le médecin aussitôt interrompue par Cory.

— Il l'a fait... Il l'a fait...

Médusés, le Dr Scott et Kirk se regardèrent. Aucun d'entre eux n'avait, fût-ce l'espace d'un instant, imaginé que Cory ait pu vivre un traumatisme de ce genre. Parmi les médecins qui l'avaient examiné, il y en aurait quand même un qui aurait remarqué son absence de...

— Chris... questionna Michal Scott avec douceur, cet homme... il t'a vraiment coupé le zizi ?

— C'est à Max... C'est à Max qu'il a fait ça, répondit le petit Chris.

La réponse de Cory parut au Dr Scott encore plus bizarre que l'aveu initial. D'un geste, elle fit signe à Kirk de ne pas bouger. Il lui fallait en avoir le cœur net. Savoir à quoi s'en tenir.

— Chris, vous connaissez Max ?

— Max ? C'est papa qui me l'a donné, répliqua le petit Chris tout fier.

— Quand ça ?

— Pour mon anniversaire. Le jour de mes cinq ans. Il a ramené Max à la maison. « Tiens, c'est pour toi, va falloir lui trouver un nom. »

Cela suffit au Dr Scott qui poursuivit :

— Max, c'est le nom que tu as donné au chien que ton père t'avait offert pour ton anniversaire ?

— Papa... il m'avait dit : « Le nom le plus rigolo que tu puisses inventer pour un chien, c'est quoi ? » Et moi j'ai dit Max.

Le petit Chris éclata de rire au souvenir de cette journée heureuse.

— Chris, l'homme... qui fait des choses avec ta maman, des choses que tu regardes, il a fait du mal à Max ?

Chris s'arrêta de rire. La terreur se lut de nouveau sur son visage. Il se ratatina en tremblant de tous ses membres comme un garçonnet effrayé.

— Qu'est-ce qu'il a fait ?

— Exactement ce qu'il a dit, réussit tout juste à répondre Chris.

— À moi, tu peux le dire, je ne te ferai pas de mal, personne ne te fera du mal.

— Lui, si ! s'entêta Chris.

— Il ne peut pas te faire de mal maintenant.

— Si ! Si ! Il lui en a bien fait, du mal, à Max !

— Qu'est-ce qu'il lui a fait au juste ?

— Il lui a coupé le zizi, lâcha le petit Chris, se

mettant à pleurer comme seul peut pleurer un enfant.

— Chris, insista le Dr Scott. Tu l'as *vu* faire ?

— Max était par terre. Il l'a attrapé. Il l'a posé sur la table. Il a pris le grand couteau de cuisine de maman. Il a tiré sur le zizi de Max et il...

Mimant la scène, d'un coup sec de sa main tendue Cory sectionna le pénis du chien.

— Fais pas ça ! s'écria Chris avec la colère et la terreur d'un enfant de six ans. Max est à moi ! Fais pas ça !

Cory se leva d'un bond et se précipita contre le mur comme s'il se ruait sur l'inconnu. Il s'élança contre un mur puis contre un autre. Le Dr Scott et Kirk se déplaçaient à toute vitesse pour rester hors de sa portée tandis qu'il continuait de se jeter contre les parois, de s'en prendre à la brute qui avait mutilé la seule chose à laquelle tenait le petit Chris : le chien que lui avait offert son père décédé.

Il continua à se jeter contre les parois sans se soucier de la douleur, et finalement il se laissa tomber sur le parquet, à bout de forces.

— Chris, insista le Dr Scott. Ce qu'il a fait à Max, il a menacé de te le faire aussi ?

Sans oser lever les yeux, Chris hocha la tête en signe d'assentiment.

— Et il a mis sa menace à exécution ?

Le petit Chris de six ans ne réagit pas tout de suite. Après un moment de silence, il murmura :

— Une fois... Une fois... Il m'a surpris en train de regarder de nouveau... Et il m'a remorqué de force vers la table. Moi je me débattais... Je criais... « Maman ! Maman ! » Mais lui il continuait à me traîner, il a pris le gros couteau, il a ouvert ma braguette...

Il plaqua ses deux mains sur son entrejambe,

détournant le visage et tremblant de tous ses membres.

— Chris... Qu'est-il arrivé ?

— Il a ouvert ma braguette... Il a sorti... mon zizi...

Joignant le geste à la parole, Cory tira la fermeture Éclair de son jean, plongea la main dedans et en sortit son pénis. Il tira dessus, comme pour le poser sur la table. Puis, du tranchant de la main, il le sectionna.

— ... Il m'a donné un coup de couteau... Il m'a donné un coup de couteau... Très fort.

— Il t'a donné un coup sur le zizi ?

— Oui... Enfin non... J'ai cru... j'ai cru que c'était sur le zizi mais j'ai rien senti... Il a fait semblant... Mais il l'a pas coupé... C'était juste pour me faire peur... Me faire peur.

Il se remit à pleurer amèrement.

— Et c'est la seule fois que ça s'est produit, Chris ?

De la tête, il fit non. Puis, tout d'un coup, il fusilla le médecin du regard. Exprimant la haine et la terreur qu'il avait refoulées pendant vingt ans, il accusa :

— Et tu l'as laissé faire... T'as pas bronché.

Il bondit sur ses pieds, se précipita sur le Dr Scott, essayant de lui décocher des coups de poing.

L'attaque fut si brusque que la psychiatre se trouva prise de court. Kirk bondit à son tour pour ceinturer Cory, lui immobilisant les bras. Le jeune homme se débattait avec une force démoniaque, mais Kirk le tint prisonnier jusqu'à ce que la crise passe et qu'il s'affaisse par terre.

Kirk fut alors à même de s'occuper de Michal Scott, qui était encore hors d'haleine. Il la prit, la tint contre lui, sentant battre son pouls.

Retrouvant son calme, elle s'aperçut qu'elle

était dans les bras de Kirk. Elle se dégagea, expliquant :

— Il m'a prise pour sa mère. Je ne m'y attendais pas. Maintenant il faut que je le sorte de là.

Quittant Kirk, elle rejoignit Cory qui était effondré dans son coin, totalement épuisé.

— Chris, levez-vous. (Il obéit.) Lorsque vous vous réveillerez, vous n'aurez plus aucun souvenir de ce qui vient de se passer. Vous n'éprouverez ni colère ni chagrin. Vous vous sentirez en paix. Prêt à rentrer chez vous et à prendre une bonne nuit de sommeil.

Cory fit oui de la tête.

— Voilà, Chris, réveillez-vous.

Il ouvrit les yeux, sourit et se rendit soudain compte de sa tenue débraillée. Il se détourna. Une fois qu'il se fut rajusté, il fit de nouveau face au médecin, gêné, intrigué.

— Ne vous inquiétez pas, Chris. Ça fait partie de la séance. Comment vous sentez-vous ?

Il sourit.

— Un peu gêné mais, à part ça, bien. J'ai un peu sommeil.

— Rentrez chez vous tout de suite. Dormez. Et demain rendez-vous ici à cinq heures.

Après le départ de Cory, le médecin observa :

— Vous voyez pourquoi nous avons besoin de garçons de salle et d'une camisole de force.

— Seigneur, observa Kirk, il y a des gens qui infligent des traitements pareils à des gosses sans défense ?

— J'ai entendu pire, rétorqua Michal Scott. En tout cas, maintenant nous savons pourquoi la personnalité parasite s'appelle Max. Et pourquoi Max a tué Alice Ames.

— Alice l'avait abandonné. Comme sa mère avant elle.

— Et, pour lui, abandon rime avec castration,

ajouta le Dr Scott. Puisque c'est de ça que l'amant de sa mère le menaçait. Pour guérir, il faudra que Chris revive plusieurs fois ce traumatisme avant de pouvoir le surmonter.

Kirk ne put s'empêcher d'esquisser un sourire.

— Ça vous amuse ?

— La situation a quelque chose d'ironique. Vous voulez qu'il retrouve la santé mentale. Et moi je tiens à ce qu'il reste « fou ». Du moins jusqu'à la fin du procès.

— C'est toute la différence entre nous. Mon métier, c'est de découvrir la vérité. Le vôtre, de la cacher.

Le sourire de Kirk disparut.

Presque en s'excusant, elle ajouta :

— Merci de votre aide. C'est la première fois que je perds mes moyens en présence d'un patient.

— Peut-être que vous devriez les perdre plus souvent. J'avoue que ça ne m'a pas déplu de vous voir prise au dépourvu et déstabilisée.

Le psychiatre s'abstint de répondre. Et dit d'un ton plutôt sec :

— Vous pouvez plaider la démence, M. Kirk. Vous avez tous les éléments en main.

Elle était redevenue elle-même, professionnelle jusqu'au bout des ongles, semblable au Dr Michal Scott qu'il avait rencontrée la première fois.

16

Howard Stone étudia le document une seconde fois avant d'exploser :

— Bon sang, à quoi diable joue Davey Kirk cette fois ?

Sa jeune assistante, Harriet Fielder, était une Noire. Le Women's lib, le mouvement N.O.W. et les multiples mesures prises tant au Congrès que localement destinées à protéger le sexe faible et plus particulièrement les représentantes de la communauté afro-américaine des débordements souvent douteux de leurs collègues ou de leurs employeurs ne l'empêchaient pas de trembler comme une feuille lorsque Howard Stone se mettait en rogne.

— Harriet, appelez-moi ce petit fumier de Kirk ! Dites-lui que le formulaire concernant le système de défense doit être déposé dans les trente jours qui suivent la présentation devant le tribunal ! Ce délai est écoulé depuis longtemps !

— C'est fait.

— Ah bon ? fit Stone, déçu de constater qu'elle avait pris les devants. (Tendant la main vers ses comprimés, il demanda :) Qu'est-ce qu'il vous a dit, ce génie ?

— Je ne l'ai pas eu au bout du fil. C'est à Gerry Prince que j'ai parlé. Il m'a expliqué, que dans ce cas, il était absolument impossible de respecter les délais prescrits par la loi.

— *Gerry* a estimé que les mesures prévues par la loi ne s'appliquaient pas à cette affaire, remarqua Stone, caustique. Est-ce que vous avez poussé le culot jusqu'à lui suggérer que c'était au juge de se prononcer sur ce point ?

— En effet, je le lui ai fait observer.

— Et alors ?

— Gerry a répondu que si vous n'étiez pas d'accord pour leur accorder une dérogation, ils étaient prêts à en référer au juge Malachi.

— Très bien, mon petit. Quelque chose me dit que ce vieux Malachi et moi allons avoir une conversation passionnante. Appelez-moi donc sa secrétaire, Ida. Et prenez-moi un rendez-vous.

— Très bien, M. Stone, dit la jeune femme en se dirigeant vers la porte.

Sans lui laisser le temps de faire un pas de plus, le procureur lança :

— Harriet, ce n'est pas parce que je vous perturbe avec mes braillements que cela doit vous empêcher de retenir la leçon. Les petits futés comme Kirk, il ne faut jamais leur laisser une chance, si mince soit-elle, de vous posséder. On ne sait pas ce qu'ils ont dans le ciboulot, ces fumiers. Vu ?

— Compris, M. Stone, répondit Harriet Fielder. (Elle ne put résister et ajouta :) D'après les bruits de couloir, c'est vous qui avez formé Kirk...

— Eh oui, admit le procureur. J'imagine qu'on gravera ça sur ma tombe : « Ci-gît l'homme qui a formé David Kirk. » Comme si c'était mon seul titre de gloire en vingt-quatre ans de métier. (Puis il reconnut à contrecœur :) Bon sang, quand je les forme, moi, je fais pas semblant ! D'ailleurs, si vous ouvrez grand vos oreilles, jeune fille, vous ne tarderez pas à en connaître un rayon, vous aussi. Maintenant, allez passer ce coup de bigo et organisez un rendez-vous chez le juge.

David Kirk plaidant à la Federal Court pour un client cadre de banque accusé d'avoir blanchi de l'argent provenant d'un trafic de drogue, le rendez-vous chez le juge Malachi fut fixé au mercredi après-midi, cinq heures et demie. Stone faisait déjà les cent pas dans l'antichambre du juge lorsque Kirk arriva. Malachi était dans son cabinet particulier, il avait ôté sa robe noire et déboutonné sa veste. Il venait d'humecter l'extrémité d'un cigare. Avant même de les saluer, il décapita d'un coup de dent habile le bout de son havane, l'alluma, tira voluptueusement dessus pour s'assurer qu'il était à son goût. Tout en admirant les volutes de fumée, il laissa tomber, mine de rien :

— Eh bien, messieurs, nous avons un problème ?

— Un problème, Votre Honneur ? ricana Stone, sarcastique. Le non-respect des mesures édictées par la loi ne constitue pas un problème !

Malachi fit pivoter son fauteuil roulant de façon à ne pas faire directement face à David Kirk.

— Eh bien, maître, je vous écoute.

— Il est possible qu'il faille déposer un préavis lorsqu'on envisage de plaider la démence... commença Kirk.

— Comment « possible » ? l'interrompit Stone. Indispensable, vous voulez dire ! Cette règle ne souffre pas d'exceptions.

— C'est bien pour cela que nous sommes ici, reprit Kirk. Les statuts laissent de côté un fait important. Sauf s'il recourt à ce système de défense à la légère, l'avocat doit l'étayer à l'aide d'éléments médicaux et psychiatriques irréfutables. Et dans le cas de mon client, la collecte de ces éléments a nécessité plus des trente jours réglementaires.

— Voyons, Davey, rétorqua Stone, ça, c'est encore une de vos finasseries. Je n'ai jamais vu qu'un psychiatre ne puisse poser un diagnostic en une semaine, mettons deux à tout casser. Or, dans ce domaine, croyez-moi, j'en ai vu de toutes les couleurs : des schizos, des paranos, des maniaco-dépressifs. J'en passe et des meilleures. Et pas un seul cas n'a demandé quarante-neuf jours de réflexion au psychiatre expert pour que celui-ci se prononce.

S'attendant à cette réaction, Kirk lança :

— M. Stone, j'ai bien peur que votre expérience en la matière ne soit un peu limitée. Je doute que vous ayez rencontré un cas semblable à celui qui nous occupe.

Piqué au vif, le procureur contre-attaqua :

— Expliquez-vous.

— Je préférerais en débattre avec vos experts psychiatres, dit Kirk.

— *Vous* préfériez. Eh bien, Davey, en ce qui me concerne, c'est tout de suite que j'aimerais qu'on en parle. En présence du juge Malachi auquel il incombe de prendre la décision qui s'impose.

De derrière un épais nuage de fumée, Malachi laissa tomber :

— Vous avez entendu, Davey.

— Votre Honneur, pour poser un diagnostic de cette complexité, il faut de nombreuses séances et des explications non moins nombreuses.

— Inutile de vous répéter, mon petit. Je ne suis pas encore complètement sourd. Dites-moi plutôt où vous voulez en venir, nom d'un chien ! lança Malachi, furieux.

— Mon client, qui est irresponsable, n'a, à aucun moment, eu l'intention de commettre le crime dont il est accusé. Il est atteint d'une maladie mentale...

— Davey ! le rabroua Malachi. Cessez de tourner autour du pot. Venez-en au fait ! De quelle maladie s'agit-il ?

— Syndrome de personnalité multiple, annonça Kirk.

Howard Stone leva les bras au ciel. S'éloignant du bureau du juge, il se mit à faire les cent pas dans la vaste pièce tout en soliloquant.

— Syndrome de personnalité multiple. Décidément, on aura tout entendu. Il est gonflé, le bougre, rien ne l'arrête. C'est sûrement le seul avocat de l'État de New York qui ose présenter un moyen de défense aussi bidon. Son histoire de galipettes sado-maso, c'était déjà super. Le coup de la victime qui s'est empalée accidentellement sur le couteau de son assassin, c'était pas mal non plus. Mais alors là, franchement, ça bat tous les records !

Stone pivota pour faire face à Malachi.

— Aaron, vous allez le laisser s'en tirer comme ça ?

— Howie, il a le droit de choisir le système de défense qui lui paraît le plus approprié.

— Et vous celui de lui couper l'herbe sous le pied. Il vous suffit de refuser de lui octroyer un délai supplémentaire, fit observer Stone.

Malachi avait l'air pensif dans son fauteuil roulant, l'œil perdu dans les volutes de fumée de son cigare.

— Votre Honneur... insista Stone.

— Quel est votre point de vue, maître ? questionna Malachi.

— Il est double.

— Je vous écoute mais ne mélangez pas tout. Expliquez-moi ça point par point.

— *Primo,* l'amnésie étant un des symptômes de base du syndrome de personnalité multiple, l'incapacité dans laquelle mon client se trouve de se souvenir des faits et des circonstances entourant le crime le rend incapable de participer à sa propre défense.

— C'est de la couille ! s'exclama Stone.

— Howie, c'est à moi d'exprimer mon point de vue, lui rétorqua Malachi. (Se tournant vers Kirk, le vieux juge observa :) C'est de la connerie, Davey. De la connerie pure et simple. Et maintenant, le deuxième point.

— Du fait de l'amnésie, un second problème se pose : celui de savoir si, au moment de la perpétration du crime, mon client était en mesure de distinguer le bien du mal. Nous n'en savons rien. Lui non plus. En conséquence, il n'est pas légalement responsable, affirma Kirk, bien décidé à ne mettre l'histoire de Max sur le tapis qu'à l'audience.

Malachi hocha gravement la tête, donnant momentanément à Kirk l'impression qu'il avait marqué le point. Toutefois, au lieu de faire part aux deux hommes de sa décision, le juge lança :

— Excusez-moi, messieurs, un besoin urgent...

Là-dessus, il s'éloigna en direction des toilettes.

En l'absence de Malachi, Stone, incrédule, continua de secouer la tête tout en monologuant. « Si quelqu'un souffre du syndrome de personnalité multiple dans cette histoire, ce n'est pas le client, mais son avocat. Franchement, cette fois j'aurai tout vu. Pour du culot, c'est du culot. Et il se figurait que Malachi tomberait dans le panneau. »

Kirk attendait stoïquement, sans même réagir au monologue de Howie Stone.

Le juge Malachi réintégra bientôt son bureau.

— Vous n'allez pas me croire, messieurs, et pourtant ces lieux m'inspirent. Figurez-vous que je viens d'avoir une idée. Deux, même. Dans un premier temps, j'ai commencé par me dire : « Je sais où l'ami Davey veut en venir. Il a signé un contrat avec un producteur de cinéma. Ou de télévision. Michael Douglas jouera son rôle : le brillant défenseur de la justice plaidant la cause d'une pauvre victime du système. Pour faire bonne mesure, il ajoute un zeste d'un remake des *Trois Visages d'Ève*. Avec Meryl Streep à la place de Joanne Woodward dans le rôle d'Ève.

« Howie, mon vieux, pour exercer la profession d'avocat de nos jours, il ne suffit pas de connaître le droit : il faut aussi savoir comment fonctionne le monde du showbiz. C'est bien gentil de confier à Michael Douglas le rôle principal. Mais pour que la mayonnaise prenne mieux, il faut également un grand rôle féminin. Conclusion, Cory change de sexe. »

Malachi consulta Kirk du regard.

— Je brûle, n'est-ce pas ?

— Votre Honneur, je ne suis pas en pourparlers avec Hollywood. Il ne s'agit pas d'une astuce. Le diagnostic est parfaitement fondé, mon moyen de défense aussi. D'ailleurs, je vous en apporterai la preuve lors du procès. Je suis prêt à jouer ma réputation d'avocat là-dessus.

Howie Stone ne put s'empêcher de glousser.

— Je préfère la version du juge : le film.

Indigné, David Kirk se tourna vers Stone.

— Bon Dieu, Howie, j'étais présent quand ça s'est passé ! Je l'ai vu, de mes yeux vu. Christopher Cory souffre du syndrome de personnalité multiple. Je suis prêt à le jurer sous serment.

Touché par la déclaration de Kirk, le juge Malachi intervint :

— Davey, vous ne m'avez pas laissé le temps de vous exposer la seconde idée qui m'est venue pendant que j'étais aux toilettes.

Le juge tira sur son cigare, lequel s'était éteint. Il le ralluma, tira dessus à plusieurs reprises et déclara :

— Davey, selon la nouvelle loi en vigueur dans l'État de New York, le District Attorney n'est plus tenu de prouver que l'inculpé est *sain d'esprit*. C'est à vous de faire la preuve qu'il est *dérangé*. Je vais donc vous donner une chance, et laisser notre ami Howie nommer un psychiatre qui examinera votre client. Si, après l'avoir examiné, l'expert estime qu'il y a une chance que votre client soit atteint de ce syndrome de multiple je ne sais quoi, je vous accorderai la permission de déposer votre dossier bien que le laps de temps prescrit par la loi se soit écoulé.

— Merci, Votre Honneur. C'est une décision équitable, répliqua Kirk.

Mais Stone, lui, gronda :

— Inutile de vous rappeler, maître, que si vous plaidez l'irresponsabilité, vous devez nous communiquer la totalité de vos dossiers psychiatriques.

— Vous les aurez, promit Kirk qui n'avait qu'une hâte : filer avant que Stone ne rouvre la discussion.

L'avocat n'avait pas encore atteint la porte que Malachi lança d'un ton rogue :

— Une dernière chose, maître, au cas où vous songeriez à me jouer un tour de cochon : comptez sur moi pour vous descendre en flammes au procès.

17

Quarante-huit heures plus tard, le cabinet Kirk recevait un courrier lui enjoignant d'envoyer Christopher Cory le lundi suivant chez le Dr Helmut Klinger, au service de psychiatrie de l'hôpital Saint-Luc, à Morningside Heights.

À son retour du tribunal, Kirk, à qui on avait remis le message, contacta immédiatement Michal Scott.

À l'énoncé du nom de son confrère, celle-ci s'exclama :

— Oh, mon Dieu, pas Klinger !

— Pourquoi ? Qu'est-ce qui vous chiffonne ? Qu'est-ce qu'il a, ce Klinger ?

— Il fait partie des vieux réacs qui ne reconnaissent pas l'existence du syndrome de personnalité multiple.

— Comment est-ce possible ?

— Quand nous le rencontrerons, vous comprendrez.

— Parce que vous allez vous déplacer, avec l'emploi du temps chargé que vous avez ?

— Connaissant Klinger comme je le connais, j'ai intérêt à être sur place, s'entêta-t-elle. J'ai été témoin de trop de passes d'armes entre lui et John — le Dr Beaumont — pour me permettre de rater ce rendez-vous.

Michal Scott étant surchargée, David Kirk, Chris Cory et elle-même se présentèrent tard dans l'après-midi au cabinet du Dr Klinger.

De prime abord, Kirk trouva Klinger sympathique. C'était un vieil homme petit, trapu, avec des yeux inquisiteurs derrière des lunettes aux verres épais. Sa barbe soigneusement taillée lui donnait un air de ressemblance avec Sigmund Freud. Lorsqu'il les salua, sa voix trahit un soupçon d'accent. Michal Scott fit d'ailleurs observer à Kirk à la sortie de l'entretien : « Non seulement il s'efforce d'avoir le look et les intonations de Freud, mais il veut se faire passer auprès des gens pour son successeur. »

— Bien ! lança Klinger. Je vois que le Dr Scott vous accompagne. Comment allez-vous, ma chère ? Il y a une éternité que nous ne nous sommes vus... Depuis les obsèques de ce cher John, me semble-t-il. Il doit vous manquer.

Kirk crut déceler un contentieux entre les deux spécialistes, lequel amusait Klinger mais pas Michal Scott.

— Passons aux choses sérieuses, poursuivit Klinger en se tournant vers Christopher Cory qui avait gardé le silence pendant ces premiers échanges sans se rendre compte de l'animosité qui existait entre les deux médecins. Voilà donc votre patient ?

— Dr Klinger, Christopher Cory, fit Kirk, les présentant.

— Ah oui, je me souviens d'avoir vu sa photo dans les journaux. D'après ce que j'ai cru comprendre, c'est un cas intéressant. (Il gratifia Michal Scott d'un sourire malicieux.) Nous verrons ça plus tard. M. Kirk, voulez-vous demander à votre client de sortir un instant, je vous prie ?

Une fois Cory dehors, Klinger se montra nettement plus direct.

— Dr Scott, il ressort des documents que vous m'avez fait parvenir que vous avez réussi, sous hypnose, à faire remonter à la surface une personnalité secondaire chez votre patient. Est-ce exact ?

— En effet, répondit le médecin.

— Cette prétendue personnalité secondaire, elle est remontée seule à la surface ou vous l'avez aidée en recourant à la suggestion ? questionna Klinger.

— Je vous arrête, Klinger ! s'interposa Kirk. Je me suis moi-même entretenu au téléphone avec cette personnalité secondaire. Et je l'ai vue sous hypnose.

— Ah ! Cela prouve à quel point il est facile de duper les gens. Même les gens intelligents, fit le psychiatre, buvant manifestement du petit-lait. Peut-être que je devrais vous expliquer en quoi consiste le syndrome de personnalité multiple ? Je suis sûr que le Dr Scott se fera un plaisir de corroborer mes dires, n'est-ce pas, ma chère ?

— Tout dépend de ce que vous direz, lança la jeune femme, rouge de colère.

— Chaque fois que vous serez en désaccord avec moi, n'hésitez pas à intervenir, ma chère, suggéra Klinger d'une voix où perçait l'hostilité. (Puis, se tournant vers l'avocat :) Cher M. Kirk, en psychiatrie comme dans le prêt-à-porter féminin, les modes vont et viennent. Qui aujourd'hui croit à la psychanalyse telle qu'elle se pratiquait il y a encore une génération ? Très peu de gens. Ce qui est à la mode un jour est démodé le lendemain. Ainsi du syndrome de personnalité multiple. Aujourd'hui, le phénomène fait fureur, demain il disparaîtra.

— Je ne suis absolument pas d'accord avec vous, l'interrompit sèchement le Dr Scott.

Klinger lui adressa un sourire condescendant. Kirk comprit que le vieil homme essayait de la rabaisser en la traitant comme une étudiante qui se serait fourvoyée.

— Syndrome de personnalité multiple. On ne jure que par ça ces temps-ci. Dans l'édition, au cinéma, à la télévision. C'est une véritable manie. Comme le rap. (Klinger éclata de rire.) Je ne serais pas surpris d'apprendre que certains songent à faire passer une loi exigeant que chaque personnalité secondaire ait le droit de vote.

— Si vous en veniez au fait, docteur ? s'exclama Kirk.

— Les diagnostics de personnalité multiple sont à mes yeux suspects. Vous mettez sous hypnose un patient dont l'esprit est dérangé, vous le persuadez, par la suggestion, de laisser remonter à la surface une personnalité secondaire, et aussitôt il vous en sort une. C'est pourquoi il y a autant de S.P.M. aujourd'hui. Ça fait plaisir aux médecins qui aiment porter ce genre de diagnostic.

Le Dr Scott rougit de plus belle mais, faisant passer les intérêts de Chris Cory avant son amour-propre, elle s'efforça de garder le silence.

— Dr Klinger, questionna Kirk, est-ce à dire que vous récusez ce diagnostic quelles que soient les circonstances ?

— Oh, il *existe* des cas, rares, de personnalité multiple. Mais dans celui qui nous occupe, qui sait ? (Il se tourna vers Michal Scott.) Si ma mémoire est bonne, John utilisait certains tests afin de s'assurer que son patient était bel et bien sous hypnose. Vous y avez eu recours ?

— Bien sûr ! répliqua le médecin d'un ton ferme.

— Et vous avez eu la certitude qu'il était véritablement plongé dans un sommeil hypnotique lorsque la personnalité secondaire s'est manifestée ?

— Absolument.

— J'étais là, j'ai tout vu, intervint Kirk, à l'appui de l'affirmation du Dr Scott.

— Ne vous vexez pas, M. Kirk. Mais un avocat qui cherche désespérément un moyen de défendre son client n'est pas ce qu'on peut appeler un témoin impartial, lâcha Klinger de l'air de quelqu'un qui s'amuse bien.

— Dr Klinger, à l'évidence le phénomène vous laisse sceptique : c'est pourquoi nous vous avons amené Cory. Nous voudrions que vous l'examiniez. Alors, au lieu d'échanger des amabilités, peut-être pourrions-nous passer aux choses sérieuses.

— Les choses sérieuses, répéta le vieil homme. Ma consœur va l'hypnotiser. Ainsi qu'il a été conditionné à le faire, Cory va laisser remonter un double à la surface. Et ça prouvera quoi ? Rien. Pas même qu'il est véritablement sous hypnose. Car votre patient a un mobile secondaire puissant : il est inculpé de meurtre. Ce n'est donc pas ça qui pourrait m'impressionner.

— Qu'est-ce qui pourrait vous convaincre, alors ? demande Kirk.

— Un Rorschach, suggéra Klinger.

L'avocat jeta un coup d'œil à Michal Scott comme pour savoir comment se comporter.

— Bien, répondit-elle. D'accord pour un Rorschach.

— Vous m'enverrez votre patient pour que je puisse lui faire passer le test ?

Avant de donner son accord, Kirk s'enquit :

— Qu'est-ce que ces taches d'encre nous apprendront que nous ne sachions déjà ?

— Énormément de choses, insista Klinger. Surtout si on procède à un *double* Rorschach.

— Un double Rorschach ? s'étonna Kirk qui ne voulait pas risquer de compromettre les chances de son client.

L'avocat demanda au vieux psychiatre l'autorisation de s'entretenir en particulier avec le Dr Scott dans sa salle d'attente. Permission qui lui fut aussitôt accordée.

— J'ai eu un client à qui on a fait passer un Rorschach. Mais un double, jamais. C'est quoi au juste, un double Rorschach ?

— Klinger veut en faire passer un à Chris. Et un autre à Max, lui expliqua la jeune femme.

— C'est possible ?

— Si je réussis à persuader Max de se manifester et d'accepter de se soumettre au test, c'est possible.

— Ça prouvera quoi ?

— Que Chris et Max sont deux personnalités distinctes. Ou au contraire, que tel n'est pas le cas.

— Docteur, le sort de Cory est entre vos mains. À vous de décider.

— Eh bien, que Klinger le soumettre aux deux tests.

Lorsqu'ils eurent fait part au Dr Klinger de leur décision, le vieux psychiatre dit :

— Très bien. Vous me l'amènerez ici mardi prochain à dix heures du matin.

— Ici ? s'étonna le médecin.

— Je lui ferai passer les tests moi-même,

annonça Klinger. Dans une affaire de cette importance, je ne peux me fier qu'à mon propre jugement. Rendez-vous ici mardi. Dix heures.

Devant la réaction de Michal Scott, Kirk comprit que la décision de Klinger n'était pas à son goût.

— Dr Klinger, s'interposa Kirk, compte tenu que vous risquez d'être cité comme témoin dans cette affaire, ne serait-il pas préférable de demander à une tierce personne de se charger des tests et d'interpréter les résultats ?

— Oh, je suis parfaitement habilité à faire passer ce type de tests. Demandez au Dr Scott. Le Dr John Beaumont, qui était son maître, connaissait mes compétences en la matière, même si nous n'étions pas toujours d'accord par ailleurs. Ce n'est pas vrai, docteur ?

De nouveau, Michal Scott piqua un fard. Toutefois elle reconnut :

— Le Dr Klinger est expert en la matière.

— Parfait ! Alors c'est réglé, conclut Klinger, manifestement impatient de passer à l'action.

— Je suppose, ajouta Michal Scott, que vous ne verrez aucune objection à ce que je demande à un confrère d'évaluer les résultats « en aveugle » ?

Le sourire satisfait de Klinger se figea sur ses lèvres puis, se détendant, il acquiesça :

— Aucune. Mardi. Dix heures.

Une fois sorti du cabinet de Klinger, Kirk questionna :

— Qu'est-ce que c'est qu'une « évaluation en aveugle » ?

— Une interprétation fournie par un expert qui ignore tout de l'identité du ou plutôt des sujets. Autrement dit, quelqu'un de plus objectif que notre ami Klinger.

— Votre *ami* Klinger semble en savoir long sur vos relations avec le Dr Beaumont.

Michal Scott balaya la remarque de Kirk d'un laconique :

— Jalousie professionnelle, M. Kirk. Jalousie professionnelle.

18

L'après-midi était bien avancé.

David Kirk et Gerry Prince, qui s'entretenaient avec un témoin à décharge d'un certain âge, commençaient à perdre patience. Chaque fois que Gerry lui posait une question, le vieil homme lui ressortait le même refrain :

— J'ai beau avoir quatre-vingt-deux ans, je vois aussi bien qu'à vingt et un.

— M. De Brizio, cessez de nous les casser avec votre âge ! s'énerva Gerry. Une fois dans la salle des délibérations, les jurés, qu'est-ce qu'ils vont se dire à votre avis ? « Ce type est trop vieux pour avoir *vu* ce qu'il raconte, il doit être myope comme une taupe. » Contentez-vous de répondre, ce sera plus efficace. Je reprends. Où était Dominick ? Comment se fait-il que vous vous en souveniez aussi nettement ?

— Eh, M. Kirk, il est de quel côté, ce morveux ? gronda le vieux De Brizio. Je suis là pour dire au jury que mon neveu Dominick n'a rien fait. Je veux même pas savoir de quoi il est accusé : c'est inutile, il n'a rien fait.

Au moment où Kirk et Gerry décidaient que le témoin était inutilisable parce que trop discutailleur, le téléphone sonna.

Donnant libre cours à son agacement, Kirk hurla dans le récepteur :

— Greta ! Qu'est-ce qui vous prend ? Vous m'interrompez alors que nous sommes en train de briefer un témoin ?

Au lieu de la voix de Greta, ce fut la diction nette et précise du Dr Michal Scott qu'il entendit.

— M. Kirk, il est cinq heures vingt. Et Chris Cory n'est toujours pas là.

— Comment ça, pas là ? s'exclama Kirk. (Se tournant vers Gerry, il ajouta :) Appelle-moi Cory sur l'autre ligne !

— Ma secrétaire vient d'essayer de le joindre. Ça ne répond pas.

— Dans ce cas, il ne va pas tarder.

— J'en doute car il habite à un quart d'heure de bus de mon cabinet.

— Il aurait décidé de vous poser un lapin ? questionna Kirk, la sondant prudemment.

— J'avoue que cette idée m'a effleurée. Mais je préfère attendre avant de me prononcer.

— Écoutez, le temps d'en finir avec un témoin, et je suis à votre cabinet. Disons dans une demi-heure ?

Furieux, David Kirk tournait dans le cabinet du Dr Scott comme un lion en cage. Il éclata :

— Il était pourtant prévenu. Je l'avais mis en garde. Il savait ce qu'il risquait ! Fin de la mise en liberté provisoire sous caution. Fin des séances d'hypnose. Et fin de tout mon système de défense ! (Il se tourna vers le Dr Scott, avouant, penaud :) C'est que je l'ai cru, moi, ce gosse. Je lui ai fait confiance, sinon il aurait fait tintin pour la caution. Je n'aurais pas casqué.

Dans sa voix, on sentait que le regret l'emportait sur la colère.

— Dix mille dollars, c'est une somme. Mais si je puis...

— Ce n'est pas une question d'argent ! C'est ma réputation qui est en jeu dans cette histoire. Et voilà qu'il me fait un enfant dans le dos.

— Il est un peu tôt pour porter un jugement, suggéra le Dr Scott. Pour commencer, nous ignorons s'il a quitté Manhattan. À l'heure qu'il est, il est peut-être assis sur un banc dans Central Park. Crevant de frousse à la pensée de me voir déterrer dans son passé des choses insupportables. C'est une réaction fréquente chez les patients. Notamment lorsque des souvenirs traumatisants sont sur le point d'émerger. Il n'y a qu'une solution : attendre.

— Mais les patients qui vous ont fait faux bond ne vous téléphonent pas ?

— Si, le lendemain matin. Pour s'excuser de leur défection et me supplier de les reprendre, répondit la jeune femme.

— Quand il vous passera un coup de fil, faites-moi signe immédiatement. On ne peut pas laisser la situation s'éterniser. N'oubliez pas que Klinger doit lui faire passer un Rorschach.

— Précisément. C'est peut-être le Rorschach qui a déclenché ce mouvement de panique.

— Le Rorschach le mettrait dans cet état de nerfs ?

— Il craint peut-être que ce test n'en révèle trop sur son compte.

Kirk hocha la tête, très inquiet.

— Un de mes clients s'est fait la malle pendant trois semaines, une fois. J'ai finalement retrouvé sa trace à Las Vegas. Je l'ai ramené à New York, et y a pas eu de bobo. Avec Cory, le problème est légèrement différent : nous avons une date butoir.

— M. Kirk, nous disposons encore de six jours.

Il est probable qu'il refera surface avant mardi, dit le médecin pour le rassurer.

— Espérons-le. En attendant, personne ne doit savoir qu'il s'est volatilisé dans la nature. Personne !

Le lendemain en fin d'après-midi, à son retour du tribunal, David Kirk composa le numéro du Dr Scott. Cory était-il venu à son rendez-vous de cinq heures ? Non. Avait-il appelé pour expliquer son absence ? Non.

Deux jours d'écoulés. Kirk s'efforça de se replonger dans son travail mais s'aperçut bientôt que la disparition de Cory l'empêchait de se concentrer.

Le lendemain, il appela le cabinet du médecin à deux reprises. Aucun signe de vie de Cory.

— Trois jours d'écoulés, dit-il, furieux, à Gerry Prince. Plus que trois.

— Et dans ces trois jours, lui rappela Gerry, il y a un samedi et un dimanche. Or le Dr Scott ne consulte pas le week-end.

— Eh bien, mon vieux, autant dire que je vois ça comme si j'y étais. Malachi va me décocher un regard noir, persuadé que c'est moi qui ai goupillé le coup. Quant à Howie Stone, il n'a pas fini de me charrier. Tu peux être sûr qu'il va drôlement bicher en pensant aux dix mille tickets que j'ai versés pour la caution.

— Et quand il aura bien ri, il se tapera deux autres pilules, fit observer Gerry. Il en consomme comme si c'était du pop-corn.

— Il n'a pas besoin de pilules quand il se paie la tête de quelqu'un, corrigea Kirk. (Il garda le silence un instant avant d'exploser :) Que ça te serve de leçon, mon grand ! Il faut toujours exiger des clients des honoraires substantiels. Les mecs qui les allongent suivent tes instructions, ils n'essaient pas de jouer au plus fin avec toi. Mais ceux qui ne te versent pas un cent, ceux que tu défends gratos parce que tu as été commis d'office, ceux-là te causent plus d'emmerdes que tous les autres réunis. Et Cory ne fait pas exception à la règle !

Le vendredi, David Kirk appela le Dr Scott non pas une mais quatre fois. Pour apprendre que Chris Cory n'avait toujours pas donné signe de vie.

Lors de son dernier appel, la jeune femme lui dit un peu sèchement :

— Dès que j'ai du nouveau, je vous contacte, d'accord ?

— C'est ça ! Je vous dérange ! lança Kirk, indigné par son sang-froid.

— Je n'ai pas dit ça. Seulement que je préférais que vous me laissiez vous rappeler, dit-elle de son ton net et professionnel.

Merde, mais elle me traite comme si j'étais un de ses cinglés de patients ! rouspéta intérieurement Kirk.

À voix haute, il singea sa diction impeccable :

— Parfait, Dr Scott. Entendu comme ça.

L'as du barreau, l'homme du monde, le tombeur de ces dames boude comme un gosse quand on le contrarie, songea Michal Scott en souriant.

— Docteur, quand il vous faudra vous rendre chez le Dr Klinger avec Cory, mardi, pour qu'il lui fasse passer son Rorschach, vous lui direz quoi exactement ?

— Que je n'ai pas réussi à mettre la main sur lui. J'imagine que le cas a déjà dû se produire.

— Sans doute, mais il ne s'agissait pas de patients inculpés de meurtre mis en liberté sous caution ! rétorqua Kirk, furibard.

— Je l'ignore, M. Kirk.

Perdant toute patience, l'avocat hurla :

— À peine aurez-vous annoncé la nouvelle à Klinger qu'il s'empressera de la répercuter au juge Malachi. Cory sera considéré comme un fugitif, et une fois que les flics l'auront rattrapé, ils le colleront en prison. Et là, vous ferez comment pour le soigner ?

— J'en ai bien conscience. Mais que voulez-vous que j'y fasse ?

— Je ne sais pas, moi ! explosa-t-il. Réagissez ! Intéressez-vous à son sort !

D'un ton encore plus calme, elle répondit :

— M. Kirk, je *m'intéresse* à son sort et je suis inquiète. Seulement, si je devais m'impliquer émotionnellement chaque fois que je m'occupe d'un malade, avouez que je ne lui serais pas d'un grand secours.

— Oui, évidemment, concéda l'avocat. (Intérieurement, il songea : *Je suppose que c'est une pierre dans mon jardin.*) Bon, eh bien, le premier qui a des nouvelles appelle l'autre. Entendu ?

— Entendu, acquiesça Michal Scott.

Il la soupçonna d'avoir abondé dans son sens uniquement pour pouvoir raccrocher.

Lorsque arriva le samedi après-midi, David Kirk s'était fait une raison : Chris Cory avait quitté l'État de New York, il n'avait pas respecté ses engagements. Heureusement, ce n'était pas lui qui devrait annoncer la nouvelle au juge mais le Dr Scott. Lorsqu'il serait convoqué dans le cabinet de Malachi, force lui serait de reconnaître devant ce dernier et Stone que malgré ses mises en garde son client avait quitté l'État. Résultat, il lui faudrait en subir les conséquences.

Malachi et Stone se paieraient sa tête dans les grandes largeurs. Dix mille dollars de caution. Au fond c'était une façon de se débarrasser de cette ennuyeuse affaire à peu de frais.

Son travail du samedi achevé à son cabinet, Kirk se rendit au club sportif dont il était membre afin d'y disputer quelques parties de squash, profiter du sauna et se faire masser.

Sa partie de squash terminée, il pénétrait dans le sauna une serviette autour de la taille, lorsque tout à coup on frappa à la lourde porte. Kirk se précipita au moment où Gerry poussait le battant, lui disant d'un ton insistant :

— Dave, tu ferais mieux de me suivre !

Ce n'était pas la première fois que David Kirk devait renoncer à sa séance de sauna, mais jamais il n'avait vu Gerry dans un état de nerfs pareil.

Kirk se glissa dans le couloir, questionnant son jeune associé :

— Calme-toi et raconte-moi ce qui se passe. Le juge refuse de revoir le procès Wolberg ?

— Tu as tout faux. Il se passe un truc dingue.

— Quoi ?

— C'est tellement invraisemblable que je lui ai demandé de t'appeler ici. Tu peux prendre la communication dans le bureau du directeur.

Vêtu en tout et pour tout de sa serviette, David Kirk enfila le couloir en quatrième vitesse. Une fois dans le bureau du directeur, il s'empara du récepteur.

— Kirk à l'appareil.

À l'autre bout de la ligne, une voix à peine plus forte qu'un souffle murmura :

— Je comprends que vous soyez furieux après moi.

L'avocat identifia aussitôt son correspondant.

— Chris ! Bon Dieu, mais où étiez-vous passé ? Voilà quatre jours...

— Je sais pas, fit Chris d'une voix qui se brisa.

Les sanglots étouffèrent ses paroles.

— Chris ! Écoutez-moi ! Il faut vous reprendre. Vous ressaisir. (D'un geste, l'avocat ordonna à Gerry d'écouter sur l'autre poste. Il laissa Cory hoqueter quelques secondes avant de le questionner.) Chris, où êtes-vous ?

— Dans une cabine téléphonique.

— Non. Je veux dire dans quelle rue ?... Près de chez vous ? Ou quoi ?

Kirk fit signe à Gerry de noter les indications que Cory lui fournirait.

— Attendez, je regarde.

Bien qu'une telle réponse lui parût bizarre, Kirk attendit patiemment que Cory revienne en ligne.

— Water Street.

— Water Street, répéta Kirk. (La main plaquée sur le micro, il se tourna vers son associé :) Il y a une Water Street à New York, Gerry ?

— C'est peut-être une de ces petites rues en lacet du bas de Manhattan. Datant de La Nouvelle-Amsterdam, suggéra Gerry.

— Chris, le nom de la rue qui est à l'intersection de Water Street, c'est quoi ?

Une fois de plus Cory répondit :

— Faut que j'aille voir.

— Comment ça, *voir* ? reprit Gerry en écho. Mais qu'est-ce que c'est que ce cinéma ?

À l'autre bout de la ligne, Cory annonça :

— Scranton Avenue.

Kirk commença à avoir des soupçons. Gerry Prince aussi.

— Il se paie notre tête. Scranton Avenue, à Manhattan, ça n'existe pas.

— Chris ! lança Kirk d'un ton vif. Où diable êtes-vous ?

— À Scranton.

— Scranton ?

— En Pennsylvanie.

— Je croyais pourtant vous avoir formellement

interdit de quitter Manhattan ? explosa l'avocat, donnant libre cours à sa colère. C'est là-bas que vous avez passé ces quatre derniers jours ?

Il aurait continué à fulminer et donner de la voix s'il n'avait entendu à l'autre bout de la ligne des mots étouffés entrecoupés de sanglots : « Je sais pas... Je sais pas... Je sais pas... »

— Chris, écoutez-moi, ordonna Kirk, tentant de l'interrompre.

Mais le jeune homme pleurait de plus belle.

— J'ai peur... Je sais pas quoi faire... Je sais pas comment je suis arrivé ici. J'ai peur.

Se radoucissant, Kirk s'efforça de le rassurer.

— Écoutez-moi, Chris. Ça va bien se passer. Ne craignez rien. Est-ce que vous avez de l'argent sur vous ?

— Mes derniers sous, je les ai dépensés pour passer ce coup de fil, expliqua Cory.

Normalement, David Kirk aurait dû conseiller à son client de se rendre au commissariat le plus proche et de l'y attendre. Mais, étant donné que la fuite de Cory ne devait pas s'ébruiter, il lui fallait trouver une autre solution.

— Chris, tâchez d'aller jusqu'à la gare des Greyhound. Scranton n'est pas un petit bled, il y en a sûrement une. Et puis non, rectifia-t-il en songeant qu'un inconnu traînant dans une gare routière ne pourrait qu'éveiller les soupçons de la police locale. Allez plutôt vous réfugier au Y.M.C.A. J'irai vous y chercher. Je serai là-bas dans quatre ou cinq heures. Vous ne bougez pas, promis ?

— Promis.

Kirk perçut de nouveaux sanglots puis plus rien. Cory avait raccroché.

— Gerry, ma voiture. Je m'habille.

— Tu vas à Scranton ?

— Pauvre gosse... Il vaut mieux que j'y aille moi-même. Et vite.

Trente minutes plus tard, David Kirk se glissait au volant de sa Porsche rouge qui l'attendait devant le club de gymnastique.

À vitesse modérée, alors qu'il aurait volontiers appuyé à fond sur le champignon, il remonta West Side Highway afin de traverser l'Hudson et de prendre l'autoroute qui l'emmènerait à Scranton.

Le trajet était long. Mais il n'y avait pas moyen d'y couper. Car Cory semblait à deux doigts de craquer nerveusement.

19

Deux heures et vingt-huit minutes plus tard, la Porsche rouge de David Kirk s'immobilisait devant le Y.M.C.A. de Scranton. Il était dix heures. La rue était déserte. Le bâtiment semblait fermé pour la nuit.

Kirk gravit les marches du perron, colla son œil à la porte vitrée et balaya du regard le hall sinistre. Personne. À l'exception d'un type âgé à la chevelure clairsemée et qui, assis derrière le comptoir de la réception, tenait le standard.

Kirk s'approcha du bureau. Le vieux était plongé dans la lecture d'un livre de poche.

— Excusez-moi, je cherche un jeune homme blond d'environ un mètre quatre-vingts.

Sans attendre de signalement plus précis et sans interrompre sa lecture, le vieux pointa le doigt vers le canapé déglingué dont le cuir noir avait viré au vert.

Dans un premier temps, l'avocat ne distingua rien car il n'apercevait que le dos du canapé. Il s'approcha. Jetant un coup d'œil par-dessus le dossier, il découvrit Chris Cory roulé en boule sur les coussins, endormi.

— Chris, chuchota Kirk. (Le jeune homme ne broncha pas.) Chris, fit-il un peu plus fort.

Cory bougea lentement, comme sortant d'un sommeil pâteux. Il tourna la tête avec lenteur, ouvrit les yeux, fixa Kirk et soudain s'éveilla.

— Allez, Chris, il faut qu'on y aille !

Ils n'eurent même pas le temps de faire halte pour avaler un café dans l'une des stations-service ouvertes vingt-quatre heures sur vingt-quatre qui bordaient l'autoroute.

Pendant tout le trajet, Cory s'efforça de parler de son aventure.

— Désolé... Vous m'aviez interdit de quitter New York, je sais... Mais, franchement, j'ignore ce qui s'est passé.

— Inutile de gaspiller votre salive, Chris. C'est au Dr Scott qu'il va vous falloir fournir des explications.

C'est avec un soupir de soulagement que David Kirk franchit le pont George Washington très tôt ce dimanche-là. Quel que fût le résultat de cette équipée, le District Attorney serait dans l'incapacité de prouver que Christopher Cory avait quitté les limites de l'État. Quant à l'obligation que son métier d'avocat lui faisait de mettre le juge Malachi au courant des faits et gestes de son client, il pourrait toujours faire celui qui n'était au courant de rien.

À neuf heures, Kirk téléphona au Dr Scott. Heureusement, elle n'était pas encore partie faire son jogging du côté du réservoir dans Central Park. Elle était donc libre.

Lorsque les deux hommes arrivèrent, elle était en survêtement gris avec un passepoil rouge. Ses cheveux étaient nattés avec soin. Vu les tribulations nocturnes de Kirk, elle avait préparé du café et des muffins.

Lorsqu'ils furent rassasiés, le Dr Scott se mit à interroger son patient.

— Qu'est-ce qui s'est passé, Chris ? Essayez de vous souvenir.

— J'étais descendu prendre le *Times* et acheter du lait pour le petit déjeuner. Je m'en souviens parce que avant de sortir, j'avais vérifié que je n'oubliais ni mes clés ni mon argent. Mais c'est la seule chose dont je me souvienne. Après, je me suis retrouvé dans une cabine téléphonique en train de parler à M. Kirk.

— C'est tout ? demanda le médecin. Vous n'avez pas d'autres souvenirs ?

— Non, assura Cory. Quand M. Kirk m'a dit qu'il y avait quatre jours que j'avais disparu, j'ai eu du mal à le croire.

Le jeune homme secoua tristement la tête. Il essuya son visage moite d'un revers de main. Ses lèvres tremblaient. Il semblait vouloir parler mais n'osait pas.

— Dites-moi, Chris, poursuivit le Dr Scott, ce genre de mésaventure, ça vous est déjà arrivé ?

— Quoi ?

— De vous retrouver dans un endroit inconnu sans savoir comment vous aviez atterri là.

Sur le point de faire non de la tête, il s'interrompit brutalement.

— Une fois... Mais... C'est pas la même chose.

— Racontez-moi ça, suggéra la jeune femme d'un ton encourageant.

— J'étais au lycée à l'époque. Le groupe théâtral montait une pièce. Une pièce d'Ibsen. Je jouais le rôle principal. On avait répété tous les jours après les cours pendant trois semaines. Et puis le jour de la dernière répétition, je sais pas ce qui m'a pris, j'ai eu comme un... trou. Je suis pas allé à la répétition. Et pourtant, c'était pas l'envie qui m'en manquait. Je voulais jouer. Parce que j'étais bon. Très bon, même. Mais j'ai séché la répétition. Le lendemain, pareil. Et les jours suivants aussi. Et le soir de la première, je suis pas monté sur scène non plus. Il m'a fallu cinq bons jours pour retrouver mes esprits. Quand j'ai refait surface, je me suis aperçu que j'avais changé d'identité et de ville. Je m'étais même déniché un boulot chez un quincaillier. À qui est-ce que je pouvais raconter ça ? On m'aurait pas cru. Alors je suis rentré chez moi et j'ai laissé croire à mes copains que j'avais eu le trac, que je m'étais barré parce que j'étais mort de trouille. Si je leur avais dit la vérité, ils m'auraient pris pour un dingue. Comme vous maintenant.

— Je ne pense pas que vous soyez dingue, Chris.

— Vous dites ça pour me mettre du baume au cœur, pour m'empêcher de péter complètement les plombs.

— Ce que vous avez vécu est arrivé à d'autres, le rassura le médecin. D'une certaine façon, cet épisode m'aide. C'est un point de départ.

— C'est pas juste des paroles en l'air ? s'inquiéta Cory. Vous essayez pas de me bourrer le mou ?

— Soyez à mon cabinet à cinq heures demain comme d'habitude.

Cory s'en alla. Kirk resta, impatient d'avoir des explications.

— Docteur, cette histoire de point de départ,

c'est sérieux ? Ou c'était une façon de le calmer ? Parce qu'il m'a l'air drôlement perturbé.

— On le serait à moins. Il vient de vivre une fugue psychotique.

— Une fugue psychotique ?

— Les patients atteints du syndrome de personnalité multiple sont sujets à ce genre de choses. Ils perdent brutalement conscience de la réalité. Ils adoptent une nouvelle identité. Changent de métier. S'inventent une personnalité entièrement différente de la leur. Jusqu'au jour où, tout aussi brutalement, la personnalité originelle reprend le dessus. Ils ont alors l'impression de s'éveiller d'un long sommeil. Ils se retrouvent dans un cadre qui leur est inconnu. Sous une identité d'emprunt. Menant une existence radicalement différente de celle qu'ils avaient auparavant. Et tout ça sans savoir comment.

— Et cette forme d'absence peut durer plusieurs jours ?

— En effet, confirma le Dr Scott. Parfois même des semaines, voire des mois.

— D'où votre calme, remarqua Kirk.

— Ce n'est pas la première fois et ce n'est certainement pas la dernière qu'un de mes patients vit un épisode de ce genre.

— Ce qui est sûr, en tout cas, c'est que Cory pourra passer son Rorschach mardi, conclut l'avocat avec un soulagement évident.

20

Avec son efficacité et sa ponctualité habituelles, le Dr Michal Scott entra avec son patient dans le bureau du Dr Helmut Klinger le mardi matin à dix heures précises.

— Ah, Chris, ravi de vous revoir. Asseyez-vous, mon garçon, asseyez-vous, fit Klinger d'une voix cordiale. Le Dr Scott vous a mis au courant, j'imagine.

Visiblement mal à l'aise, le visage trahissant une vive tension intérieure, les mains crispées sur les genoux, Chris Cory bafouilla :

— Elle m'a parlé d'un test.

— Quel genre de test ? Est-ce qu'elle vous a précisé de quoi il s'agissait ? demanda Klinger, amusé.

— De taches d'encre, répondit Cory.

— Exact. C'est très simple. Enfantin. Totalement indolore. Je vais vous présenter une série de taches d'encre. Vous les examinerez. Et vous me direz ce qu'elles représentent. Ça n'est pas bien sorcier.

— Apparemment, non, concéda Cory l'air toujours aussi peu rassuré.

— Vous êtes photographe, paraît-il, ce petit exercice va vous amuser, ajouta Klinger toujours affable.

Cory lui renvoya un sourire gêné pour toute réponse.

— On commence ? attaqua Klinger en se tournant vers sa consœur. Docteur, si cela ne vous ennuie pas...

Le Dr Scott hésita puis sortit du cabinet, les laissant seuls. Klinger sortit la première planche sur laquelle figurait une tache qui semblait résulter de la chute accidentelle d'une bouteille d'encre.

— Maintenant, Chris, prenez tout votre temps, dites-moi ce que vous voyez, ce que cette tache d'encre vous évoque.

Chris Cory ne répondit pas tout de suite. Toutefois, après avoir étudié la planche pendant une bonne minute, il finit par déclarer :

— Je vois... Je crois que c'est une silhouette d'homme. Quelqu'un de sympathique. Il marche. Non, c'est pas ça. Il cherche quelque chose. Il cherche des gens... Des gens en difficulté. Pour leur donner un coup de main. C'est un homme... qui aime rendre service, un... un bon Samaritain. C'est un type secourable, oui, c'est ça, un bon Samaritain.

— Parfait, commenta Klinger, présentant la planche suivante sur laquelle figurait une tache aux contours totalement différents.

Cory l'étudia puis l'interpréta.

Lentement, méthodiquement, le Dr Helmut Klinger lui présenta les planches les unes après les autres, notant avec soin ses réactions et ses commentaires.

Ils en arrivèrent à la dernière planche. Cory transpirait maintenant abondamment. Il parut soulagé d'entendre le Dr Klinger annoncer :

— Eh bien, vous voyez, ça n'était pas si difficile, jeune homme.

— Non, non, mentit Cory.

— La suite ne sera pas plus compliquée. Mais il va falloir que nous fassions appel au Dr Scott, annonça le Dr Klinger.

Il se dirigea vers sa petite salle d'attente, où le Dr Scott s'était installée pour corriger les épreuves de son dernier ouvrage sur l'hypnose.

— Docteur, le moment est venu de faire apparaître ce que vous appelez, je crois, la personnalité secondaire ou parasite, bref, le « squatter ».

Klinger prononça ce dernier mot d'un ton

dégoûté pour montrer qu'il n'était pas du tout convaincu par le diagnostic de sa consœur.

— En d'autres termes, Max.

— Max ? releva Klinger. Drôle de nom qu'il s'est choisi là, votre squatter.

— Peut-être, mais c'est un choix qui ne doit rien au hasard, répliqua sèchement la jeune femme.

— Je n'en doute pas un instant, assura Klinger avec un sourire condescendant. Évidemment, je préférerais que Max se présente de lui-même : je trouverais cela plus convaincant.

— Essayons, suggéra Michal Scott. (Une fois dans le cabinet de son confrère, elle s'adressa à son patient :) Chris, j'aimerais parler à Max. Par votre intermédiaire. Max, vous m'entendez ? Max, j'aimerais que vous manifestiez votre présence.

Klinger ébaucha un petit geste qui se voulait compatissant. *Navré pour vous, ma chère. Ça n'a pas l'air de marcher.* Mais la lueur qui s'alluma dans ses yeux trahissait une joie méchante : l'échec de sa consœur l'amusait. Michal Scott décida de faire une nouvelle tentative.

— Max, vous vous êtes déjà manifesté sans que j'aie à intervenir. C'est le moment de recommencer.

En fin de compte, elle dut baisser pavillon et s'avouer vaincue :

— Je vais devoir recourir à l'hypnose.

— Je comprends, ma chère, dit Klinger, jubilant sans vergogne.

Elle se tourna de nouveau vers Cory, qui avait les yeux au loin.

— Chris, il va nous falloir...

Sans lui laisser le temps de poursuivre, Cory se retourna. Michal Scott constata alors, et Klinger également, que la métamorphose s'opérait.

Très lentement, le visage de Cory se contracta. Sa mâchoire devint menaçante. Ses lèvres se tordirent en un vilain rictus. Il se mit à hoqueter non d'essoufflement mais de colère.

Klinger ne parvint pas à dissimuler sa stupeur.

— Ravie de vous revoir, Max ! lança Michal Scott.

Max poussa un grognement sourd.

— Max, permettez-moi de vous présenter le Dr Klinger. Max jeta un regard noir à Klinger, qui essaya de sourire et lui tendit la main. D'un air de mépris, Max refusa la main tendue.

— Bien, Max, le Dr Klinger va vous faire passer un dernier test...

— Les tests, je commence à en avoir ma claque. J'ai qu'une envie, c'est me barrer d'ici !

Comme il s'apprêtait à bondir de son fauteuil, le Dr Scott intervint sèchement :

— Max ! Asseyez-vous ! Interdiction de bouger pendant que le Dr Klinger vous soumet à ce test. D'ailleurs, je vais rester là et vous tenir à l'œil.

— Très bien, faites-le-moi passer, votre test à la con ! Je m'en fous, je les réussis tous.

— Dr Klinger, vous feriez mieux de commencer pendant qu'il se contrôle encore. Il peut devenir extrêmement violent, chuchota Michal Scott.

Le Dr Klinger s'empressa de disposer soigneusement les planches, adoptant pour les ranger l'ordre dans lequel il les avait montrées à Cory.

— Max, c'est simple. Je vais vous montrer des planches avec des taches d'encre. Et vous allez me dire ce que celles-ci représentent pour vous. Ce que ces taches signifient à votre avis. Vu ?

— Vu, fit Max, poussant un grognement en signe d'assentiment. (Puis il éclata d'un rire rauque.) Cet abruti de Chris, il s'en est sorti comment ? Pas bien, je parie ! Il est nul, ce mec. Nul à chier. Il rate tout ce qu'il entreprend. Même quand il essaye de se suicider, il se plante. Un jour, je vais lui montrer comment il faut s'y prendre pour en finir vraiment.

De toute évidence, Klinger avait l'air de plus en plus mal à l'aise. Il se dit qu'il valait mieux en finir le plus vite possible.

— Au travail, Max. Voilà la première tache. Qu'est-ce qu'elle représente ?

Max fixa la planche, son visage devint plus grimaçant, et sa mâchoire pointa encore plus agressivement.

— Max... reprit Klinger, le ramenant au Rorschach.

Mais voyant que Max ne bronchait pas, le psychiatre invita sa consœur d'un bref mouvement de tête à intervenir.

— Max... fit-elle en prenant aussitôt le relais. Dites-nous ce que vous voyez sur cette planche. Qu'est-ce que la tache vous évoque ?

Max la fusilla du regard puis reporta les yeux sur la planche. Après avoir contemplé la tache, il commença :

— Ça ? C'est un homme... Enfin, pas vraiment. Plutôt un monstre. Ouais, c'est ça ! Godzilla ou plutôt non... King-Kong. Mais un King-Kong qui n'aime pas les femmes. Un King-Kong qui a les femmes en horreur. Pas seulement les femmes, d'ailleurs. Tout le monde. Son truc à lui, c'est de lancer les gens en l'air et de les regarder s'écraser par terre. C'est ça qui le fait rigoler. C'est comme ça qu'il prend son pied. Regarder crever ses victimes, ça le fait hurler de rire. Et quand c'est des bonnes femmes, il se marre encore plus. Des fois, il se contente de les écraser d'une bonne claque entre ses paumes. Comme des mouches. C'est plus fort que lui, il peut pas s'en empêcher, il sait faire que ça : tuer et se marrer.

Tout au long de ce récit, Klinger, estomaqué, ne put s'empêcher de fixer Max sans songer à partager son étonnement avec le Dr Scott. Il lui montra la planche suivante, celle d'après, jusqu'à ce qu'il soit arrivé au bout du paquet. Les réponses de Max étaient toutes plus ahurissantes et choquantes les unes que les autres.

Le Rorschach terminé, Klinger, qui suait à grosses gouttes, n'était plus le même homme.

Avant de renvoyer Max et de faire revenir Chris Cory, Michal Scott rappela au spécialiste la promesse qu'il lui avait faite antérieurement :

— J'insiste pour que vous fassiez pratiquer par l'expert de votre choix une évaluation en aveugle de ces tests.

Ce fut presque avec soulagement que Klinger bredouilla :

— Ce sera fait, ma chère, ne vous inquiétez pas.

21

Quatre jours plus tard, une enveloppe provenant de chez le Dr Helmut Klinger parvenait au cabinet du Dr Scott. Elle contenait une copie du rapport rédigé par le Dr Harvey Drake, spécialisé dans l'interprétation des Rorschach.

En conclusion, il indiquait : « Il ressort d'un examen approfondi de ces tests que celui qui les a passés est aussi "normal" que possible. Un peu perturbé peut-être mais guère plus névrosé que vous ou moi, mon cher Klinger. Quant à votre second patient, identifié sous la simple lettre M, je dirais que c'est un violent. Quelqu'un d'extrêmement dangereux et agressif. Vraisemblablement un violeur, peut-être même un meurtrier en puissance. Pour être tout à fait franc, son Rorschach est l'un des plus inquiétants que j'aie eus entre les mains ces derniers temps. Je suis atterré à l'idée qu'un individu pareil se promène en liberté dans la nature. »

Klinger avait également fait parvenir une copie de ce texte à Howard Stone, qui lui avait demandé de s'occuper du cas Christopher Cory.

Bien à contrecœur, Howard Stone fit parvenir une copie du rapport au juge Malachi, qui convoqua les deux juristes dans son cabinet en dehors des heures normales de réception.

Document en main, Malachi s'adressa à Kirk.

— Je n'irai pas jusqu'à vous faire des excuses, Davey, mais je devrais. Franchement, lorsque vous êtes venu me trouver avec votre histoire, mon premier mouvement a été de me dire : « Ça y est, le voilà reparti ! Seulement, cette fois, outre l'acquittement de son client, l'as du barreau a l'intention de négocier un accord juteux avec Hollywood. »

— Vous ne me l'avez pas envoyé dire, monsieur.

— Notez que l'idée n'est pas si extravagante que ça à une époque où les avocats vendent aux médias les droits des procès comme s'il s'agissait de vulgaires marchandises, poursuivit Malachi.

Ayant laissé libre cours à sa colère, le juge prit en main les deux comptes rendus afin de réfléchir. Finalement, il attaqua :

— Davey, lors de la présentation de Cory devant le tribunal, vous ne m'avez pas dit quel système de défense vous comptiez adopter.

— À l'époque, je ne pouvais pas me douter... fit Kirk, essayant de se justifier.

— Je ne vous reproche rien. Je tenais simplement à vous préciser que je n'avais pas prêté une attention particulière à votre client ce jour-là. C'est pourquoi, avant de me prononcer, j'aimerais le voir, ici, dans mon cabinet. Demain à treize heures.

D'un geste de la main, il fit signe aux deux hommes de sortir, et se replongea dans ses papiers.

L'entretien qui devait avoir lieu le jour même dans le cabinet du Dr Scott en fin d'après-midi se révéla plus houleux que prévu.

— Chris, attaqua David Kirk, on s'en sort bien, on a eu de la chance. Je craignais que Malachi ne me donne beaucoup plus de fil à retordre. Mais il ne veut pas se prononcer avant de vous avoir réentendu. Demain, donc, on se pointe chez lui. Je vous conseille de vous montrer poli. De l'appeler « Votre Honneur » chaque fois que l'occasion se présentera. De répondre aux questions qu'il vous posera aussi succinctement que possible. De ne pas prendre l'initiative de lui dire quoi que ce soit. Je suis sûr qu'il fera droit à notre requête.

— Comment ça, M. Kirk ?

— Eh bien, qu'il nous autorisera à plaider l'irresponsabilité.

— L'irresponsabilité ? Vous voulez dire la démence ? se rebiffa Cory.

— On n'utilise plus guère ce mot, Chris.

Cory bondit de son fauteuil.

— Je croyais pourtant avoir été clair ! Je ne suis pas fou ! Pas question que j'écoute sans broncher un avocat ou un médecin raconter, en plein tribunal, que j'ai une case qui manque, que je n'ai pas toutes mes facultés. Je me lèverai, faites-moi confiance, je dirai que vous mentez. Parfaitement !

Je me fiche pas mal que le juge m'accuse d'outrage à magistrat.

Cory se détourna pour signifier à Kirk que sa stratégie ne lui convenait pas. Michal Scott en profita pour adresser un petit signe à Kirk : *Laissez-moi prendre l'affaire en main.*

— Chris... attaqua-t-elle. (Comme il refusait de lui faire face, elle répéta plus doucement :) Chris.

Avec lenteur il se tourna vers elle, ignorant ostensiblement Kirk.

— Chris, est-ce que j'ai fait ou dit quoi que ce soit qui soit de nature à vous nuire ?

— Non, reconnut-il. (Prenant Kirk pour cible de son ressentiment, il ajouta :) Vous êtes la seule en qui je puisse avoir confiance.

— Alors asseyez-vous et écoutez-moi.

Une fois qu'il se fut rassis et calmé, le Dr Scott commença d'un ton patient :

— Il y a une chose que vous devez comprendre. Lorsque M. Kirk vous dit qu'il va utiliser l'irresponsabilité comme système de défense, ce n'est pas de *vous* qu'il parle. *Vous* n'avez pas tué Alice, c'est *Max* qui l'a tuée. Lors du procès, nous apporterons la preuve que ce n'est pas vous qui passez en jugement. Mais *Max.*

— Le jury et les médias, vous êtes sûre qu'ils comprendront ? questionna Chris.

— Certaine. Mon témoignage sera suffisamment clair, croyez-moi. Par ailleurs, n'oubliez pas que nous détenons les cassettes sur lesquelles on voit Max. Et que le jury les visionnera.

— Ça, je refuse ! protesta Cory.

— Mais elles sont d'une importance vitale, ces cassettes, souligna Kirk.

— Elles sont horribles, vous voulez dire ! trancha Cory. Je ne veux pas qu'on me voie dans cet état.

— Chris, intervint Michal Scott, les gens ne

vous en voudront pas. Au contraire, compte tenu de ce que vous avez vécu étant enfant, ils prendront fait et cause pour vous. Leur *sympathie* vous sera acquise.

— Vraiment ?

— J'en suis persuadée. C'est pourquoi je vous incite à laisser M. Kirk recourir à ce système de défense.

Après un long silence, Cory questionna :

— Dr Scott, c'est ce que vous souhaitez que je fasse ? Sérieusement ?

— Dans votre intérêt, Chris. Oui.

Autre long silence. Puis le jeune homme capitula.

— Alors, c'est d'accord. Mais c'est bien pour vous faire plaisir.

Soulagé, Kirk précisa :

— Soyez dans mon cabinet demain à midi et demi pile. Costume sombre. Chemise blanche. Cravate passe-partout.

— Parce qu'en plus, il faut que je sois dans une tenue qui vous plaise ?

— Qui plaise au juge, surtout. Et au jury éventuellement. Le moment venu, je vous dirai comment vous habiller et quelle attitude adopter. Surtout si je décide de vous faire venir à la barre, souligna Kirk.

— Je vais être obligé de témoigner ? questionna Cory, les nerfs à fleur de peau.

— Non. Mais les clients sympathiques, ça peut être utile de les faire venir à la barre.

Cory acquiesça après un instant d'hésitation :

— Si le Dr Scott est d'accord, je le ferai.

— Parfait. Rendez-vous donc à mon cabinet, et de là nous irons chez le juge Malachi.

L'entretien terminé, Kirk se leva. Mais Cory ne fit pas mine de partir.

— Chris, dit le Dr Scott, je vous vois demain

après-midi à cinq heures comme d'habitude. Maintenant si vous voulez bien... J'ai beaucoup de travail.

Cory s'approcha du bureau du psychiatre. Il était si près qu'elle se leva pour le regarder en face.

— Je voulais vous remercier, docteur. Ça me touche, ce que vous avez fait. Vous êtes la première femme à vous montrer si bonne pour moi.

— Je suis médecin. Je me suis bornée à faire mon devoir, Chris.

Il lui adressa un sourire désarmant comme chaque fois qu'il tentait de donner un caractère plus personnel à leurs relations.

— Je savais que vous diriez ça. Ça fait partie du jeu. Les sentiments ne doivent pas entrer en ligne de compte dans les rapports soignant-soigné. En outre, il est hors de question que M. Kirk sache ce que j'éprouve pour vous. Ça risquerait de le perturber vu qu'il éprouve pour vous la même chose que moi.

— Comment ça ?

— Il est amoureux de vous, lui aussi.

— Chris, vous devriez cesser de penser à tout ça. Vous feriez mieux de partir maintenant.

Elle le reconduisit jusqu'au palier. Avant de descendre, il l'embrassa furtivement. Effleurant non ses lèvres mais sa joue. Ce contact fugace parut le satisfaire car il dévala l'escalier à toute allure. Elle attendit qu'il ait refermé la porte d'entrée.

Un peu plus tard dans la soirée, après avoir corrigé les épreuves de son dernier ouvrage tout en mangeant un sandwich et en buvant une tasse de café, Michal Scott songea à relater l'incident à David Kirk. Puis elle conclut qu'elle ferait mieux de s'abstenir. Les propos de Chris sur les sentiments de Kirk à son égard risquaient d'être interprétés comme un stratagème de sa part. Or, entre David Kirk et elle, les relations devaient rester strictement professionnelles. La seule fois où leurs rapports avaient changé de nature, ç'avait été le jour où il l'avait prise dans ses bras pour la protéger de Chris. Et, à ce moment-là, une sorte de courant électrique était passé entre eux.

Elle décida que pareille chose ne devait pas se reproduire.

22

Lorsque David Kirk fit entrer un Christopher Cory particulièrement mal à l'aise dans le cabinet du juge Malachi, ce dernier l'enveloppa d'un regard aussi appuyé que critique.

— Asseyez-vous, jeune homme !

Cory s'exécuta immédiatement.

— Connaissez-vous le système de défense que votre avocat compte utiliser ?

— Oui, monsieur... Oui, Votre Honneur.

— Qu'en pensez-vous ? questionna Malachi.

— Je m'en remets à l'avis de mon médecin, répliqua Cory.

— Mais vous, vous avez bien une opinion. Vous croyez que vous êtes fou ? insista le juge.

Kirk s'empressa d'intervenir.

— Votre Honneur, je ne pense pas que ce soit à mon client de poser un diagnostic.

— Peut-être que non, concéda Malachi en se retournant vers Cory. Savez-vous que c'est mal de tuer ?

Kirk allait s'interposer de nouveau, mais le juge le fit taire d'un brusque :

— Je sais, maître, l'important, c'est de savoir s'il était capable de faire la distinction entre le bien et le mal lorsque le crime a été commis. Je ne doute pas un instant que vous vous chargerez d'éclaircir ce point au procès. Mais, pour l'instant, laissez-moi procéder à ma guise. (De nouveau, il se tourna vers Cory.) Savez-vous que tuer, c'est mal ?

Cory jeta un coup d'œil à Kirk comme pour lui demander de lui souffler la réponse, mais le vieux juge l'interpella sèchement :

— Regardez-moi, jeune homme !

Une fois Cory tourné vers lui, Malachi questionna :

— Eh bien, j'attends votre réponse : vous savez que tuer, c'est mal ?

— Oui, Votre Honneur, reconnut Cory d'une voix à peine audible.

— Vous le savez et vous l'avez toujours su ?

— Oui.

— Vous me semblez être un garçon raisonnable. Un peu tendu peut-être, mais c'est compréhensible : vous êtes face au juge qui présidera lors de votre procès. À votre place, je ne serais pas très à l'aise non plus. Et pourtant, j'ai tout mon bon sens. Vous pouvez filer.

Cory regarda son avocat, qui lui fit signe de sortir d'un bref mouvement de tête. Une fois le jeune homme dehors, Kirk questionna :

— Votre Honneur, et pour mon système de défense ? Je peux plaider l'irresponsabilité ?

— Ce garçon est aussi sain d'esprit que vous et moi. Mais je suis prêt à vous donner le feu vert. Déposez votre demande.

— Merci, Votre Honneur, dit Kirk avec l'impression d'avoir à moitié gagné la partie.

— Inutile de me remercier, Davey, rétorqua

Malachi. C'est par intérêt que je vous donne mon accord. Le seul plaisir qui me reste, pratiquement, c'est de regarder des experts se parjurer à raison de mille dollars par jour. Ce n'est pas parce que je vous laisse plaider l'irresponsabilité que vous *prouverez* au jury que votre client est fou.

Conformément à la législation en vigueur dans l'État de New York, David Kirk était maintenant tenu de faire examiner son client par un groupe d'experts psychiatres choisis par le procureur Howard Stone. L'avocat était également dans l'obligation de fournir à l'accusation tous dossiers, documents psychiatriques et résultats de tests en sa possession.

Ainsi munis de tous les éléments, les experts furent autorisés à interroger et tester Christopher Cory avant le procès, de façon à pouvoir se faire une idée de l'état de son esprit au moment du crime et durant les audiences.

Les entretiens et les consultations se tinrent dans le service psychiatrique de l'un des plus grands centres médicaux de la ville de New York. Plusieurs heures par jour, cinq jours durant, le Dr Scott et Christopher Cory y rencontrèrent les experts. En présence de son médecin, Cory fut soumis à des interrogatoires minutieux ; il passa des examens divers, un scanner du cerveau, une I.R.M. ainsi que différents tests psychiatriques.

Les trois psychiatres présents de même que le psychologue chargé de superviser les consultations étaient tous d'éminents spécialistes. Le Dr Michal Scott les connaissait pour les avoir côtoyés lors de séminaires. Elle avait même écrit un article avec l'un d'eux. Leurs relations étaient donc cordiales. Mais elle n'ignorait pas également que deux des membres du panel avaient des doutes quant au concept de personnalité multiple, et qu'ils constitueraient des adversaires de poids lors du procès.

L'un de ses futurs contradicteurs, une femme, avait jadis été l'étudiante et la disciple du Dr Beaumont. Dans la profession, tout le monde savait que Michal Scott lui avait ravi sa place. Et l'animosité entre les deux femmes était vive. Si le Dr Scott s'efforçait de ne pas envenimer les choses, Emma Congreve en revanche ne perdait pas une occasion de mettre de l'huile sur le feu.

Après cinq jours de tests et d'examens, enfin, les experts déclarèrent que la présence de Cory n'était plus nécessaire : ils s'estimaient en mesure de témoigner au procès et de rejeter l'irresponsabilité plaidée par Kirk.

Avant les premières audiences, Michal Scott et David Kirk passèrent deux soirées ensemble au cours desquelles elle le mit au courant des antécédents des experts désignés par Stone. Elle lui expliqua quelles questions poser, et celles qu'il valait mieux éviter.

L'indice le plus compromettant pour Christopher Cory était la tache de sang retrouvée sur les lieux du crime, laquelle correspondait génétiquement à l'échantillon prélevé sur le jeune homme lors de son arrestation. David Kirk était certain de réussir à se débarrasser d'un éventuel témoin oculaire ayant aperçu Cory sur les lieux. Mais comment aurait-il pu « retourner » les résultats d'un test sanguin ? Sa seule chance était de convaincre le juge Malachi de ne pas en tenir compte.

Muni d'un volumineux dossier préparé par Gerry Prince qui citait des précédents tous relatifs à l'état d'esprit d'inculpés lors de leur arrestation, Kirk demanda au juge de le recevoir dans son cabinet.

Malachi était d'humeur particulièrement exécrable cet après-midi-là, quarante-huit heures avant l'ouverture du procès Cory. Il était allé consulter son médecin pendant le week-end, et ce dernier avait émis à son sujet un diagnostic peu rassurant. Or il se voyait mal terminant ses jours dans l'oisiveté.

— Votre Honneur, attaqua Kirk. J'aimerais que vous étudiez les faits au moment où mon client a été interpellé. Cory n'a jamais eu affaire à la police. Il est arrêté pour un crime dont il ignore tout. Il souffre d'affreuses migraines qui lui font perdre une partie de ses capacités.

Stone l'interrompit :

— N'oubliez pas qu'on lui avait lu ses droits.

— Certes, concéda Kirk.

— Lesquels, poursuivit Stone, stipulent qu'il peut toujours réclamer un avocat. Aux frais de l'État, s'il n'a pas les moyens de le payer.

— Je n'essaie pas de démontrer qu'il y a eu non-respect de la loi. Mais, compte tenu des circonstances, il était du *devoir* de la police et du procureur adjoint de le pousser à exiger la présence d'un avocat.

— Où voulez-vous en venir, Davey ? Serait-ce encore une de vos inventions, ce « devoir » ? La police et le District Attorney lui ont *proposé* un avocat, ce n'est pas suffisant ?

— Dans ce cas, non, s'obstina Kirk. Du fait que nous avons découvert qu'il était possible qu'il n'ait pas été en état de faire valoir ses droits.

— « Découvert ? » protesta Stone. Nous n'avons rien découvert du tout. Nous l'avons filmé pendant son interrogatoire, et je mets n'importe quel psychiatre au défi de dire que ce jeune homme était fou !

— Et ses maux de tête ?

— Souffrir de migraines ne prouve pas qu'on est irresponsable de ses actes ! rétorqua sèchement Stone.

— Dans ce cas précis, il se peut que si.

— Ah bon ? s'étonna Malachi, prêt à croiser le fer à son tour. Éclairez notre lanterne, mon jeune ami. Parce que, en ce qui me concerne, voilà un argument *de novo.* Les céphalées prouveraient l'irresponsabilité mentale de celui qui en souffre.

Le juge jeta un coup d'œil à Stone.

— Ce que j'aime chez Kirk, c'est qu'il a toujours de nouvelles interprétations de la loi à nous fournir. Je le soupçonne de viser un fauteuil de juge à la Cour suprême maintenant que nous avons un démocrate pour président.

— Votre Honneur, si à première vue... commença Kirk.

Malachi l'interrompit :

— Qu'est-ce que je disais, Howie ? On croirait entendre parler un juge de la Cour suprême.

Sans se laisser démonter, Kirk enchaîna :

— À première vue, la migraine est un mal bénin et passager. Mais, dans le cas de mon client, ces maux de tête prolongés sont extrêmement douloureux. Tant et si bien qu'à l'instar d'Ésaü, poussé par la faim à vendre son droit d'aînesse contre un plat de lentilles, mon client était prêt à passer vingt-cinq années de sa vie en prison pour peu qu'on le soulageât de son mal.

— Décidément, vous avez raison, Votre Honneur, intervint Stone. Kirk mérite une place à la Cour suprême. Ça serait bien agréable d'avoir un juge capable de citer la Bible.

— Faites de l'humour si ça vous chante, Howie, mais il n'en reste pas moins que pendant que mon client souffrait comme un damné et réclamait un médecin à cor et à cri, la police n'a rien trouvé de mieux que de recueillir sa déposition et de lui prélever un échantillon de sang. Cela en dehors de la présence d'un avocat. Cette façon de procéder est inqualifiable. Je suis certain que vous en conviendrez avec moi, Votre Honneur : c'est sous la contrainte de la douleur que mon client s'est vu dans l'obligation d'accepter cette prise de sang. En conséquence, cet échantillon ne devrait pas figurer au rang des indices retenus contre lui.

Kirk tourna les yeux vers Malachi, attendant qu'il se prononce.

— Messieurs, je vais me retirer quelques instants, fit le juge, s'éloignant en direction de son cabinet de toilette.

En son absence, Stone laissa tomber :

— Je reconnais que vous avez une sale affaire sur les bras, Davey. Mais de là à demander que l'échantillon de sang ne soit pas pris en compte... Faut pas pousser !

Malachi fit sa réapparition.

— C'est fou ce qu'un petit stage là-dedans m'éclaircit les idées. Voyons, si je vous ai bien compris, Davey, la police et le District Attorney se sont servis des migraines de votre client pour faire pression sur lui ?

— En outre, Votre Honneur, l'existence même de ces migraines constitue une preuve de son irresponsabilité.

— Si on le laisse poursuivre dans cette voie, on risque d'aller loin. Pourquoi pas les syndromes prémenstruels comme circonstances atténuantes pendant qu'on y est ? grommela Stone.

Malachi reporta les yeux sur Kirk.

— Comme il reste à prouver que votre client souffre d'un trouble mental, rien ne nous dit que ses maux de tête n'étaient pas de vulgaires, de simples céphalées. Qui ne sauraient être considérées comme une affection invalidante. En conséquence, les résultats du test effectué sur l'échantillon de sang figureront parmi les indices retenus.

— Mais, Votre Honneur... protesta Kirk.

Malachi lui coupa le sifflet :

— Davey, c'est pas le jour !

Vaincu, l'avocat quitta le cabinet du juge, préoccupé davantage par l'accès de mauvaise humeur de celui-ci que par la décision qu'il venait de prendre.

L'affaire Ministère public contre Cory allait pouvoir s'engager.

La veille du procès, David Kirk et Gerry Prince s'entretinrent longuement avec leur client pour le briefer.

— Que ce soit à l'intérieur ou à l'extérieur de la salle d'audience, Chris, n'adressez la parole à personne ! commença Kirk. Si on vous arrête dans un couloir pour vous poser une question, passez votre chemin. Si on vous contacte chez vous, répondez : « M. Kirk est seul habilité à parler. C'est mon avocat. » Compris ?

Cory hocha gravement la tête.

— Dans la salle, quels que soient les propos tenus par les uns ou les autres, le juge, M. Stone, un témoin, ne bronchez pas, ne réagissez pas. Fût-ce par un haussement de sourcils. Vous êtes innocent. La victime d'un coup monté. Vous me suivez ?

— Oui, monsieur.

— Si je vous dis tout ça, c'est que je veux que vous soyez le type le plus inodore, incolore et sans saveur qui soit. De cette façon, lorsque je montrerai le film au jury, celui-ci verra clairement deux personnalités distinctes. Max et vous. Deux hommes appartenant à deux univers différents.

C'est là-dessus que repose notre système de défense. (Puis, se tournant vers son associé :) Gerry, ramène-le chez lui et aide-le à choisir les vêtements qu'il portera à l'audience.

Gerry Prince examina le modeste placard dans la chambre de Cory. À gauche, des cintres auxquels étaient pendus deux vestes de sport en tweed, un blazer bleu plus tout jeune, ainsi que plusieurs pantalons kaki et gris. Mais, à droite, c'était une autre histoire. Il y avait deux blousons de cuir noir ornés d'éléments métalliques qui auraient convenu davantage à un motard qu'à un garçon discret comme Cory. Près des blousons étaient suspendus un pantalon de cuir noir et deux jeans, noirs eux aussi.

Comme Gerry tendait le bras vers l'un des blousons de cuir, Cory le retint :

— Touchez pas à ça. Ne les regardez pas. Je les déteste. Je déteste ce qu'ils représentent. Ils ne me ressemblent pas. Ils n'ont rien à voir avec moi.

Comme s'il lui confiait un secret, Cory baissa la voix :

— J'aimerais bien m'en débarrasser. Mais j'ose pas. J'ai peur de la réaction de Max. Alors faites comme si ces fringues n'étaient pas là.

Gerry fit son choix parmi les habits rangés dans la partie gauche de la penderie. Il opta pour une veste neutre et deux pantalons, ajouta à cela quelques chemises et plusieurs cravates ternes. Les vêtements que Cory porterait lors du procès.

De retour au cabinet, Gerry fit son rapport à Kirk.

— Dave, tu ne vas pas me croire, c'est dingue ! Deux personnes différentes cohabitent bel et bien en lui. Il n'y a qu'à voir le contenu de sa penderie. D'un côté, les fringues que peut porter un type de son âge ayant des goûts classiques. Mais, de l'autre, mon vieux, rien que du cuir. Blousons cloutés, pantalons. Style *heavy metal.* Il a raconté au Dr Scott qu'il ne se rappelait pas avoir acheté ces trucs-là, eh bien, je suis certain qu'il dit la vérité. Pourtant ces frusques ont été portées.

— Parfait, remarqua Kirk. Voilà un détail qui peut nous être utile.

23

Le matin de l'ouverture du procès, la longue limousine noire de David Kirk vint se garer en bas du majestueux escalier menant à la Cour suprême de l'État de New York. La voiture n'était même pas encore tout à fait immobilisée que des journalistes, hommes et femmes, se précipitèrent, brandissant micros, caméras de télévision et perches.

Tandis que Kirk, Cory et Prince arrivaient au bas des marches, ils furent assaillis de tous côtés par les questions qui fusèrent.

Gerry Prince prit la situation en main.

— Mesdames, messieurs, vous connaissez M. Kirk et sa façon de procéder : dès qu'il y aura matière à un commentaire, il vous le fournira. Quant à M. Cory, il a reçu l'ordre de n'adresser la parole à personne pendant toute la durée du procès. Alors, si vous n'y voyez pas d'inconvénient...

Sachant qu'ils pourraient toujours tenter d'accrocher l'avocat lorsque ce dernier mettrait à profit une suspension d'audience pour contacter sa secrétaire via son téléphone de voiture, les journalistes cessèrent de les harceler.

Kirk, Cory et Prince grimpèrent les marches. Kirk vit que son jeune client donnait des signes d'inquiétude. Ça n'avait rien de surprenant : après tout, ce garçon risquait de prendre perpète.

Aussi discrètement que possible, l'avocat lui jeta un regard en coulisse. Il constata que la bouche de Cory était agitée d'un léger tremblement. Ses lèvres étaient pâles, comme vidées de toute vie.

Kirk se demanda avec angoisse si la métamorphose à laquelle il avait assisté chez le Dr Scott n'était pas en train de s'opérer. Et tous ces cameramen qui rôdaient dans le coin...

L'espace d'un instant, il songea : *La métamorphose de Cory aux infos de ce soir, ce serait la séquence la plus sensationnelle jamais diffusée depuis le passage à tabac de Rodney King par les flics à Los Angeles. D'un autre côté, si ça passait à la télé, ça risquerait d'enlever tout son sel à la démonstration que je compte faire au jury. Les téléspectateurs ne sont pas censés se prononcer sur l'innocence d'un inculpé. Les jurés, si. Mieux vaut donc que ces derniers en aient la primeur.*

Alors qu'il s'apprêtait à pénétrer dans le bâtiment, Kirk empoigna brusquement Cory par le bras, prenant les journalistes au dépourvu. Il le poussa dans la salle réservée à la presse et donna l'ordre aux reporters qui se trouvaient là de vider les lieux au plus vite.

— Dehors ! aboya-t-il. (Sans tenir compte de leurs cris de protestation, il reprit :) Dehors, et plus vite que ça !

Hommes et femmes quittèrent la pièce sans pour autant presser le pas.

Demeuré seul avec son client, Kirk prit les

mains de celui-ci entre les siennes. Glacées. Elles étaient glacées. Il examina les yeux du jeune homme. Embués. Cory était au bord des larmes.

— Vous avez la frousse ?

Incapable d'articuler un mot, le jeune homme se contenta de faire oui de la tête.

— Avant l'ouverture d'un procès, rien de plus normal, affirma l'avocat, s'efforçant de le rassurer.

Cory finit par retrouver l'usage de la parole :

— M. Kirk... il faut absolument que vous leur fassiez comprendre... que vous les persuadiez... que j'ai rien fait. C'est Max, le coupable. Max qui s'est arrangé pour me coller ce meurtre sur le dos. Vous croyez que vous y parviendrez ? Vous arriverez à les convaincre que j'y suis pour rien ?

— Le Dr Scott et moi mettrons tout en œuvre dans ce but. Nous réussirons.

— J'ai pas fermé l'œil... J'ai passé la nuit debout... à réfléchir... à me ronger les sangs... Dans les journaux, à la télévision, on parle de gens condamnés à dix, parfois quinze ans de prison alors qu'ils n'ont rien fait. Un jour, on finit par reconnaître leur innocence et les relâcher. Et si ça m'arrivait à moi ? Si j'allais en taule, à vingt-six ans, pour un meurtre que j'ai pas commis ? Que j'en ressorte à quarante et un ans ? Ces quinze années, qui me les rendra ? Peut-être que j'aurai droit à un dédommagement financier... Mais l'argent, ça ne remplace ni les années perdues ni la liberté...

Incapable de poursuivre, il fondit en larmes. Kirk lui serra le bras pour lui donner du courage. Mais il le laissa pleurer. Lorsqu'il eut fini de sangloter, Cory s'essuya les yeux.

— Excusez-moi.

— Ce n'est rien, mon garçon, je comprends ce que vous ressentez.

L'avocat prit son peigne pour remettre de

l'ordre dans la chevelure de Cory. Il redressa sa cravate et rajusta son col de chemise.

— Prêt ?

Cory opina bravement du chef.

Kirk ouvrit la porte et se trouva nez à nez avec les journalistes qu'il avait chassés de la pièce quelques instants plus tôt.

— Merci de votre hospitalité, leur dit-il en entraînant son client vers l'ascenseur.

Eu égard au handicap du juge Aaron Malachi, les assistants en uniforme affectés à la salle d'audience où il siégeait étaient toujours des jeunes gens musclés.

Chaque fois que, le buste raide dans son fauteuil roulant, le magistrat effectuait son entrée, un lourd silence envahissait la salle. Cette réaction l'insupportait car il avait horreur de susciter la pitié. Mais n'ayant trouvé aucun moyen de contourner l'obstacle, il devait faire contre mauvaise fortune bon cœur et accepter l'inévitable. Au vu et au su de tous ceux qui étaient là, il fut porté à bout de bras dans son fauteuil et déposé sur l'estrade par les deux auxiliaires. Une fois installé à son bureau, il se dit que l'audience allait pouvoir commencer.

En ce premier jour du procès, la salle était bourrée à craquer. Les journalistes occupaient les trois premiers rangs. Les curieux et autres *aficionados,* le reste. Il y avait en outre une rangée de personnes debout, plaquées contre le mur du fond. Trois chaînes de télévision locales avaient demandé la permission d'installer leurs caméras dans la salle. Mais Malachi avait mis son veto. Les journalistes, furieux, soutenaient que ce refus lui avait été dicté par le désir de ne pas voir son handicap étalé sur les écrans. La vérité, c'était que l'idée qu'un procès pût être filmé comme un vulgaire feuilleton télévisé agaçait profondément le juge.

Une fois installé, Aaron Malachi jeta un coup d'œil à la salle bondée et gronda :

— Les gens debout, là-bas, au fond, dehors !

Une fois qu'ils eurent vidé les lieux, le juge jeta un coup d'œil au greffier qui annonça :

— Ministère public contre Cory. Registre des audiences numéro 965-24-34.

Les membres du jury entrèrent un à un, et prêtèrent serment, jurant de rendre un verdict équitable au vu des indices qui leur seraient présentés et aux termes de la loi que le juge leur expliquerait.

Malachi baissa les yeux vers les tables des avocats, devant lui. À droite, Howard Stone, procureur adjoint, qui représenterait le Ministère public. Outre ses notes, son sempiternel flacon d'antiacides était posé devant lui. À la droite de Stone, se tenait Harriet Fielder, une Noire. À la gauche de Stone, un jeune homme au teint basané, vraisemblablement un Latino-Américain.

C'est du Howie tout craché, songea le magistrat, *je reconnais ses vieilles astuces. Comme il y a deux Noirs dans le jury, il s'est fait accompagner d'un membre de la communauté afro-américaine. Une femme, qui plus est. Normal, le jury étant composé de six femmes et six hommes, il fait feu de tout bois. En outre, comme trois des jurés ont des noms à consonance latine, pour être sûr de mettre toutes les chances de son côté, il a fait venir son jeune assistant hispanique que j'ai déjà vu à l'œuvre. C'est très malin de sa part. Ce garçon est brillant. Malheureusement, ce n'est pas pour ses compétences que Howie l'a choisi aujourd'hui, mais pour son appartenance à une minorité ethnique. Howie se comporte en manager d'équipe de base-ball. Il a un banc entier de remplaçants de toutes origines et puise là-dedans en fonction des besoins.*

Le regard de Malachi se tourna légèrement vers la gauche et s'attarda sur la table réservée à la défense. Là siégeaient David Kirk et son assistant Gerry Prince. L'avocat avait posé devant lui plusieurs blocs ainsi qu'un paquet impressionnant de notes et de mémos.

Près de Kirk se tenait Christopher Cory. Vêtu d'une veste bleue passe-partout, d'une chemise blanche et d'une cravate à motif discret, il ressemblait à un terne guichetier de banque. Ou à l'employé chargé du service réclamations à la compagnie du gaz. Bref, il avait l'air de tout sauf du meurtrier sadique et assoiffé de sang dont Howie Stone allait s'employer à brosser le portrait.

Une fois que les deux avocats lui eurent fait signe qu'ils étaient prêts, Malachi ordonna à Stone :

— Le Ministère public peut commencer.

Alors que Howard Stone s'apprêtait à se lever, un brouhaha s'éleva, venant de la porte. Aussitôt, tous les yeux convergèrent dans cette direction.

L'auxiliaire en faction escorta une femme entre deux âges le long de l'allée centrale, et la conduisit au premier rang. Là, il demanda aux spectateurs de se pousser pour lui faire de la place.

Intrigué par l'attention dont l'inconnue faisait l'objet, Kirk s'apprêtait à demander la permission d'aller conférer avec le juge lorsque Chris Cory lui chuchota à l'oreille :

— C'est vraiment indispensable qu'elle soit là ?

— Qui est-ce ? demanda l'avocat.

— Mme Ames, expliqua Cory. J'ai eu l'occasion de la rencontrer deux ou trois fois quand on vivait ensemble, sa fille et moi. Si elle est venue, c'est uniquement pour faire pression sur le jury.

— Sûrement un coup de ce cher Howie. Je

reconnais sa « patte ». Mais nous ne pouvons pas l'empêcher d'assister à l'audience, fit Kirk.

Mme Ames ayant pris place, le juge Malachi réitéra son ordre :

— Le Ministère public peut commencer.

Howie Stone se leva de son fauteuil et alla se planter devant les membres du jury, conscient de la tâche qui lui incombait. Le procureur adjoint allait devoir leur démontrer qu'il existait des éléments suffisants pour fonder son propos et empêcher ainsi l'avocat de la défense de le débouter comme ce dernier ne manquerait pas d'essayer de le faire. Une fois cet objectif atteint, c'est à Kirk que reviendrait la tâche la plus dure : prouver le bien-fondé, la légitimité de son système de défense. Après quoi, le jury rendrait son verdict. Trois verdicts étaient possibles. Coupable de meurtre au second degré. Non coupable. Non coupable parce que non responsable.

En résumé, la stratégie de Stone consistait à présenter des éléments clairs et convaincants de nature à empêcher la défense d'obtenir le classement de l'affaire.

Sa déclaration préliminaire fut brève et alla droit au but. Le Ministère public allait s'efforcer de démontrer que l'inculpé Christopher Cory s'était introduit dans l'appartement d'Alice Ames. Après une dispute violente — dont les échos avaient été surpris par un voisin —, il l'avait tuée avec un couteau de cuisine trouvé chez sa victime. Les indices apporteraient la preuve qu'il était venu avec l'intention de commettre ce crime, lequel était donc un meurtre avec préméditation.

Après cette déclaration, Stone conclut en disant :

— L'inculpé s'efforcera bien sûr de verser de nouveaux éléments au dossier. Ne vous laissez pas distraire. Tenez-vous-en aux faits et uniquement aux faits : vous aurez une idée claire de votre devoir de jurés et la conscience pure lorsque vous déclarerez cet homme coupable d'homicide.

Il regagna son fauteuil.

Le juge consulta David Kirk du regard :

— Maître ?

Ne souhaitant pas que le jury se doute du système de défense qu'il avait adopté, David Kirk se contenta de dire :

— Nous nous efforcerons de prouver que Christopher Cory n'est pas la personne qui a assassiné Alice Ames.

Malachi hocha la tête puis ajouta :

— M. Stone, poursuivez.

Le premier témoin de Stone habitait dans le même immeuble qu'Alice Ames, à l'étage au-dessous. Le matin du meurtre, cette femme avait entendu une violente dispute dans l'appartement de sa voisine du dessus. Deux voix se répondaient. Celle de l'inculpé, lequel paraissait « très en colère », et celle de la victime, qui « suppliait et pleurait ». Il y avait eu des bruits de lutte et, après cela, le silence.

Stone confia son témoin à Kirk.

David Kirk suivait un double objectif. Dans un premier temps, entamer la crédibilité des témoins produits par l'accusation et s'efforcer d'obtenir le classement de l'affaire en arguant que le procureur n'avait pas réussi à avancer des arguments suffisamment convaincants. Ses chances d'y parvenir étaient minces. Aussi allait-il lui falloir, dans un second temps, semer le doute dans l'esprit des jurés, établir devant eux l'existence de certains faits qui leur apparaîtraient ultérieurement comme autant de preuves de l'état pathologique de Cory. Avec cette double stratégie en vue, il alla se planter devant le premier témoin à charge.

— Mme Miller, commença Kirk, lorsque vous avez épié cette petite altercation...

Conformément aux attentes de Kirk, Stone leva la main et s'écria :

— Objection. Rien n'indique que le témoin espionnait la dispute.

— Quel terme utiliseriez-vous ? interrogea Kirk.

— Maître, rétorqua Stone, s'il faut en croire le dictionnaire, « *épier* » signifie écouter de façon indiscrète.

— Eh bien, n'est-ce pas ce que faisait Mme Miller ? contra Kirk. Les deux personnes qui se disputaient ignoraient totalement que madame les écoutait. Et elle n'a rien fait pour signaler sa présence. Moi j'appelle ça de l'espionnage, insista Kirk.

Malachi intervint :

— Messieurs, ne nous laissons pas emporter dans des considérations sémantiques. Épier, espionner, écouter. Cette dame a-t-elle, oui ou non, *entendu* ce qu'elle nous a déclaré avoir surpris ? C'est la seule question qui compte.

Il se tourna vers le jury.

— Mesdames et messieurs les jurés, il va falloir vous montrer indulgents : les avocats aiment ergoter. C'est même comme cela qu'ils gagnent leur vie.

D'un ton impatient, il ordonna :

— M. Kirk, poursuivez ou alors laissez tomber.

Kirk se tourna vers le témoin.

— Mme Miller, qu'est-ce qui vous a permis de reconnaître la femme et l'homme que vous avez surpris en pleine dispute ?

— Eh bien, l'appartement est au nom de Mlle Ames...

— Non, je veux dire comment savez-vous que

c'était bien elle que vous avez entendue ? insista Kirk.

— Eh bien, mais si c'est elle qui habite là...

— Mme Miller, la vérité, c'est que vous ne connaissiez pas vraiment cette jeune femme, si ?

— Je connaissais sa voix. Je l'ai entendue à plusieurs reprises, protesta Mme Miller. À travers le plancher.

— Ah ! En d'autres termes, vous aviez *l'habitude* de l'espionner.

— Absolument pas ! Je n'écoute pas aux portes ! protesta de nouveau le témoin.

— Votre Honneur, intervint Stone, mon confrère harcèle le témoin.

— Eh bien, M. Kirk ? lança Malachi.

— Votre Honneur, il est clair que Mme Miller est incapable d'identifier formellement l'homme et la femme qu'elle a entendus, je l'autorise donc à se retirer, répondit Kirk.

Le témoin suivant de Stone était un jeune acteur qui, après avoir prêté serment, déclara s'appeler Bruce Gethers. Le matin du meurtre, il était sorti de bonne heure car il devait prendre un car pour New Hope, en Pennsylvanie, afin de remplacer au pied levé un collègue défaillant. En descendant l'escalier, il avait croisé un type qui montait. N'ayant pas réussi à voir qui c'était sur le moment, il s'était retourné pour mieux le regarder.

— Et vous l'avez identifié ? questionna Stone.

— Oui, monsieur, répliqua Gethers.

— Cet homme se trouve dans la salle ?

— Oui.

— Voulez-vous le désigner du doigt ?

— C'est le jeune homme, qui est assis là-bas.

Il tendit l'index vers Christopher Cory.

— Merci, M. Gethers.

Stone remit le témoin à Kirk.

David Kirk se leva pour procéder au contre-interrogatoire. Il n'avait pas fini de se mettre debout lorsqu'il sentit qu'on le tirait par la manche. Baissant les yeux, il s'aperçut que c'était Cory. Pensant aussitôt que son client était pris d'un malaise ou qu'il paniquait, Kirk se pencha.

Chuchotant d'une voix angoissée, Cory demanda :

— Mais qu'est-ce que vous attendez pour lui dire... ? Dites-lui donc que c'était pas moi ! C'était Max !

L'avocat se rassit, s'approcha davantage encore de Cory.

— Je vous interdis... Vous m'entendez... Je vous interdis de me donner des ordres ou des suggestions pendant l'audience ! Je travaille comme bon me semble ! Et je ne parlerai de Max que quand je le jugerai utile ! Compris ?

Cory croisa le regard ferme et courroucé de Kirk, déglutit et hocha la tête d'un air d'excuse.

L'avocat se leva et se dirigea vers le témoin.

— M. Gethers, questionna-t-il, avez-vous bien examiné l'homme dont vous soutenez qu'il est l'inculpé ? Suffisamment pour vous souvenir des vêtements qu'il portait ?

— Je ne vois pas le rapport, rétorqua Gethers.

— Répondez à la question ! ordonna Malachi.

— Non, je n'ai pas fait attention à sa tenue, convint Gethers.

— Alors vous êtes incapable de nous dire s'il était habillé comme M. Cory aujourd'hui ?

— En effet.

— Ou s'il était vêtu d'un jean et d'un pull ? poursuivit Kirk.

— C'est exact.

— Ou bien encore s'il était vêtu de cuir noir clouté ?

Cette question provoqua la réaction que l'avocat attendait : l'intervention de Malachi.

— Maître, le témoin vient d'admettre qu'il n'avait pas prêté attention à ce que cet homme portait.

— Désolé, Votre Honneur, s'excusa Kirk d'un ton faussement contrit.

Car, en réalité, il venait de poser la première pierre de son système de défense.

Les témoins de Stone se succédèrent à la barre. L'acteur avec qui Alice Ames devait répéter une scène le jour du drame et qui, en voyant l'heure tourner, avait fini par se douter qu'il s'était passé quelque chose d'anormal. Il avait insisté pour que le gardien de l'immeuble ouvre avec son passe la porte de l'appartement de la petite. Et c'est ensemble qu'ils avaient fait la découverte macabre.

David Kirk ne jugea pas utile de mener un contre-interrogatoire.

Ayant clairement évoqué la découverte — et la scène — du crime, Stone sortit ensuite l'artillerie lourde.

L'inspecteur Martinez de la brigade criminelle qui avait été appelé sur les lieux déclara avoir débarqué dans un studio étriqué et plutôt miteux de Greenwich Village, du genre de ceux que les jeunes acteurs, écrivains, artistes et autres réussissent tout juste à se payer en attendant de percer. Martinez déclara également qu'il y avait du sang partout. Détail qui n'avait rien de surprenant du fait que la victime avait été poignardée.

Une fouille en règle de l'appartement lui avait permis de constater la disparition d'un couteau de cuisine. Il s'agissait très certainement de l'arme du crime. Il devait d'ailleurs être retrouvé ultérieurement dans une poubelle devant l'immeuble.

On avait également récupéré un gant de chirurgien à moitié déchiré. Martinez avait supposé au vu des taches de sang qui le maculaient que ce gant avait servi pendant le meurtre. Le labo avait identifié le sang comme étant celui de la victime.

Stone posa sa dernière question.

— M. Martinez, compte tenu de votre solide expérience de policier et des années que vous avez passées à la Criminelle, pouvez-vous nous dire ce que signifiait la présence de ce gant de caoutchouc ?

— Certainement, monsieur. C'est la preuve irréfutable qu'il y a eu préméditation, répondit Martinez d'un ton ferme. On ne se promène pas avec des gants de chirurgien sur soi. À moins d'être médecin ou infirmier. L'homme était venu avec l'intention de tuer.

— Je vous remercie, dit Stone, se tournant vers Kirk pour l'inviter à procéder à un contre-interrogatoire.

David Kirk, qui consultait ses notes, leva le nez et feignit d'être pris au dépourvu. Comme s'il improvisait, il lança, se trompant délibérément :

— M. Malendez...

— Martinez, corrigea le témoin.

— Désolé, s'excusa Kirk. Vous disiez que... Voyons, je cite : « L'homme était venu avec l'intention de tuer. » Ce sont bien les paroles que vous avez utilisées ?

— En effet.

— Et c'est le gant de caoutchouc qui vous a permis d'aboutir à cette conclusion ?

— Les gens ne se promènent pas sans raison avec des gants de chirurgien.

— Quelqu'un qui aurait peur d'attraper le sida pourrait très bien se trimballer avec des gants de caoutchouc dans sa poche, non ?

— Possible. Mais il faudrait que ce soit quelqu'un d'un peu timbré, répondit Martinez.

— « Il faudrait qu'il soit un peu timbré », répéta Kirk, reprenant avec soin la phrase de Martinez qui apportait de l'eau à son moulin. Mais vous venez de dire que la présence du gant prouve que cet homme s'était rendu là-bas avec l'intention de tuer.

— En effet.

— Des gants de caoutchouc, M. Martinez, vous en avez utilisé souvent ?

— Ça m'est arrivé, rétorqua le témoin manifestement sur la défensive.

— Assez pour être capable de distinguer des gants d'homme de gants de femme ?

— Il n'y a pas de différence entre les deux, répliqua Martinez.

— Dans ce cas, comment pouvez-vous savoir que la personne qui est venue « dans l'intention de tuer » était un homme ?

— À l'époque, je l'ignorais. Mais je l'ai su après, quand ses empreintes ont été identifiées.

— En d'autres termes, votre supposition de départ aurait pu être complètement fausse ?

— Peut-être, mais elle s'est avérée exacte.

— Si cet homme, pour reprendre votre expression, était venu dans l'intention de tuer, comment se fait-il que l'arme dont il s'est servi soit un couteau trouvé par lui sur place ?

Martinez se tortilla sur sa chaise. Sa moustache noire parut soudain moins conquérante.

Voyant qu'il ne répondait pas immédiatement, Kirk en profita pour observer :

— Ne serait-il pas plus juste de dire, M. Martinez, que vous n'avez pas la moindre idée des intentions qui ont poussé cette personne à se rendre sur les lieux du crime ?

— Nous savons qu'il était là. C'est un fait. Les empreintes génétiques en font foi. Il s'est servi des gants pour la tuer. Nous avons une empreinte de sa paume. Et nous avons retrouvé l'arme juste devant l'immeuble.

Kirk n'essaya même pas de l'interrompre. Stone non plus. Chacun pour des raisons différentes. Stone parce qu'il était ravi que la question de Kirk ait permis au témoin d'énumérer en détail et dans l'ordre les éléments de preuve dont disposait l'accusation. Ce faisant, Martinez avait préparé le terrain aux différents experts qui allaient ensuite témoigner.

Le silence de Kirk avait une autre explication.

— Bref, résuma Martinez, nous sommes en possession de tous les éléments. Relevés sur les lieux mêmes. À l'exception du couteau, repêché dans la poubelle.

— Un crime classique, remarqua Kirk. Mobile, occasion, arme, le tout en deux temps trois mouvements.

— Oui, fit Martinez avec une fierté manifeste.

— Ce sera tout, dit l'avocat, se détournant. (Il n'avait pas regagné sa table, toutefois, qu'il pivotait sur ses talons pour faire face au témoin.) L'idée que ce crime est peut-être un peu *trop* classique ne vous a pas effleuré, M. Martinez ? Vous ne trouvez pas que tout ça se goupille un peu trop bien ? Cela pourrait fort bien être l'œuvre de quelqu'un qui a essayé de faire porter le chapeau à l'inculpé ?

— Un coup monté ? C'est ridicule ! s'exclama Martinez. Et les empreintes, le sang, vous expliquez ça comment ?

— Et si les empreintes de l'inculpé avaient été relevées sur la scène du crime mais que le meurtre ait été commis par un autre que lui ? Qu'en pensez-vous, M. Martinez ? C'est une possibilité, non ?

— Les choses ne se seraient pas présentées de la même façon, maître.

— Alors vous êtes à même d'affirmer que l'inculpé a assassiné Alice Ames ?

— C'est la conclusion la plus vraisemblable.

— « Conclusion », « les choses ne se seraient pas présentées de la même façon », répéta Kirk. Tout ça, c'est bien gentil. Mais ce n'est pas une réponse à ma question. Je répète, M. Martinez. Pouvez-vous affirmer formellement que c'est cet homme qui a tué Alice Ames ?

— C'est... c'est au jury d'en décider.

— Merci, M. Martinez. Ce sera tout.

24

Lentement, avec méthode et sans recourir à de mélodramatiques effets d'audience, Howard Stone énuméra ses arguments contre Christopher Cory. Son objectif ? Prouver qu'il s'agissait purement et simplement d'une affaire de meurtre. Il laissait à Kirk le soin de transformer le procès en *show* psychiatrique.

À l'audience suivante, Howard Stone fit venir à la barre la femme expert en empreintes afin qu'elle établisse la présence de Cory sur les lieux et celle de ses empreintes sur l'arme du crime. L'expert avait apporté des agrandissements des empreintes, qu'elle posa sur un chevalet face au jury.

Selon la coutume, Stone lui demanda de préciser la formation qu'elle avait suivie et son expérience en matière de lecture des empreintes. Une fois sa qualification et ses compétences établies, Marie Wisencraft témoigna qu'elle était arrivée sur les lieux dans l'heure qui avait suivi la découverte du corps de Mlle Ames. Qu'elle avait versé la poudre destinée à faire apparaître les empreintes sur toutes les surfaces susceptibles d'en porter. Ainsi que sur les objets qui avaient été manipulés au cours de la lutte. Car, de toute évidence, il y avait eu lutte.

Elle avait été étonnée de trouver si peu d'empreintes n'appartenant pas à la locataire. Cela lui avait mis la puce à l'oreille : elle s'était demandé si l'assassin n'avait pas pris la précaution d'enfiler des gants. Elle en eut la certitude lorsqu'elle tomba sur une empreinte partielle de paume laissée sur le pied d'une lampe qui avait été renversée au cours de la bagarre. Après cela, elle avait trouvé des empreintes de paume similaires sur l'arme récupérée dehors dans la poubelle. La découverte du gant déchiré expliquait que l'empreinte de la paume fût incomplète.

— Inspecteur Wisencraft, questionna Stone, avez-vous comparé l'empreinte de la paume de l'inculpé avec celles que vous avez relevées dans l'appartement et sur l'arme ?

— Oui.

— Et alors ?

— La correspondance est parfaite, répondit Mme Wisencraft. (Du doigt, elle désigna les agrandissements posés sur le chevalet.) Comme vous pouvez d'ailleurs le constater vous-même. Regardez. Ici et ici, ça coïncide.

— Bref, il ne fait pas l'ombre d'un doute, pour vous, que l'inculpé était sur les lieux et qu'il s'est servi de ce couteau pour poignarder Alice Ames ?

— Objection ! s'exclama Kirk de sa table. Mme Wisencraft possède l'expérience et les qualifications requises pour se prononcer sur les empreintes qu'elle a relevées. Mais je ne vois pas sur quoi elle se fonderait pour conclure que mon client s'est servi de ce couteau pour tuer.

Stone sourit avec un haussement d'épaules.

Davey doit être en panne d'imagination pour recourir à une objection aussi tatillonne.

— Le témoin est à vous, lança-t-il en regagnant pesamment sa place.

Kirk se leva, prit un bloc volumineux plus pour impressionner le témoin que pour s'en servir, car il n'y avait presque rien de noté dessus.

— Mme Wisencraft, M. Stone a pris soin de préciser que vous aviez une vaste expérience en matière de prise d'empreintes. Pouvez-vous nous indiquer, à partir d'une empreinte de paume partielle, s'il s'agit de la paume droite ou de la paume gauche ?

— Bien sûr.

— Pouvez-vous nous dire alors si cette empreinte provient de la main droite ou de la main gauche de M. Cory ?

— Évidemment.

Elle se mit légèrement de biais par rapport au chevalet afin de faire sa démonstration.

— Mesdames et messieurs du jury, voici l'empreinte que j'ai relevée sur les lieux du crime. Et, juste à côté, l'empreinte prise après l'arrestation de l'inculpé. Aucun doute n'est possible : cette dernière provient de sa main gauche.

— « Sa main gauche », reprit Kirk d'un ton entendu. Mme Wisencraft, j'aimerais que vous disiez au jury si M. Cory est droitier ou gaucher.

L'espace d'un instant, le témoin demeura sans voix. Puis elle reconnut :

— Désolée, je n'en sais rien.

— C'est compréhensible, fit Kirk, passant avec magnanimité l'éponge sur son ignorance. Maintenant, Mme Wisencraft, venons-en au gant déchiré retrouvé sur les lieux. Pourriez-vous préciser s'il a été déchiré avant ou pendant la...

Sans même attendre la fin de la question, le témoin répondit :

— Pendant la lutte. Le caoutchouc a cédé, suite à une pression brutale.

— Je vous remercie. Toutefois, telle n'était pas la question que je m'apprêtais à vous poser. Je voulais savoir si le gant avait pu être déchiré délibérément. Votre avis ?

— Tout est possible. Mais dans cette affaire je dirais qu'il a été endommagé pendant la lutte.

Kirk s'approcha du bureau du préposé, s'empara du gant qui était étiqueté : « Ministère public, pièce à conviction D. »

— Mme Wisencraft, voudriez-vous expliquer au jury comment vous faites la différence entre un gant déchiré *accidentellement* et un gant qui a été *délibérément* déchiré ?

Le témoin fixa le gant puis improvisa une réponse :

— S'il avait été déchiré exprès, les bords de la déchirure seraient plus réguliers. Mais lorsque le caoutchouc claque accidentellement, les bords présentent des marques en dents de scie. Comme ici.

Elle tendit le gant de façon que le jury voie bien.

— Vraiment ? commenta Kirk comme s'il apprenait quelque chose. Vous permettez que je fasse appel à vos compétences ? J'ai là... (Il prit des mains de Gerry Prince deux gants de chirurgien en fin latex.)... deux gants appartenant à la même paire. Le latex de l'un d'eux a cédé sous une pression trop forte. L'autre a été percé à l'aide d'un outil. Je vais vous demander de les examiner et de dire au jury lequel a été sciemment endommagé.

Avec force précautions, Mme Wisencraft s'empara des deux gants, les passa en revue.

— Celui de gauche a été percé volontairement. Le droit à la suite d'un accident.

— Vous êtes prête à certifier au jury que telle est votre opinion d'expert ?

— Si je me base sur ce que je vois... en l'absence d'éléments complémentaires..., oui.

Kirk lui reprit les gants l'un après l'autre et les plia méticuleusement. Il les fourra dans sa poche et s'enquit soudain :

— À propos, Mme Wisencraft, avez-vous remarqué si ces gants avaient des revers lorsque vous les avez manipulés ?

— Les gants de chirurgien ont toujours des revers. Ça les rend plus faciles à enfiler et à retirer. Et ça les empêche de glisser le long du poignet.

Kirk plongea la main dans sa poche et en retira les gants, qu'il lui tendit. Elle les prit avec précaution, les étudia avec soin et reconnut :

— Ces gants n'ont pas de revers. Les revers ont été coupés.

— Exact, confirma Kirk. Et vous ne vous en êtes pas rendu compte.

— J'étais tellement occupée à examiner les déchirures... commença-t-elle.

— Je n'en doute pas, affirma Kirk, récupérant les gants et regagnant sa table.

Du haut de l'estrade, le vieux juge Malachi songea : *Quel futé, ce Kirk ! Quel cirque ! Ces explications n'avaient aucun rapport avec le témoignage de la fille. Mais le jury a bu ça comme du petit-lait.*

Sans quitter sa place, Stone lança :

— Mme Wisencraft, le gant déchiré et l'empreinte de paume partielle relevée par vous correspondent-ils à la main gauche de l'inculpé ?

— Absolument.

— Merci, ce sera tout, fit Stone, comme réduisant à néant le fugace triomphe remporté par Kirk.

Le procureur appela à la barre le témoin suivant, un certain Dr Cyril Twilling, médecin légiste, qui avait pratiqué l'autopsie d'Alice Ames. Celuici indiqua les méthodes qu'il avait utilisées pour déterminer la cause du décès.

Et Stone de suggérer :

— Dr Twilling, pour l'édification du jury, pourriez-vous montrer les agrandissements des photos prises pendant l'autopsie ? Nous les joindrons aux pièces à conviction par la même occasion.

Kirk se dressa d'un bond.

— Objection !

— L'avocat de la défense a déjà eu ces clichés entre les mains, contra Stone.

— Je m'oppose à ce que ces photos, étant donné leur caractère morbide, soient produites dans cette enceinte. Elles ne pourraient qu'influencer le jury.

Les deux hommes attendirent que le juge statue sur ce point.

— Objection non retenue, déclara Malachi. Vos protestations seront consignées dans le procès-verbal d'audience pour la forme, M. Kirk.

Une fois les photos couleur acceptées comme pièces à conviction, le médecin légiste s'arma d'une longue règle afin de montrer au jury l'emplacement des lésions.

Pendant cette partie du témoignage du Dr Twilling, Mme Ames se mit à pleurer.

Twilling continua de décrire avec force détails la profondeur de chaque blessure et son impact sur la victime. Il ajouta que le meurtrier avait commencé à dépecer le corps mais que, pour une raison qui lui échappait, il n'avait pas terminé sa macabre besogne.

— Peut-être, risqua Twilling, qu'il a entendu du bruit et qu'il a pris peur.

Sur ces entrefaites, Stone montra au Dr Twilling le couteau étiqueté « Ministère public, pièce à conviction A », et s'enquit :

— À votre avis, docteur, cette arme serait-elle capable de provoquer des blessures mortelles ?

— Oui, répondit Twilling d'un ton ne souffrant pas la réplique.

— Le témoin est à vous, fit Stone, se dirigeant pesamment vers sa table.

Kirk décida de ne pas procéder à un contre-interrogatoire. Plus le jury aurait ces photos devant lui, plus Twilling déviderait ses détails sanglants, et plus son client risquait d'en pâtir.

Le témoin suivant de l'accusation se nommait Gordon Harris. Technicien et collaborateur du médecin légiste, il était hématologue. Il déclara avoir reçu à son laboratoire un échantillon du sang trouvé sur les lieux du crime. Et avoir comparé les empreintes génétiques de ce sang avec celles de l'échantillon prélevé sur l'inculpé.

— Quels résultats avez-vous obtenus ?

— Une correspondance parfaite entre les deux.

— Si l'on vous disait que l'inculpé a affirmé ne pas avoir mis les pieds dans l'appartement depuis plus de quatre mois, vous en concluriez quoi ?

— Qu'il a menti.

— Objection ! s'exclama Kirk.

— Retenue, grommela Malachi. M. Stone, ce procédé n'est pas digne de vous. Vous n'avez pas à exiger d'un expert en hématologie des conclusions de ce type.

Stone ne se donna pas la peine de reformuler sa question car il avait atteint son but : semer dans la tête des jurés l'idée que Cory s'était trouvé sur les lieux du crime à l'heure où celui-ci avait été commis, et qu'il mentait en soutenant le contraire.

— Le témoin est à vous, fit Stone.

N'ayant pas réussi à rendre irrecevable le témoignage sur les empreintes génétiques, David Kirk s'avança vers le témoin avec un objectif précis en tête : brouiller le jeu afin d'en atténuer l'impact dans l'esprit du jury.

— M. Harris, j'ignore quel est le sentiment du

jury. Mais, en ce qui me concerne, j'avoue que ça n'est pas très clair. J'ai souvent lu des articles à propos de fouilles effectuées sur des sites archéologiques un peu partout dans le monde. J'ai appris qu'à cette occasion les scientifiques déterraient des os et des fragments d'os très anciens. J'ai entendu parler de la façon dont ils dépapillotent les momies égyptiennes afin de prélever des échantillons de tissus vieux de milliers d'années. Après quoi, ils prennent les empreintes génétiques de ces tissus.

— C'est exact, répondit Gordon Harris, se demandant où l'avocat voulait en venir.

— Si ces échantillons — vieux de milliers, quand ce n'est pas de millions d'années — permettent aux scientifiques d'obtenir des empreintes génétiques, qu'est-ce qui vous permet de dire qu'un échantillon qu'on vous a soumis est vieux de cinq jours et non de cinq mois ? questionna Kirk.

— L'échantillon qu'on m'a remis était du sang frais. Qui ne datait pas de plus de cinq jours, répliqua Harris.

— Mais vous n'aviez aucun moyen de vérifier, si ? s'entêta Kirk.

— Pas vraiment, concéda Harris.

— Autrement dit, à supposer que M. Cory — qui a habité dans cet appartement pendant près de six mois — se soit coupé en se rasant cinq mois avant le meurtre de Mlle Ames, vous auriez obtenu en analysant le sang qui aurait coulé de cette blessure des résultats identiques à ceux que vous avez obtenus à partir de ce que vous prétendez être un échantillon de sang frais. N'est-ce pas exact ?

Harris eut l'air gêné, jeta un coup d'œil à Stone puis répondit :

— En effet.

— De sorte que le résultat de votre travail ne

prouve absolument pas que M. Cory se soit trouvé sur les lieux lorsque Mlle Ames a été assassinée. Nous sommes d'accord ?

— Ce que je peux vous dire, c'est que ces échantillons correspondent, déclara Gordon Harris.

— Le jury se forgera sa propre opinion, conclut Kirk en regagnant sa table.

Howard Stone engloutit deux pilules coup sur coup.

25

Le troisième jour du procès, le procureur adjoint Howard Stone produisit ses derniers témoins.

À l'audience du matin, il avait appelé à la barre Mme Bertha Colwell. Cette Noire de taille moyenne, la quarantaine légèrement enrobée, ne semblait pas franchement à l'aise. Elle prononça un tonitruant : « Je le jure ! » après avoir prêté serment. Mais une fois lancée, elle parut retrouver ses moyens.

Stone lui demanda de préciser le métier qu'elle exerçait, raison de sa présence à la barre en qualité de témoin.

Depuis dix-sept ans, Mme Colwell était à la tête d'un petit pressing situé à quelques pâtés de maisons de l'endroit où vivait Chris Cory. Son travail consistait à passer en revue les pantalons, costumes, robes et manteaux avant de les envoyer au nettoyage.

— En dix-sept ans de métier, et après avoir manipulé toutes sortes de vêtements, vous avez dû acquérir une sorte de sixième sens. J'imagine que vous êtes capable de deviner quel traitement les vêtements ont subi avant d'atterrir entre vos mains, non ?

— Effectivement, je peux vous dire d'où les vêtements viennent et par quoi ils sont passés, répondit-elle d'un ton assuré.

— Mme Colwell, est-ce que vous pourriez nous donner une petite idée ?

— Eh bien, en examinant certaines robes, je devine où leurs propriétaires se trouvaient la veille. Certaines taches sont « parlantes », vous savez.

— Pourriez-vous être plus explicite, Mme Colwell ? fit Stone, tout miel.

— Eh bien, il y a des taches provenant de... de sécrétions, c'est comme ça qu'on les appelle aujourd'hui. Ces taches-là, quand on les décèle sur la jupe d'une femme, on sait tout de suite à quoi s'en tenir sur ses activités de la veille. Quand le vêtement est légèrement déchiré, on se dit qu'elle a opposé de la résistance. Ou alors qu'elle avait tellement hâte de se retrouver à poil qu'elle n'a pas hésité à esquinter sa robe.

Malachi donna un violent coup de marteau pour faire taire l'assistance, laquelle commençait à ricaner.

— Mme Colwell, est-ce que votre sixième sens fonctionne uniquement pour les sécrétions ? Ou est-ce que vous pouvez également dire, en manipulant un vêtement, s'il a été lavé avant de vous être confié ?

— Oh, oui, fit-elle avec assurance.

Stone prit alors la veste que son assistant lui tendait et la remit au témoin afin qu'elle l'examine.

— Mme Colwell, reconnaissez-vous cette veste ?

Elle l'étudia très rapidement.

— Oui.

— Comment se fait-il que vous la reconnaissiez ?

— Les gens qui fréquentent mon établissement sont tous des gens du quartier. Aussi, lorsqu'un client nous donne une adresse qui est à une bonne dizaine de pâtés de maisons du magasin, ça me met la puce à l'oreille. C'est pour ça que j'ai examiné la veste une fois que ce monsieur a eu tourné les talons.

— Qu'avez-vous découvert ?

— Qu'on l'avait lavée avant de nous l'apporter.

— Et ça vous a semblé bizarre ?

— Oui. En général, les gens ne lavent pas les vêtements en laine. Les pulls exceptés. Et encore, pas toujours.

— Voyons, imaginez qu'on vous apporte pour la faire nettoyer une veste en laine qui a été lavée au préalable, vous vous dites quoi ? Ça n'éveille pas vos soupçons ?

Kirk se leva d'un bond.

— Votre Honneur, M. Stone n'a pas à demander au témoin de formuler des conclusions.

— Objection retenue, décida Malachi.

Stone sourit, vaguement penaud. *Je me suis planté, mais j'ai quand même bien fait de tenter le coup.* Maintenant il ne lui restait plus qu'à conclure.

— Merci, Mme Colwell.

Stone tendit la veste à la sténo en lui disant :

— Ministère public, pièce à conviction L.

Supposant qu'on en avait terminé avec elle, le témoin fit mine de se lever. Toutefois David Kirk s'avança :

— Encore une ou deux questions, Mme Colwell.

L'avocat savait n'avoir aucun motif valable d'attaquer son témoignage. Mme Colwell avait dit la vérité ; pourquoi aurait-elle menti ? Seulement, s'il ne pouvait amener le jury à douter de la véracité des propos de la teinturière, il pouvait du moins profiter de l'occasion pour essayer de marquer quelques points. Ce serait toujours ça de pris.

Prenant la veste des mains de la sténo, il la tendit au témoin.

— Mme Colwell, à votre avis, est-ce qu'un jeune homme comme celui que vous voyez ici porterait une veste comme celle-là ?

— Je ne vois pas ce que vous voulez dire, fit la femme, intriguée.

— Examinez-la bien. Le parement en cuir. Les clous. Franchement, est-ce que ça ressemble à ce qu'il porte aujourd'hui ?

— Objection ! s'écria Howard Stone de sa chaise. Ce « jeune homme », pour reprendre l'expression utilisée par la défense, a choisi sa tenue en fonction des conseils éclairés que lui a donnés son avocat, l'éminent David Kirk. De façon à ce que les vêtements qu'il a sur lui soient radicalement différents de ceux qu'il met d'habitude.

— Objection retenue, décida Malachi.

— Mme Colwell, avez-vous eu entre les mains beaucoup de vestes de ce style ?

— Souvent.

— Par quel genre d'hommes sont-elles généralement portées ? questionna Kirk.

— Ben, par des gens qui les donnent pas souvent au pressing. Des punks, des motards. Quand ils se décident à nous les apporter, elles sont tellement crasseuses qu'il faut les passer deux ou trois fois en machine pour les ravoir.

— Merci, Mme Colwell, dit Kirk, se rendant compte que le jury se demandait pourquoi il avait posé une question apparemment aussi innocente.

Une fois le témoin parti, Stone fit venir un technicien du laboratoire d'expertise. En voyant la veste, celui-ci déclara qu'il l'avait soumise à différents tests. Et que malgré le lavage et le nettoyage à sec, ces tests avaient mis en évidence des traces de sang correspondant à celui de la victime, Alice Ames.

Ayant énuméré les composantes du crime auxquelles il ne manquait plus que le mobile, Howard Stone fit venir son dernier témoin.

Carrie Denis était une jeune actrice noire, de l'âge d'Alice, membre du même cours d'art dramatique et amie de la victime. Petite, bien faite, jolie, elle avait la démarche et l'assurance d'une bonne actrice.

— Mlle Denis, vous connaissiez Alice Ames depuis longtemps ?

— Depuis mon arrivée à New York. Nous nous sommes rencontrées au cours de théâtre où nous avons été admises le même jour.

— Pendant combien de temps avez-vous suivi les cours ensemble ?

— Presque trois ans. Et on a partagé un appartement pendant deux ans.

— L'inculpé, vous l'avez rencontré ? Où ça ?

— Oui. Au cours également.

— Quel genre de relations entreteniez-vous avec lui ? questionna Stone.

— Pas très bonnes.

— Pourquoi ?

— Je ne le trouvais pas très sympathique. Je n'avais pas confiance en lui.

— Il a emménagé avec Alice, n'est-ce pas ?

— Oui. J'ai déménagé de façon à ce qu'il puisse s'installer chez elle.

— Ça vous a beaucoup contrariée de devoir vider les lieux pour lui céder la place ?

— La seule chose qui m'embêtait, c'est qu'il essayait de la mener par le bout du nez. Il était jaloux de son talent. Car Alice était douée. Elle aurait pu devenir une vedette s'il ne l'avait pas tuée...

Stone l'interrompit.

— Mlle Denis, tenez-vous-en aux faits. Abstenez-vous de faire des suppositions. C'est au jury qu'il appartient de se prononcer sur la culpabilité de M. Cory. Pas à vous.

Oh, Howie, songea Kirk, *vous n'avez pas honte ? Faire semblant de refuser un cadeau pareil alors que votre propre témoin vous le sert sur un plateau...*

— Mlle Denis, j'imagine qu'au bout d'un moment, votre amie a décidé qu'elle ne voulait plus cohabiter avec l'inculpé ? poursuivit Stone.

— En effet, répondit-elle. Elle en avait pardessus la tête de son comportement. Elle s'était rendu compte qu'il se mêlait de sa carrière.

— Qu'entendez-vous par « se mêler de sa carrière » ?

— Eh bien, il restait dans les parages quand elle répétait, faisait des commentaires, lui donnait des indications. Une fois, à cause de lui, elle a perdu un rôle : Cory lui donnait des tuyaux en cachette et ça n'a pas plu au metteur en scène quand il s'en est aperçu.

— Expliquez donc aux jurés, Mlle Denis, dans quelles circonstances il s'est fait renvoyer du cours de théâtre, lui suggéra Stone.

— Ce jour-là, Alice répétait avec Jason... Jason Ulfeld. Une scène de *Pique-nique,* la pièce de William Inge. C'était une scène d'amour et ils se défonçaient tous les deux. Le courant passait. L'émotion était... palpable. C'était formidable. Tout le monde était sous le charme. Sauf Chris. Qui a explosé de jalousie et tout fichu par terre. Alice a fondu en larmes et elle est sortie en pleurant.

— Que s'est-il passé ensuite ?

— Elle a pris conscience de l'influence néfaste qu'il exerçait sur elle. Et elle a décidé de rompre.

— Quel a été son comportement après la rupture ?

— Il n'arrêtait pas de lui téléphoner, de venir la voir, de la harceler. Il voulait reprendre la vie commune. Mais elle ne voulait plus en entendre parler.

— Mlle Denis, avez-vous été en contact régulier avec Alice Ames pendant les mois qui ont suivi sa rupture avec l'inculpé ?

— Oui, affirma le témoin. Elle ne voulait pas rester seule : elle avait peur.

— C'est ce qu'elle vous a dit ? Qu'elle avait peur ?

— Pas exactement. Mais elle disait avoir l'impression d'être épiée, suivie.

— Par qui ?

— Par lui ! lança-t-elle, l'index tendu vers Chris Cory.

— Mlle Denis, quand avez-vous vu Alice Ames pour la dernière fois ?

— Quand on m'a demandé d'identifier son corps.

— Je veux dire, avant ça. Quand l'avez-vous vue en vie pour la dernière fois ?

— La veille du jour où elle a été tuée.

— Vous a-t-elle parlé de l'inculpé ce soir-là ?

— Oui, elle m'a dit que ça ne s'arrangeait pas. Qu'il lui laissait des messages inquiétants sur son répondeur. Qu'il la menaçait.

— Malgré tout, elle refusait de le voir ? questionna Stone.

— La seule fois où elle l'a vu, au cours de ces quatre mois, c'est le jour où il l'a tuée.

— Voyons, Mlle Denis, je vous en prie, supplia Stone, faisant mine de la rabrouer. Ce sera tout.

Son bloc à la main, David Kirk s'approcha du témoin.

— Mlle Denis, vous n'avez guère d'estime pour l'inculpé, n'est-ce pas ?

— Ça vous étonne ? riposta-t-elle vertement.

— Mlle Denis, le jury s'en est certainement rendu compte et doit se demander d'où vient cette animosité.

— Eh bien, c'était un type... bizarre. Un véritable allumé. Au cours, il faisait et disait des trucs dingues.

— Par exemple ?

— Un jour, peu de temps avant de se faire flanquer dehors, il a perturbé le cours. Il était arrivé en retard et s'était glissé dans la salle comme un voleur. Tout d'un coup, il a rouvert la porte, jeté un œil dehors et s'est mis à chuchoter : « Les voilà ! Ils me poursuivent ! Ils sont là ! » Il s'est précipité dans un coin de la pièce où il s'est accroupi, tenant un flingue à la main. Un vrai flingue. Comme s'il allait descendre ses poursuivants.

— Et on le poursuivait ?

— Bien sûr que non, il n'y avait personne. Lorsque notre prof l'a engueulé, Chris a soutenu qu'il avait voulu s'exercer à faire une entrée. Je vous l'ai dit, il fallait toujours qu'il se fasse remarquer. Franchement, il me flanquait les jetons. C'est pour ça que je sais ce qu'Alice voulait dire quand elle m'affirmait avoir l'impression d'être surveillée en permanence.

— Mlle Denis, si je dis que vous le considériez comme un type bizarre, je résume correctement vos propos ? interrogea Kirk.

— Bizarre, le mot est faible, répliqua-t-elle en décochant un regard noir à Chris. Et je le considère toujours comme tel. Quand la police m'a appelée, je n'étais encore au courant de rien. Et, pourtant, j'ai tout de suite compris ce qui s'était passé. Qu'il l'avait tuée !

Nouveau regard noir à Chris.

— Espèce de salaud !

— Je vous en prie, Mlle Denis, essayez de garder votre calme, la rabroua doucement Kirk alors qu'il obtenait du témoin exactement la réaction souhaitée. Mlle Denis, reprit-il en abordant la question sous un autre angle. Vous allez peut-être pouvoir m'aider.

— Je ne demande pas mieux, fit-elle d'un air lointain.

Howard Stone se redressa.

— La description que vous venez de faire de l'inculpé et de son comportement m'intrigue. Pourquoi est-ce qu'une jolie jeune femme bourrée de talent comme Alice Ames se serait intéressée à un garçon comme lui ? Pourquoi aurait-elle vécu plusieurs mois avec lui ?

— C'est que... il n'était pas toujours comme ça. Insupportable et bizarre, je veux dire.

— Ah bon ? s'exclama Kirk comme quelqu'un qui fait une découverte. Et comment était-il le reste du temps ?

— Il était... sympa. Oui. Quand il voulait, il pouvait se montrer sympa.

— Tantôt sympa et tantôt bizarre, fit Kirk, feignant de résumer.

— C'est exact.

— Dr Jekyll et Mr Hyde en somme ? suggéra Kirk.

— Objection ! s'écria Stone. Mon confrère cherche à influencer le témoin.

— Une référence littéraire ne saurait nuire à la qualité des débats, décida Malachi.

Ayant réussi à préparer les jurés à ce qui allait suivre, à leur présenter une image ambivalente de Cory sur laquelle il s'appuierait pour étayer son système de défense et démontrer que l'inculpé était atteint du S.P.M., David Kirk affirma :

— Je n'ai plus de questions.

De son côté, convaincu d'avoir fait le maximum afin que Christopher Cory soit condamné pour le meurtre avec préméditation d'Alice Ames, le procureur adjoint Howard Stone se leva pour déclarer :

— Votre Honneur, le Ministère public en a terminé.

À ces mots, Malachi jeta un regard interrogateur à David Kirk qui annonça comme il fallait s'y attendre :

— Votre Honneur, je demande que l'affaire soit classée. Je considère que le Ministère public n'a pas réussi à fournir d'éléments suffisants et qu'il n'y a donc pas lieu de statuer.

Tout aussi machinalement, Malachi déclara :

— Demande rejetée ! Poursuivez, maître !

— Si le tribunal en est d'accord, j'aimerais une suspension d'audience jusqu'à demain matin afin de pouvoir convoquer mes témoins.

— Accordé, annonça Malachi, soulignant ce mot d'un coup de marteau.

Comme à l'accoutumée, il attendit que spectateurs et avocats aient quitté la salle avant d'autoriser les deux huissiers à le descendre de son estrade.

26

Le lendemain matin, à son arrivée au tribunal, David Kirk trouva un message lui enjoignant de rejoindre M. Stone chez le juge Malachi.

Intrigué, se demandant si Malachi n'avait pas changé d'avis quant à la recevabilité des témoignages des experts psychiatres, Kirk se précipita dans le cabinet du juge où celui-ci l'attendait en compagnie de Stone.

— Désolé, je suis en retard. Mais mon premier témoin a eu un problème, expliqua Kirk.

Malachi sortit de derrière son bureau et s'approcha des deux avocats.

— Messieurs, attaqua-t-il, je sens que nous allons nous embarquer dans l'une des entreprises les plus ridicules de toute la jurisprudence américaine. Vous, Davey, allez faire venir à la barre une femme expert qui va jurer ses grands dieux, documents à l'appui, non seulement que votre client est fou mais qu'il l'est doublement. Bref, qu'il souffre de ce qu'on appelle dans son jargon le syndrome de personnalité multiple. Je vous comprends : l'avocat de la défense doit être prêt à se raccrocher à toutes les branches. Seulement, mon cher Davey, laissez-moi vous dire qu'il va drôlement falloir vous accrocher ce coup-ci.

Le magistrat se tourna vers Howard Stone.

— Quant à vous, Howie, vous allez convoquer deux, trois, quatre, peut-être même cinq spécialistes qui s'empresseront de soutenir que celui de Davey n'est pas à la hauteur. Qu'il parle à tort et à travers. Bref, tout cela nous promet une belle bataille d'experts. Des experts qui vont, évidemment, jargonner à qui mieux mieux. Ce qui n'éclairera ni les jurés ni moi-même. Une fois ce salmigondis déballé, le jury — composé uniquement de profanes — devra se prononcer alors que, inutile de le rappeler, les professionnels ne sont même pas fichus de se mettre d'accord entre eux.

Malachi secoua la tête et poussa un grand soupir.

— S'il était possible d'inventer une procédure

encore plus absurde que celle-là, poursuivit-il, je suis sûr que notre Cour suprême l'aurait déjà mise au point. Si je vous ai fait venir ici tous les deux, c'est pour vous dire qu'il ne faudra pas trop tirer sur la ficelle car ma patience a des limites. Vous me comprenez ?

— Oui, assura vivement Howard Stone.

— Oui, Votre Honneur, fit David Kirk.

— Parfait. Maintenant, allons-y et au travail.

Le juge Malachi était en place sur son estrade. Balayant la salle d'un regard circulaire, il sentit la tension qui crépitait dans la pièce. Surtout dans les premiers rangs où les journalistes attendaient avec une impatience non dissimulée le système de défense sensationnel promis par David Kirk.

Afin de préparer la venue de Michal Scott à la barre et de donner à son témoignage tout son poids, David Kirk déroula à l'intention du jury les étapes qui avaient permis de découvrir la maladie de Christopher Cory et de poser le diagnostic de personnalité multiple. Il commença par faire témoigner le Dr Heldeman, puis le Dr Lipsky, et enfin le Dr Charles Wilson, qui expliqua au jury pourquoi il avait adressé le patient à sa consœur, le Dr Michal Scott.

Howard Stone procéda à des contre-interrogatoires brefs car, dans ce procès, le plat de résistance était le témoignage du Dr Scott, ce que le procureur adjoint et l'avocat de la défense savaient pertinemment.

Une fois que le Dr Wilson eut terminé, le juge Malachi déclara que l'audience était suspendue jusqu'à deux heures pour permettre à chacun de déjeuner.

À deux heures et sept minutes, Malachi rouvrit les débats, lançant d'une voix brève à l'avocat de la défense :

— M. Kirk ! Témoin suivant !

Kirk quitta sa table, remonta l'allée centrale et sortit de la pièce. Quelques secondes plus tard, il revint dans la salle d'audience en compagnie du Dr Michal Scott.

— Votre Honneur, j'appelle le Dr Michal Scott à la barre.

Michal Scott s'avança, se tint au pied de la petite estrade réservée aux témoins le temps de prêter serment. Après avoir précisé son nom et son adresse à la sténotypiste, elle prit place sur la chaise réservée aux témoins.

Pendant ce temps, le juge Malachi avait fait pivoter son fauteuil roulant de façon à mieux observer la jeune femme.

On peut faire confiance à David Kirk. Les experts psychiatres, ça pullule. Mais lui, en plus, il trouve le moyen de mettre la main sur une beauté. Ah, si j'avais vingt ou quinze ans de moins ! J'espère pour elle qu'elle est aussi intelligente et habile qu'elle est séduisante. Sinon, Howie va n'en faire qu'une bouchée.

Sa liste de questions à la main, David Kirk s'approcha du témoin. À ce moment précis, le procureur adjoint se leva.

— Votre Honneur, puis-je m'entretenir un instant avec mon assistante ?

Surpris, agacé, Malachi fit signe à Stone de s'exécuter. Le procureur remonta à son tour l'allée centrale de la salle d'audience, et rejoignit sa jeune assistante noire qui était au fond. Ils palabrèrent à voix basse. Elle se glissa ensuite dans le couloir, et revint quelques minutes plus tard, accompagnée du Dr Helmut Klinger.

Véritable sosie de Sigmund Freud, Klinger descendit l'allée centrale à longues enjambées, d'une démarche impériale. Il vint prendre place sur la chaise voisine de celle de Stone.

Impatienté par cette mise en scène, Malachi grogna avec une sollicitude feinte :

— Ça y est, M. Stone, vous êtes prêt, cette fois ?

— Oui, Votre Honneur.

Stone se pencha vers sa gauche de façon que Klinger puisse lui parler à l'oreille sans craindre d'être surpris par d'autres.

Kirk avait observé le manège de Stone, et le Dr Scott également.

Tous deux savaient que Klinger était là afin d'aider Stone, de lui indiquer comment faire douter le jury de la crédibilité du témoignage du médecin, et de la discréditer aux yeux de tous.

27

— Dr Scott, commença Kirk, pourriez-vous exposer au jury votre formation scolaire et universitaire ?

Se tournant légèrement vers les jurés, Michal Scott répondit :

— Je suis née à Plymouth, en Californie. Dans une petite communauté agricole. C'est là-bas que je suis allée à l'école primaire puis au lycée.

— À quel âge avez-vous terminé vos études secondaires ?

— À seize ans. Je me suis inscrite à l'université

de Yale, dans le Connecticut. Et j'y ai passé trois ans.

— Trois ans seulement, pourquoi ? questionna Kirk, connaissant parfaitement la réponse.

— J'ai réussi à boucler en trois ans le programme censé se dérouler sur quatre ans tellement j'avais hâte d'aller en faculté de médecine. J'ai été acceptée à Harvard, et je suis allée poursuivre mes études de médecine là-bas.

— Et après cela ?

— J'ai fait mon internat au New York Hospital dans le service de psychiatrie.

— Et ensuite ?

— Le hasard a voulu que je m'intéresse de près à l'étude du syndrome de personnalité multiple. Et j'ai eu la chance de devenir l'assistante du Dr John Beaumont, qui était un grand spécialiste dans ce domaine. J'ai travaillé avec lui onze ans, jusqu'à sa mort.

— Docteur, avez-vous écrit des articles, publié des livres ou fait des communications sur la personnalité multiple ?

— Oui, j'ai cosigné cent quatre-vingt-six articles sur le S.P.M., lesquels ont été publiés dans diverses revues psychiatriques du monde entier.

Klinger tira discrètement sur la manche de Stone. Le District Attorney se pencha pour entendre ce que le médecin lui chuchotait à l'oreille.

Leur manège ne passa pas inaperçu de Kirk ni de Michal Scott.

L'avocat poursuivit :

— Docteur, avez-vous publié d'autres travaux sur ce sujet ?

— Oui. Trois des quatre volumes que j'ai prévu d'écrire sur ce thème. Je suis d'ailleurs actuellement en train de mettre la dernière touche au quatrième.

Kirk se tourna vers le juge.

— Votre Honneur, je pense avoir largement établi les compétences de mon témoin. M'autorisez-vous à poursuivre l'interrogatoire ?

Surpris en train de dévisager la jeune femme, Malachi se ressaisit. Au moment où il allait faire oui de la tête, Stone leva la main pour l'interrompre.

— Oui, M. Stone ?

— Si vous le permettez, Votre Honneur, j'aimerais poser une ou deux questions au témoin avant que l'interrogatoire ne se poursuive.

— Est-ce que votre question a un rapport avec les qualifications professionnelles du témoin ?

— À mon avis, oui, rétorqua Stone d'un ton légèrement menaçant.

D'un geste qui trahissait un certain agacement, Malachi accorda au procureur la permission demandée.

— Dr Scott, vous venez de déclarer avoir rédigé quelque cent quatre-vingt-six articles sur le syndrome de personnalité multiple.

— Pas rédigé, rectifia-t-elle, cosigné.

— Ah, oui, « cosigné », fit Stone, faisant mine d'acquiescer. Puis-je savoir avec qui ?

— Le Dr John Beaumont, dont j'étais l'assistante à l'époque.

— Vous voulez dire que le Dr Beaumont, psychiatre éminent, autorité suprême dans le domaine du S.P.M., avait besoin de l'aide d'une assistante pour écrire ses articles ?

— Les assistants effectuent couramment les recherches documentaires, font passer les tests de routine aux sujets et communiquent l'ensemble des résultats ainsi obtenus à leur maître. En conséquence de quoi, leur nom figure dans l'article en tant que coauteur.

— Mais, nous sommes d'accord, le véritable travail d'interprétation, les conclusions, bref tout ce qui a fait la renommée du Dr Beaumont dans ce domaine est le fruit de *son* travail. Et non du vôtre.

— On peut formuler les choses comme ça, oui.

— Et le fait qu'il vous ait citée comme coauteur était une façon de vous remercier, de vous récompenser de... votre coopération.

Kirk vit rougir légèrement Michal Scott. Elle fit un effort manifeste pour réprimer sa colère.

— J'ai contribué de façon substantielle à ses travaux de recherche. C'est pourquoi j'ai été, pour reprendre votre expression, « récompensée » de mes efforts selon la coutume en vigueur dans le monde scientifique et médical.

— Dr Scott, vous n'ignorez pas, je pense, que certains membres de la communauté psychiatrique ont l'impression que si le Dr Beaumont vous a donné un coup de chapeau, c'est pour vous faire connaître, et surtout vous désigner comme son héritière spirituelle ?

— Beaucoup de rumeurs courent dans la communauté psychiatrique. La plupart reposent sur la jalousie. Et, dans mon domaine, on n'est pas épargné, répliqua Michal Scott.

— Dr Scott, depuis la mort du Dr Beaumont, avez-vous cosigné des articles ou des ouvrages avec un autre psychiatre ? poursuivit Stone.

— Non. Je travaille seule. Comment interprétez-vous cela, M. Stone ? Car j'imagine que vous devez avoir votre idée sur la question.

Malachi éprouva le besoin d'intervenir.

— Le témoin voudra bien s'abstenir de faire de la provocation. Quant à vous, M. Stone, je vous prierai de vous montrer moins agressif. La Cour ne voit pas très bien où vous voulez en venir.

— Votre Honneur, j'essaye tout simplement de démontrer qu'une grande partie des prétendues compétences du témoin doivent tout à la faiblesse d'un homme âgé sur les motivations duquel on ne peut que spéculer, répondit le procureur.

— M. Stone, répliqua Michal Scott, mes mérites personnels sont largement reconnus dans la profession. J'ai beaucoup appris, il est vrai, au contact du Dr Beaumont. Mais n'est-il pas normal qu'un disciple s'instruise auprès de son maître ?

— « Maître », « disciple », laissa tomber Stone. C'est comme ça que ça s'appelle dans le milieu psychiatrique ? Je tâcherai de m'en souvenir.

Là-dessus, Howard Stone regagna sa table à grandes enjambées.

Kirk se rendit bien compte que si Stone n'avait pas réussi à rabaisser Michal Scott dans l'esprit du jury, il était parvenu en revanche à la déstabiliser et à la mettre sur la défensive. Kirk se dit qu'il lui fallait vider l'abcès avant de continuer à interroger son témoin. Il se tourna vers le juge.

— Votre Honneur, il est trois heures et quart. Le témoignage du Dr Scott étant extrêmement complexe et terriblement technique, il serait préférable que le jury l'entende d'un seul tenant. C'est pourquoi je demande une suspension de séance jusqu'à demain matin.

Malachi, que les retards agaçaient toujours, consulta néanmoins du regard la table où était assis le procureur adjoint.

— M. Stone ?

— Aucune objection, Votre Honneur.

— Bien, grommela Malachi. Dix heures, demain !

Il assena un violent coup de marteau sur la table.

Étonnée par l'attitude de Kirk, le Dr Scott était furieuse en descendant de l'estrade.

D'une voix basse mais ferme, elle prit à partie l'avocat :

— M. Kirk, j'avais pris mes dispositions pour

me libérer cet après-midi. J'ai reporté quatre rendez-vous afin de pouvoir être au tribunal. Pourquoi cette suspension de séance ?

— Docteur, Howard Stone me semble avoir des munitions contre vous. Que lui a fournies le Dr Klinger. Et dont moi j'ignore tout. Cela peut être extrêmement dangereux.

— De quoi parlez-vous ?

À sa façon de poser la question, il comprit qu'elle se doutait de la réponse qu'il allait lui faire.

— Du Dr Beaumont.

— Ça ne vous regarde pas.

— Si, dans la mesure où ça vous regarde, vous, souligna Kirk. Chaque fois que son nom vient à être prononcé, vous rougissez. Tenez, en ce moment même...

Michal Scott fit dévier la conversation.

— Vous êtes peut-être un as du barreau, mais il n'empêche que vous desservez les intérêts de votre client en essayant d'entraîner votre principal témoin sur une voie qui n'a aucun intérêt.

— Tel n'est pas l'avis de Stone. Ni de Klinger, rétorqua Kirk. Que savent-ils donc que j'ignore ?

— Des ragots. À votre place, je m'en désintéresserais. Je serai là demain à dix heures, dit-elle, s'apprêtant à faire demi-tour.

Kirk la retint par la main. Bien qu'il comprît à son regard que ce contact ne lui était pas agréable, il ne la lâcha pas pour autant.

— Il faut qu'on se voie ! Ce soir même ! insista Kirk.

Elle réfléchit puis dit :

— Dans mon cabinet.

— Sept heures ?

— Sept heures, confirma-t-elle.

Il la regarda remonter l'allée jusqu'à la sortie de la salle d'audience.

28

À l'heure convenue, David Kirk se présenta chez le Dr Michal Scott.

À la façon dont elle l'accueillit, il comprit que l'importance de l'entretien ne lui avait pas échappé.

Au lieu de prendre place, comme elle l'y engageait, dans le fauteuil club situé près de la cheminée, il resta debout, attendant qu'elle se soit assise.

— Dr Scott, attaqua-t-il, bille en tête, lorsqu'un avocat fait venir un témoin à la barre, il s'en porte garant. Il suppose, notamment, que celui-ci dira la vérité.

Elle l'interrompit :

— Vous aurais-je donné une raison de croire que j'avais menti ?

— Non, concéda-t-il. Mais, à supposer que le témoin dise la vérité, la question est de savoir ensuite comment il est perçu par le jury. Est-ce que sa crédibilité risque de souffrir des attaques, subtiles ou non, de l'avocat de l'accusation ? Le passé du témoin recèle-t-il des faits qui, dévoilés au grand jour, pourraient saper la confiance du jury dans son témoignage ? Je suppose que vous comprenez où je veux en venir. Et pourquoi je suis obligé de forcer votre réserve.

Michal Scott hocha la tête en signe d'assentiment, lui facilitant ainsi le travail.

Voyant cela, il se sentit tenu d'ajouter :

— Je dois vous avouer que mon intérêt n'est pas d'ordre uniquement technique.

Il sentit qu'elle se raidissait.

— Vous me plaisez, docteur. J'aimerais en savoir plus sur vous. Beaucoup plus. Seulement, je me suis fixé une règle de conduite stricte : je ne mélange jamais vie privée et vie professionnelle. Ces dernières semaines, pour me consoler, je me suis dit que ce procès ne durerait pas éternellement. J'attends avec impatience le moment où nous cesserons d'être des collègues.

Cette déclaration sans fard fit fondre la résistance de Michal Scott.

— Que voulez-vous savoir ? La totalité de l'histoire ou la fin seulement ?

— Je suis avocat. Quand je fais venir un témoin à la barre, je ne peux pas me permettre d'avoir des surprises. Les détails sont importants.

— Vous voulez donc tout savoir, dit-elle, résignée. Par où dois-je commencer ? École primaire ? J'étais l'un des éléments les plus doués. Main en l'air pour répondre avant même que le prof ait fini de poser sa question. C'est pourquoi, en troisième, M. Spence, notre principal, me conseilla de faire une demande de bourse dans plusieurs universités de la côte est. D'après lui, c'était là-bas que les gens brillants devaient poursuivre leurs études. Il répétait toujours : « C'est dans l'Est qu'on fait ses preuves. »

« J'ai donc suivi son conseil. Fait les demandes. Et j'ai eu de la chance : j'ai été acceptée par trois collèges. J'ai choisi Yale.

« Après cela, ç'a été la fac de médecine. Quatre ans. Très durs. Passage obligé pour devenir psychanalyste. Vous n'ignorez pas qu'avant de devenir psychanalyste, il faut faire soi-même une analyse. Alors que j'étais encore en quête d'un médecin, nous avons eu une conférence à l'hôpital. Du spécialiste du S.P.M. J'y suis allée, bien entendu ; j'avais hâte de voir en chair et en os l'homme dont j'avais potassé les articles et les livres. J'étais sa groupie en quelque sorte. J'ai même apporté un de ses ouvrages pour qu'il me le dédicace.

« C'était l'homme le plus prestigieux, le plus

distingué que j'aie jamais vu. Grand. Beau. Parlant avec autorité et conviction. Et, malgré cela, chaleureux et bourré de charme. La conférence terminée, je me suis approchée, toute timide. Tandis qu'il signait mon livre, il a laissé tomber : "Alors, comme ça, la psychanalyse vous intéresse ?" Ça avait l'air de l'amuser. Je me suis mise à bafouiller, lui avouant que je n'avais toujours pas fait mon analyse didactique. Et j'ai osé lui demander si, en dépit de ses nombreuses obligations professionnelles, il n'aurait pas un peu de temps à me consacrer.

« Jamais je n'oublierai son sourire. J'avais l'impression d'être une petite fille qui quémande un jouet.

« — Comment vous appelez-vous, docteur ?

« — Scott. Michal Scott.

« — Prénom biblique. Ça vous va comme un gant. (Il réfléchit un instant.) Je devrais réussir à vous caser dans mon emploi du temps. Laissez-moi vos coordonnées. Ma secrétaire vous passera un coup de fil.

« M. Kirk, mettez-vous à ma place, j'étais sidérée qu'un homme de la réputation de John Beaumont accepte de me prendre en analyse. Pour moi, c'était comme si j'avais décroché un prix Nobel. Par la suite, je devais le rencontrer trois fois par semaine : lundi, mercredi et vendredi.

« Au bout de quelques mois, je devins outre sa patiente sa disciple. Dans un premier temps, je lui prêtai main forte, enregistrant les remarques qu'il faisait lors des séances avec des patients à la personnalité multiple. Je transcrivais ses conférences. Parfois, il allait jusqu'à me demander mon avis sur le déroulement de certaines séances. La façon dont il traitait les questions posées. J'étais flattée évidemment qu'un homme comme lui sollicite mon avis.

« Je finis par l'accompagner en voyage. Pas très souvent, mais suffisamment tout de même pour qu'Emma... le Dr Congreve en prenne ombrage et devienne jalouse de moi.

« J'avais totalement sous-estimé les sentiments que lui inspirait John. Non seulement elle l'admirait, mais elle était amoureuse de lui. Physiquement, sexuellement. Alors que John n'éprouvait rien de tel.

« Au début, en faisant la critique de mon travail, elle fit tout pour saper la confiance qu'il avait mise en moi. Il vit clair dans son jeu, et passa l'éponge. C'était un homme qui comprenait les faiblesses des autres.

« Les choses s'envenimèrent lorsque je m'installai ici.

Devant la réaction de Kirk, elle s'empressa d'expliquer :

— Non, il n'y a jamais rien eu entre John et moi. Je me suis installée ici à la mort de Paul.

— Paul ? questionna Kirk.

— Mon mari. Paul et moi avions fait nos études ensemble. Il avait été nommé au New York Hospital dans le service de chirurgie cardiaque. Ainsi nous pûmes nous marier. Ce qui ne changea pas grand-chose entre nous car nous avions vécu ensemble pendant toutes nos études en fac.

Elle marqua une pause avant d'ajouter simplement :

— Sa mort a été tellement stupide. Étudiants, nous avions l'habitude de faire notre jogging ensemble tous les matins. Mais ses horaires étaient tellement différents des miens qu'il a dû se mettre à courir seul.

« Un matin très tôt — Paul courait le long de l'East River —, il s'est fait aborder ou plutôt agresser par un drogué aux abois. Les gens qui font du jogging n'ont jamais d'argent sur eux, comme vous le savez. Paul avait ses clés, c'est tout. Pas même ses papiers. Aussi, lorsqu'on le retrouva, il fallut des heures avant de pouvoir l'identifier. On lui avait fracassé le crâne avec une pierre. Son cerveau était en bouillie. C'est étrange... Quand je l'ai vu, à la morgue, j'ai trouvé son visage aussi beau que lorsqu'il était parti ce matin-là en m'embrassant. Mais l'arrière de son crâne...

Elle frissonna. Kirk éprouva l'envie de la serrer contre lui pour la protéger de ses souvenirs.

— Dans mon métier, poursuivit-elle, on a pour mission de réconforter ceux qui traversent une mauvaise passe, de les aider à affronter les difficultés. Mais à aucun moment on ne nous prépare à affronter les nôtres.

Elle avoua :

— Je comprends mieux maintenant ceux de mes patients qui avouent songer au suicide.

« John Beaumont me fit venir chez lui. Me prit sous son aile. M'accabla de travail. Parfois je ne savais plus où donner de la tête. J'étais tellement fatiguée que je n'avais plus la force de pleurer.

« Sans John, je ne sais pas comment je m'en serais sortie. Peu à peu, nous sommes devenus l'un pour l'autre comme un père et sa fille. C'est dire si les rumeurs qui courent dans le milieu psychiatrique sont absurdes. La malveillance ne s'arrêta pas là : à la mort de John, les mauvaises langues se déchaînèrent. Car, voyez-vous, il m'avait légué cette maison. Et tous les travaux qu'il n'avait pas encore publiés. Ce qui était une façon de me léguer aussi sa réputation.

« Ivres de jalousie, ses collègues firent donner l'artillerie lourde : ils me traitèrent comme une moins que rien, qui ne faisait que récolter les fruits d'une liaison scandaleuse avec un homme assez âgé pour être son père. C'est faux, bien sûr. Ce que ces gens-là ignorent et doivent toujours ignorer, c'est la part active que j'ai prise aux travaux de John. Vers la fin de sa vie, en effet, il était dans l'incapacité de travailler.

Elle hésita avant d'avouer :

— John, voyez-vous, souffrait d'une sclérose latérale amyotrophique.

— La maladie de Charcot, murmura Kirk.

— Deux ans après que le diagnostic eut été établi, les progrès de la maladie étaient tels qu'il fallait l'alimenter, le raser, lui faire sa toilette. Essayez un peu d'imaginer ce que cela signifiait pour un homme comme lui. Il refusa de paraître en public, me chargea de donner les conférences à sa place. Et à chaque fois il s'arrangeait pour trouver une bonne excuse. Il était trop occupé à terminer un livre ou un article. Les vingt-quatre derniers articles signés de nos deux noms...

— C'est vous qui les avez rédigés ?

— M. Kirk, je vous demande de garder tout ça pour vous. Personne ne doit être au courant. John m'a sauvé la vie. Je lui dois bien cela. Il ne faut pas que sa réputation soit salie par ses confrères, qui ne sont que des vautours. Je ferai tout pour qu'elle soit épargnée.

— Même si la vôtre doit en pâtir ?

— Je préfère qu'ils continuent à croire que j'ai été sa maîtresse plutôt que de leur laisser découvrir dans quel état il se trouvait à la fin. Car il n'était plus que l'ombre de lui-même. Et je ne veux surtout pas qu'ils sachent comment il est mort.

Kirk s'abstint de la questionner. Il sentit que c'était la première fois qu'elle osait se confier.

— La dernière fois que je suis rentrée d'une conférence à Zurich, je l'ai trouvé... Il avait mis un terme à ses souffrances.

Elle se tut, épuisée, avant de conclure :

— Voilà, vous savez tout ; je vous ai raconté

toute l'histoire. Cette histoire que certains considèrent comme un scandale.

— Votre mari... Il y a longtemps qu'il est mort ?

— Cela fera huit ans le 3 février.

— Et depuis ?

— Il y a eu des hommes dans ma vie. Des rencontres sans lendemain.

— On ne peut pas dire que vous les encouragiez.

— Après la mort brutale de Paul et l'agonie interminable de John, j'ai préféré tirer un trait sur certaines choses. Cela vous surprendra peut-être de la part d'une psychanalyste chevronnée, mais il est plus facile de s'occuper des problèmes des autres que des siens.

— Docteur, comptez sur moi : je garderai le silence.

Ayant obtenu sa promesse, elle lui demanda simplement :

— Je reste votre témoin, M. Kirk ?

— Maintenant que je suis armé et prêt à affronter les attaques de la partie adverse, oui.

— Rendez-vous au tribunal demain à dix heures ? questionna-t-elle en reprenant son ton froid et professionnel.

À son regard, il comprit à quel point son récit l'avait marquée.

— À demain dix heures, confirma-t-il.

29

Le lendemain matin à dix heures, le Dr Michal Scott vint à la barre témoigner.

Comme si rien ne s'était passé la veille entre

eux, David Kirk reprit son interrogatoire. Pour l'information du jury et des journalistes, il lui fit expliquer dans les grandes lignes le syndrome de personnalité multiple : terminologie utilisée ; distinction entre personnalité originelle, dite « hôte », et personnalité secondaire, dite « parasite » ; conflit entre les deux ; symptômes permettant au psychiatre d'établir le diagnostic.

Après avoir décrit les signes à rechercher dans ce genre de pathologie, le Dr Scott termina en disant :

— Enfin, il faut jeter un coup d'œil discret aux poignets du patient.

— Pourquoi ? questionna Kirk.

— Afin de voir s'ils portent des cicatrices blanches indiquant que le patient a fait une ou plusieurs tentatives de suicide.

— Dans le cas de Christopher Cory, vous avez trouvé des cicatrices de ce type ?

— Oui. Mais pas blanches, rouges. Preuve que les tentatives étaient extrêmement récentes.

— Les tentatives de suicide sont-elles fréquentes chez les sujets atteints du syndrome de personnalité multiple ?

— Oui, répliqua Michal Scott.

Pas à pas, Kirk l'amena à exposer le résultat de ses observations. Puis ils abordèrent l'hypnose. Arrivée à ce stade, elle suggéra :

— Au lieu de décrire le processus, il serait plus simple de montrer au jury les vidéocassettes sur lesquelles j'ai enregistré M. Cory pendant cette phase du traitement.

— Votre Honneur, pouvez-vous nous accorder dix minutes, le temps d'installer trois écrans de télévision ? demanda Kirk.

— Je brûle d'assister à votre démonstration, maître. Suspension d'audience de dix minutes accordée, décida Malachi.

Avec l'aide des deux huissiers, Gerry Prince mit en place trois téléviseurs dans la salle d'audience. L'un tourné vers le jury, le second vers le juge, le troisième vers les journalistes et les spectateurs.

Pendant ce temps, Howard Stone et le Dr Klinger chuchotaient fébrilement. Stone griffonnait des notes à la va-vite dans son bloc.

Une fois les téléviseurs installés, Kirk reprit :

— Docteur, voulez-vous préciser au jury les circonstances dans lesquelles ces cassettes ont été réalisées ?

— Au vu des symptômes que présentait M. Cory, j'en suis venue à me demander s'il n'était pas un patient à personnalité multiple. Il m'avait également parlé de certains faits qui lui étaient arrivés et qui m'avaient laissée penser que l'hypnose était indiquée dans son cas.

— Lesquels ?

— Eh bien, il m'avait confié avoir reçu des paquets provenant de magasins dans lesquels il n'avait jamais mis les pieds. En les ouvrant, il y avait trouvé des vêtements totalement différents de ceux qu'il porte habituellement. Des cuirs. Avec des clous.

— Docteur, en tant que spécialiste des patients à personnalité multiple, qu'avez-vous conclu de ces épisodes ?

— Ils sont caractéristiques des tours que les personnalités parasites jouent à la personnalité originelle. Heureusement, M. Cory s'est avéré réceptif à l'hypnose. Pour ce qui est du reste, il suffit, je crois, de visionner la bande.

David Kirk se tourna vers le jury.

— Mesdames, messieurs, nous allons faire l'obscurité dans la salle. Suivez attentivement ce qui se passe sur l'écran.

Une fois les stores baissés, Kirk fit signe à Gerry de mettre les appareils en marche.

Les trois écrans s'allumèrent.

Assis dans le cabinet du Dr Scott, le visage tourné vers la caméra, Christopher Cory commença à réagir aux suggestions du médecin.

Tandis que la bande se déroulait, le Dr Klinger continuait de chuchoter à l'oreille de Stone.

Arrivé à la séquence où Chris Cory, sous hypnose, distinguait deux David Kirk, l'un des membres du jury laissa échapper un ricanement. Mais les onze autres fixaient l'écran, comme fascinés, car c'était la première fois qu'ils assistaient à une séance d'hypnose thérapeutique.

Puis vint le moment où le Dr Scott demanda :

— Chris, depuis plusieurs jours maintenant, vous vous plaignez de migraines tenaces. À deux reprises vous avez été jusqu'à déclarer : « J'ai l'impression que ma tête va éclater et se fendre en deux. » Vous le croyiez vraiment ?

— C'est l'impression que j'ai eue.

— Ça n'aurait pas pu être autre chose ?

Cory ne réagit pas tout de suite mais les jurés le virent secouer lentement la tête.

— Chris, j'aimerais parler à la personne qui a tué Alice.

Les jurés constatèrent que Cory ne répondait pas.

— Chris ?

Les jurés virent Cory détourner la tête.

— Chris, j'aimerais parler à celui ou à celle qui a tué Alice.

Sous les yeux du juge et des jurés, la main de Christopher Cory commença à trembler. Son corps tout entier fut pris de convulsions. Tandis qu'il faisait de nouveau face à la caméra, l'assistance constata que son regard se durcissait, que sa mâchoire pointait de façon agressive et que ses mains tétanisées semblaient se terminer par des griffes.

Dans la salle obscure, des cris étouffés fusèrent, dont plusieurs en provenance du jury.

— Chris ? lança de nouveau le Dr Scott.

Toutes les données psychiatriques en possession de la défense ayant été, conformément à la loi, communiquées à l'accusation qui en avait pris connaissance, Howard Stone savait très exactement ce qui allait se produire. Pour minimiser l'impact du phénomène sur le jury, il s'écria :

— Objection, Votre Honneur !

— Arrêtez la bande, ordonna Malachi visiblement contrarié. M. Stone, la raison de cette objection ?

— Votre Honneur, le jury n'a aucun moyen de savoir si l'événement auquel il va assister s'est produit spontanément ou s'il a été préparé et répété.

Sans passer par David Kirk, Malachi s'adressa directement au Dr Scott.

— Docteur, vous avez prêté serment, je vous le rappelle. L'événement que nous allons visionner est-il spontané ou non ?

— Spontané, Votre Honneur, répondit Michal Scott.

— Continuez à passer la bande, ordonna Malachi en ajoutant : Et abstenez-vous de faire des objections qui n'ont aucun intérêt.

Stone se laissa admonester sans réagir. Sa manœuvre avait atteint son but : atténuer l'impact de la métamorphose de Cory sur le jury.

Cory, sous l'apparence de Max, se mit à vitupérer le docteur d'une voix rauque :

— Espèce de salope ! Ça vous démangeait, hein ? C'était plus fort que vous ! Sale fouineuse ! Il a fallu que vous foutiez votre nez dans mes affaires !

— Qui êtes-vous ? questionna le Dr Scott.

— C'est pas vos oignons, bordel ! Alors barrez-vous ! Foutez le camp ! J'ai pas de comptes à vous rendre !

L'assistance traumatisée — juge, jurés, journalistes, spectateurs — écoutait dans le plus profond silence les propos de ce nouveau protagoniste du procès Ministère public contre Cory. Et tous comparaient le personnage hirsute et insultant avec le jeune homme à l'allure terne qui, près de son avocat, fixait, médusé, son double maléfique sur l'écran.

Le Dr Scott fit raconter à Max comment il avait conçu et exécuté le meurtre d'Alice Ames de façon à faire porter le chapeau à Christopher Cory.

Au moment où Max se dressait d'un bond, menaçant, les mains tendues, prêt à étrangler le Dr Scott, des cris étouffés jaillirent de divers points de la salle. Les spectateurs entendirent Michal Scott ordonner :

— Max, assis !

Max se laissa lentement retomber dans son fauteuil.

La voix de Scott se fit entendre de nouveau :

— Vous pouvez vous retirer maintenant, Max. Nous nous reverrons.

— Et comment, j'y compte bien ! Et la prochaine fois, vous vous en tirerez pas aussi facilement !

— Coupez ! s'écrira David Kirk.

Une fois la lumière rétablie, Kirk s'adressa au juge :

— Votre Honneur, étant donné que nous avons une seconde bande, encore plus...

— Plus étonnante que celle que vous venez de nous montrer ? questionna Malachi.

— Oui, Votre Honneur. J'aimerais que nous fassions une pause pour l'instant. Je ne voudrais pas mettre les nerfs des jurés à trop rude épreuve...

— Et les miens, vous avez pensé aux miens ? Votre idée est bonne, M. Kirk. L'audience est suspendue.

30

Le juge Malachi avait repris sa place sur l'estrade. Dans la salle d'audience, c'était le silence.

Le Dr Michal Scott revint à la barre.

— Docteur, commença David Kirk, nous venons d'assister sur cette vidéocassette à la première apparition de Max, personnalité secondaire de Cory. Pourquoi s'appelle-t-il ainsi ? Est-ce que vous le savez ?

— Oui, maître.

— Veuillez nous expliquer comment vous en êtes arrivée à découvrir l'origine de ce prénom.

Pas à pas, Kirk amena son témoin à expliquer en quoi consistait l'abréaction, processus ayant permis de faire remonter à la surface les sévices qui avaient transformé un enfant normal en un patient à personnalité multiple.

Lorsque le Dr Scott en arriva à la description explicite des sévices subis dans son enfance par Cory, David Kirk insista, enfonçant le clou :

— Nous sommes bien d'accord, ce petit garçon de six ans a été menacé de castration ? C'est ça, docteur ?

— En effet.

— Est-ce qu'un enfant de six, sept ans sait ce que signifie le mot castration ?

— On lui en a fait une démonstration. Terrifiante. Comme le jury pourra d'ailleurs s'en rendre compte en visionnant la seconde cassette que j'ai apportée. (Elle s'adressa à Gerry :) M. Prince, si vous voulez bien...

Tandis que Gerry insérait la seconde cassette dans l'appareil, le Dr Klinger se pencha vers Stone pour lui glisser à l'oreille :

— Vous ne pourriez pas intervenir ? Trouver un prétexte juridique quelconque pour formuler une objection ?

— Quand elles sont trop nombreuses et qu'en plus le juge les rejette, les objections ne font que susciter l'hostilité du jury. Les jurés pensent qu'on cherche à leur dissimuler des éléments capitaux.

La salle fut de nouveau plongée dans l'obscurité. Gerry lança la bande. Se penchant, retenant leur souffle, les jurés suivirent avec attention ce qui se passait sur l'écran. Ils virent le Dr Scott faire régresser, sous hypnose, Chris Cory jusqu'à l'âge de six ans.

Avec les mots et l'intonation d'un gamin en proie à la terreur la plus extrême, Chris expliqua que l'amant de sa mère lui avait interdit de coller l'œil à la serrure de la chambre. Que s'il le surprenait de nouveau à l'épier, il lui couperait le zizi. Pour montrer qu'il ne plaisantait pas, il attrapa le petit chien de Chris — cadeau de son père décédé —, et à l'aide d'un gros couteau de cuisine, sectionna le pénis de Max avant de menacer le petit Chris de lui faire subir le même sort.

Sur la bande, Chris Cory, vingt-six ans, n'était plus qu'un garçonnet hystérique, recroquevillé dans un coin de la pièce, pleurant toutes les larmes de son corps. Soudain, il se tourna face à la caméra et s'en prit verbalement au Dr Scott avant de l'agresser physiquement.

Sur les cris de terreur déchirants d'un Cory en proie à une colère insensée — colère dirigée contre sa mère mais qui prenait pour cible le Dr Scott —, la bande prit fin.

On n'entendit plus dans la salle d'audience pétrifiée que les sanglots de l'inculpé.

David Kirk n'esquissa pas un mouvement, ne prononça pas un mot. *Laisse le temps aux jurés de bien digérer ces images. Il ne faut pas qu'ils les oublient. Surtout pas lorsqu'ils seront en train de délibérer pour savoir si Cory est sain d'esprit ou non.*

Lorsque le juge Malachi lui ordonna :

— Maître...

David Kirk décida de ne pas pousser son avantage. Et il s'en tint aux deux questions obligatoires.

— Dr Scott, en vous basant sur vos conclusions, pouvez-vous nous dire si, lorsque le crime a été commis, l'inculpé était capable oui ou non de faire la différence entre le bien et le mal ?

— Lorsque Alice Ames a été assassinée, Christopher Cory n'était pas en mesure de distinguer le bien du mal. Car s'il était présent physiquement, psychiquement il n'était pas là.

— Docteur, pouvez-vous nous dire s'il avait la possibilité de choisir, de décider ou non de commettre un meurtre ?

— Max avait pris le contrôle de la situation. Christopher Cory, totalement dominé par son double, n'avait absolument pas voix au chapitre.

— Merci, docteur. M. Stone, le témoin est à vous.

Avant que Stone n'entame un contre-interrogatoire qui risquait d'être assez long, le juge Malachi ordonna une suspension d'audience d'une demi-heure.

Comme à l'accoutumée, David Kirk quitta la salle et regagna sa voiture afin de passer des coups de fil à son cabinet et de signer les documents apportés par Greta. Avant de monter dans sa limousine, il lui fallut affronter le groupe compact des journalistes armés de micros et de caméras.

Une fois à l'abri, tout en paraphant les papiers que sa secrétaire lui tendait, il l'entendit lui annoncer :

— Vous avez reçu deux appels. C.B.S et A.B.C. La première voudrait que Cory et vous participiez à l'émission *Sixty Minutes.* Et la seconde souhaite vous avoir seul sur le plateau de *Twenty/Twenty.* C'est Barbara Walters elle-même qui a décroché son téléphone.

— Greta, depuis le temps que vous me connaissez, vous savez comment je fonctionne.

— Oui, monsieur, pas d'interviews tant que l'affaire n'est pas terminée.

En regagnant la salle d'audience, David Kirk constata, furieux, que Chris Cory était en conversation avec une jeune femme qu'il ne connaissait ni d'Ève ni d'Adam. Dévalant l'allée centrale, il fondit sur eux.

— Bon sang, Chris ! Est-ce que je ne vous avais pas mis en garde ? Interdiction de parler à qui que ce soit !

Cory se contenta de sourire.

— Je crois que ça va vous plaire, M. Kirk.

L'inconnue se présenta.

— Stella Frank. Artland Films. Je suis mandatée par ma société de production pour vous faire une offre. Nous voudrions acheter les droits de l'histoire et du procès de M. Cory afin d'en tirer un scénario.

— Cette démarche me paraît prématurée, rétorqua Kirk. Et je considère que votre présence ici est une intrusion susceptible de nuire au bon déroulement du procès.

— Visiblement, M. Kirk, vous ne comprenez pas, fit Mme Frank d'un ton suffisant. Je ne vous parle pas de prendre une option. Je vous propose une offre ferme.

— Tant que le procès ne sera pas terminé, il n'y aura pas d'interviews. Il ne sera pas question de téléfilm ni de film. Compris ?

Mme Frank sourit. D'un sourire entendu. Comme s'attendant à ce que Kirk fasse des difficultés et à ce qu'il lui faille marchander.

— Très bien, M. Kirk. Je me doutais bien que vous vous feriez tirer l'oreille. Je suis prête à ouvrir largement les cordons de ma bourse.

— Je n'essaye pas de faire monter les enchères ! Et je n'apprécie pas que vous essayiez de faire pression sur moi en vous entretenant directement avec mon client à ce stade du procès !

— Un instant, M. Kirk. Ce n'est pas *moi* qui ai transformé le meurtre en un business juteux. Ce sont *ces messieurs* de la Cour suprême qui ont décidé qu'un homme pouvait en tuer cinquante autres, vendre son histoire aux médias et gagner un fric fou avec. Je me contente de faire ce qui est autorisé par la loi. Comme mes confrères producteurs, d'ailleurs. Sur lesquels j'ai une bonne longueur d'avance.

David Kirk ne pouvait pas rétorquer grand-chose à cet argument.

Un brouhaha venant du vestiaire du juge fit comprendre à tout le monde que Malachi allait réintégrer la salle d'audience.

31

Une fois que le juge Aaron Malachi eut repris sa place sur l'estrade et que Michal Scott fut revenue à la barre, le vieux magistrat dit :

— M. Stone, vous vous apprêtiez à contre-interroger le témoin, je crois.

Efflanqué, l'air rusé, Howard Stone avala encore deux pilules avant de se lever. Emportant ses notes, il s'approcha du témoin.

Après avoir consulté ses papiers et sans se donner la peine de lever le nez pour croiser le regard du Dr Scott, il s'enquit :

— Docteur, pourriez-vous éclairer le jury pour qui le syndrome de personnalité multiple reste globalement un mystère. Tout d'abord, pouvez-vous nous préciser quand l'existence de ce phénomène a été officiellement reconnue par la communauté psychiatrique ?

— Cela remonte à cent cinquante ans, répondit le Dr Scott.

— Peut-on dire que ce trouble a été reconnu et accepté par l'ensemble de la profession ?

— Au départ, non, convint Michal Scott.

— Y a-t-il eu beaucoup de cas diagnostiqués au cours des cent cinquante dernières années ? s'enquit Stone.

— Ces douze ou quinze dernières années, oui. Avant, non.

— Docteur, si vous deviez effectuer une estimation chiffrée, diriez-vous qu'on a recensé deux ou trois fois plus de cas ces douze dernières années qu'au cours des cent quarante années précédentes ?

— C'est un chiffre qui me paraît correct, acquiesça Michal Scott.

— Comment expliquez-vous cela ?

— En matière de diagnostic, les méthodes se sont considérablement affinées. Et les psychiatres ont été de mieux en mieux formés à déceler les signes et les symptômes.

— Formés par le Dr Beaumont, je présume ? laissa tomber Stone.

David Kirk vit la rougeur habituelle monter aux joues de Michal Scott.

— Le Dr Beaumont a été un des pionniers en matière de diagnostic et de traitement des patients à personnalité multiple, c'est exact, convint Michal Scott.

— Si je comprends bien, ce qui était jadis un phénomène rare est aujourd'hui presque courant, commenta Stone.

— Courant, *certainement pas,* rétorqua Michal Scott.

— Alors, aussi répandu que les maladies présentées dans les émissions hebdomadaires de vulgarisation médicale, ironisa Stone.

— En aucun cas ! rectifia Scott.

S'aidant des notes de Klinger, Stone poursuivit, faisant monter la pression.

— Docteur, les psychiatres sont-ils nombreux à penser que cet état est en fait *provoqué* par le thérapeute ?

— Non, ils ne sont pas nombreux. En outre, ce trouble n'est pas *induit* mais *décelé* par les psychiatres, répliqua sèchement le médecin.

— D'après l'étude que j'ai pu...

Le Dr Scott interrompit le procureur.

— Sous la conduite empressée mais néanmoins tendancieuse du Dr Klinger, je présume ?

— Votre Honneur ? fit Stone, appelant Malachi à la rescousse comme si l'on venait de l'insulter.

Le juge se pencha vers le psychiatre.

— Je vous en prie, docteur, M. Stone est un homme d'une grande sensibilité. Je vous conseille de ménager son ego et d'éviter de vous montrer en désaccord avec lui.

Fidèle à la stratégie qu'il s'était fixée, Stone passa du coq à l'âne.

— Docteur, en énumérant les signes et les symptômes présentés par l'inculpé le jour où il est venu à votre cabinet pour la première fois, vous avez parlé de cicatrices. Sur la face interne des poignets. Si j'ai bonne mémoire, n'avez-vous pas précisé que ces marques étaient non pas blanches mais rouges ? En d'autres termes qu'elles étaient récentes ?

— C'est ce que j'ai déclaré, en effet, convint Michal Scott.

— Ces cicatrices récentes, vous les avez remarquées *après* l'arrestation et l'inculpation de Christopher Cory ?

— Évidemment.

— Docteur, savez-vous combien d'hommes se retrouvant dans une situation identique essayent de se suicider ?

— Un certain nombre, j'imagine.

— Dans ce cas, n'est-il pas possible que ce que vous avez pris pour un signe pathologique ne soit en fait qu'une manifestation de la honte éprouvée par le sujet à se voir arrêté et inculpé de meurtre ?

— Ces cicatrices n'étaient qu'*un* des nombreux symptômes présentés par M. Cory, rappela la jeune femme.

Stone se reporta de nouveau aux notes que Klinger l'avait aidé à rassembler.

— Dites-moi, docteur, est-ce que M. Cory avait déjà fait un séjour en hôpital psychiatrique ?

— Non.

— Présentait-il des troubles de la conduite alimentaire ?

— Pas de trouble de la conduite alimentaire, non, reconnut Michal Scott.

— Surconsommation médicamenteuse ? Prise de drogues diverses ?

— Non plus.

— Pourtant, docteur, il s'agit là de signes et de symptômes qu'on trouve chez les patients atteints de S.P.M., fit Stone.

— M. Stone, un patient présentant *tous* les symptômes du syndrome de personnalité multiple ne peut se trouver que dans un hôpital psychiatrique.

— Il nous faut donc conclure que M. Cory ne présentait que quelques-uns des symptômes mais pas tous ?

— Suffisamment en tout cas pour me permettre d'établir le diagnostic, précisa Michal Scott.

— Dites-moi, docteur, à quel moment peut-on dire que ces symptômes sont en nombre *suffisant* ? interrogea Stone, la poussant dans ses retranchements.

— C'est une question d'expérience. J'ai été formée pour ça, rétorqua la jeune femme.

— Formée par le Dr Beaumont, j'imagine, commenta Stone.

David Kirk se sentit bouillir intérieurement : les insinuations de Stone étaient inadmissibles.

— Dites-moi, poursuivit Stone, si ce concept de S.P.M. vous tient tellement à cœur, est-ce parce que vous êtes soucieuse de faire honneur à votre... maître, John Beaumont ?

À ces mots, David Kirk se leva d'un bond.

— M. Stone ! Tenez-vous-en aux questions relatives aux conclusions du Dr Scott. Et cessez de lui prêter des motivations imaginaires et immorales.

D'un ton sec, Malachi intervint.

— Messieurs, nous nous égarons. J'aimerais que la sérénité revienne dans ces débats. M. Stone, si vous avez des questions pertinentes à poser au témoin, allez-y. Sinon, priez-la de disposer.

— Oh, ce ne sont pas les questions qui manquent, Votre Honneur.

— Alors venez-en au fait ! lui lança Malachi, agacé.

— Votre Honneur, vous permettez ?

Là-dessus, Stone regagna sa table afin de prendre deux nouvelles pilules dans son flacon. Il les avala avec un verre d'eau, et se prépara à lancer une nouvelle attaque contre la déposition du témoin.

— Dr Scott, combien de personnalités secondaires un psychiatre peut-il découvrir chez un patient atteint de S.P.M. ?

— Plusieurs.

— Plusieurs. Est-ce que vous pourriez préciser afin d'éclairer le jury ?

— Deux, trois, quatre, parfois davantage.

— Comment expliquez-vous que, dans l'affaire qui nous occupe, il n'y en ait qu'une ?

— Ça ne s'explique pas. C'est comme ça, c'est tout.

— Certains psychiatres de renom semblent penser que, placé sous hypnose, un patient peut accoucher d'autant de personnalités parasites que son médecin le lui suggère. Est-ce exact ? questionna Stone.

— Effectivement, certains de mes confrères sont de cet avis, concéda Scott.

— Est-il possible que la personnalité secondaire de votre patient soit apparue en réaction à une suggestion de votre part ?

— Je n'ai en aucune manière suggéré à M. Cory d'accoucher d'une personnalité secondaire, fit Michal Scott vivement.

— Ah non ? contesta Stone. Le Dr Klinger s'est donné la peine de visionner plusieurs fois votre cassette. Il a retranscrit vos paroles. Voulez-vous que je vous en donne lecture ? (Stone s'approcha avec lenteur de Klinger et lui prit des mains une feuille de papier.) Dans un premier temps, nous entendons une voix d'homme, vraisemblablement celle de M. Kirk, qui chuchote : « Est-ce que vous ne pouvez pas demander à ce... ce double, s'il y en a un, d'émerger et de vous répondre ? » Après quoi, c'est votre voix que nous entendons, docteur. « Non. » Ensuite, et je vous demande la plus grande attention, docteur, voilà ce que vous dites. « Chris, j'aimerais parler à la personne qui a tué Alice. »

— J'ai effectivement utilisé ces termes, confirma Michal Scott.

— Dites-moi, docteur, en disant : « J'aimerais parler à la personne qui a tué Alice », n'était-ce pas une façon de suggérer qu'il s'agissait non de Christopher Cory mais de quelqu'un d'autre ?

— Bien sûr que non. S'il l'avait tuée, il aurait répondu : « C'est moi qui ai tué Alice. »

— Docteur, le fait d'utiliser « la personne », est-ce que cela ne revient pas à suggérer l'existence d'une personnalité secondaire ? Franchement... fit Stone, faisant semblant d'être gêné pour elle.

— Je n'ai en aucun cas essayé d'influencer le patient, pas plus que je ne l'ai poussé à faire apparaître un double.

— Et comme si cela ne suffisait pas, gronda Stone en agitant son papier, vous avez essayé de lui forcer la main en réitérant votre question. Votre patient, qui n'est pas un imbécile, comprenant l'enjeu de la réponse, s'est débrouillé pour faire jaillir à la surface une personnalité parasite de son invention répondant au nom curieux de Max.

— Prétendre que je puisse, d'accord avec mon patient, lui fabriquer un alibi est une accusation insultante ! protesta le médecin.

— Votre Honneur ! intervint Kirk, bondissant

sur ses pieds. M. Stone a largement dépassé les bornes d'un contre-interrogatoire. À aucun moment pendant la séance d'hypnose le Dr Scott n'a demandé à parler à une autre personnalité. J'étais là. J'ai vu, de mes yeux vu, ce qui s'est passé.

Howard Stone sourit.

— Votre Honneur, comme moi, vous avez visionné la cassette. Est-ce que oui ou non je me suis écarté du sujet ? (Il jeta un coup d'œil au jury en répétant :) Eh bien ?

Malachi fut forcé de reconnaître :

— Non, M. Stone, vous ne vous êtes pas écarté du sujet.

— Alors, considérant le système de défense adopté par la partie adverse dans cette affaire, estimez-vous ma question déplacée ?

— Poursuivez, M. Stone.

— M. Stone, dit à son tour Michal Scott, ne devriez-vous pas préciser au jury que Christopher Cory a subi un autre test à la demande expresse de votre propre expert, le Dr Klinger ?

— Dr Scott, c'est moi qui pose les questions ! lança sèchement Stone.

Le juge Malachi intervint :

— M. Stone, c'est vous qui avez abordé le sujet. J'estime que le témoin a le droit d'aller au bout de sa réponse. Continuez, docteur.

— Comme j'allais l'expliquer au jury, chez un sujet atteint de S.P.M. ou plus simplement chez un multiple, chaque personnalité a son comportement propre, son type d'intelligence et de fonctionnement en société, ses qualités et ses défauts. Par exemple, il arrive que la personnalité originelle soit allergique alors que la personnalité secondaire ne l'est pas. Ou bien encore que la personnalité d'origine parle une langue donnée, et l'autre personnalité une langue différente. Nous avons même eu un cas curieux, celui d'une femme qui avait deux personnalités secondaires, dont chacune avait ses règles à son tour. Tant et si bien que cette malade vivait trois menstruations par mois.

« Pour être certain du bien-fondé de mon diagnostic, le Dr Klinger a suggéré que M. Cory et son double Max passent chacun un Rorschach.

Stone essaya d'interrompre le psychiatre en lançant :

— Votre Honneur, ce n'est plus un témoignage, c'est un cours de psychiatrie.

— M. Stone, répondit le juge, j'ai l'impression d'être le porte-parole du jury en disant cela : les propos du témoin sont extrêmement intéressants. Et ce d'autant plus que c'est vous qui avez levé ce lièvre. Continuez, docteur, ordonna Malachi.

Il sourit à la jeune femme, tout en regrettant que son grand âge ne lui permît plus son ancienne liberté de mouvement.

— Ainsi que je l'expliquais, poursuivit le Dr Scott, M. Cory a passé un Rorschach. Lorsque Max a fait son apparition, on lui a également fait passer ce test projectif. Les deux jeux de réponses ont été confiés à un confrère, auquel on a caché l'identité des patients. Il a conclu de l'examen des résultats qu'il était en présence de deux individus totalement différents. J'aimerais lire au jury ses conclusions.

— Votre Honneur, le témoin n'a pas à utiliser dans son témoignage les propos de quelqu'un d'autre.

Là-dessus, David Kirk bondit :

— Votre Honneur, à ce stade des débats, j'aimerais vous soumettre une pièce à conviction. Il s'agit d'une copie du rapport rédigé par le Dr Harvey Drake qui a procédé à l'analyse en aveugle des tests effectués sur M. Cory et sur son double.

— Portez la pièce au dossier, ordonna Malachi d'un ton machinal.

Une fois le document enregistré, Kirk suggéra :

— Votre Honneur, maintenant que le rapport a été versé au dossier, est-ce que le témoin peut en lire le contenu aux jurés ?

— Oui.

Le Dr Michal Scott se mit donc en devoir de lire le contenu du rapport, lequel déclarait que si Christopher Cory était sain d'esprit, Max était en revanche très sérieusement atteint.

Il ne restait plus à Stone qu'un stratagème dans sa manche. Il y recourut :

— Dr Scott, n'est-il pas vrai que les symptômes manifestés par l'inculpé — et qui vous ont permis de poser votre diagnostic — vous ont été décrits par lui ?

— Évidemment. C'est le cheminement habituel en psychiatrie.

— N'est-il pas vrai qu'il n'existe aucun test permettant de diagnostiquer un S.P.M. de façon décisive ?

— M. Stone, quand on travaille sur les plans du conscient et de l'inconscient, les tests décisifs, ça n'existe pas. Et je ne pense pas qu'il en existera un jour, répliqua Michal Scott.

À ces mots, Howard Stone conclut :

— Merci, docteur, de votre exposé si clair.

Il prononça ces mots du bout des dents et d'un air condescendant, persuadé d'avoir sinon détruit l'impact des cassettes du moins semé le doute dans l'esprit du jury en insistant sur le fait que la maladie de Christopher Cory n'était pas démontrable scientifiquement. Bref, il avait fait de son mieux. Pour le reste, ce serait à ses propres experts de jouer.

32

Le juge Malachi ordonna une brève suspension d'audience afin de permettre au témoin de souffler un peu.

La suspension terminée, Kirk s'approcha de la barre.

— Docteur, si ma mémoire est bonne, lors du contre-interrogatoire qu'il vous a fait subir, M. Stone a bien insisté sur le fait que les cicatrices que l'inculpé portait aux poignets semblaient récentes.

— Je m'en souviens, en effet, M. Kirk.

— Et M. Stone en a déduit que l'inculpé avait fait une tentative de suicide par honte d'avoir été arrêté et inculpé de meurtre. Docteur, voyez-vous une autre explication à ces marques ?

— Certes. Ces cicatrices ne sont pas l'œuvre de l'inculpé. Cory ne s'est pas tailladé les poignets : selon moi, *on* les lui a tailladés.

Un brouhaha général salua aussitôt cette déclaration. Elle provoqua des remous à la table de l'accusation comme dans la salle.

— Docteur, vous voulez dire qu'il aurait été maltraité par le personnel pénitentiaire ou la police ?

— Non. Je me borne à attirer votre attention sur le fait que les doubles s'en prennent souvent à la personnalité originelle. Le phénomène est courant chez les multiples.

Feignant l'ignorance, alors qu'il avait déjà abordé le sujet avec le psychiatre dans son cabinet, Kirk enchaîna :

— Docteur, si je vous suis bien, la personnalité parasite qui « squatte » le corps de la personnalité hôte pourrait aller jusqu'à le mutiler ?

— Oui ! Dans certains cas, il arrive même

qu'une personnalité secondaire s'en prenne à l'autre et essaie de la tuer, répondit Michal Scott.

— Les personnalités parasites ne se rendent donc pas compte qu'en supprimant la personnalité originelle, c'est leur propre mort qu'elles peuvent provoquer ?

— Non, sous le coup de l'auto-illusion, les personnalités parasites ne se rendent absolument pas compte que c'est à elles-mêmes qu'elles s'en prennent en supprimant la personnalité originelle. Et c'est ce que font certains malades atteints de S.P.M. D'ailleurs, c'est exactement ce qui s'est passé dans l'affaire Cory.

— D. Scott, pourriez-vous préciser ?

— Eh bien, je pense que, dans notre affaire, l'inculpé a été victime d'un coup monté.

— Objection ! s'écria Stone sans bouger de son fauteuil. Le témoin ne possède pas les compétences voulues pour tirer des conclusions de ce genre. Elle n'est ni juriste, ni inspecteur de police, ni expert du barreau !

Kirk s'empressa de contre-attaquer :

— Votre Honneur, tant que vous n'aurez pas entendu dans son entier la réponse du témoin, vous ne pourrez pas statuer sur ce problème.

Ainsi pris à partie, le juge Malachi se rebiffa :

— Vraiment ? Et pourquoi ça, maître ?

— Parce que la réponse du témoin ne repose pas sur des notions d'expertise mais sur des éléments purement psychiatriques.

— M. Kirk, j'espère pour vous que vous savez dans quoi vous entraînez votre témoin. Je pourrais être contraint, si vous continuez, de récuser son témoignage. Ce qui, inutile de le souligner, vous mettrait en très mauvaise posture, fit Malachi d'un ton menaçant.

Sautant sur l'occasion et faisant fi des menaces du magistrat, Kirk poursuivit :

— Docteur, vous venez de déclarer que l'inculpé avait été victime d'un coup monté. Pouvez-vous éclairer notre lanterne ?

— Les indices au vu desquels l'inculpé a été arrêté et accusé de meurtre sont trop « beaux » pour être vrais. Trop parfaits.

— « Trop parfaits » ? reprit Kirk.

— Prenez le gant déchiré, par exemple. D'après M. Stone, ce gant prouve la préméditation. L'assassin l'aurait enfilé afin de ne pas laisser d'empreintes digitales. Et, comme par hasard, il se déchire. Laissant une empreinte de paume, démontrant de façon irréfutable que l'inculpé se trouvait sur les lieux du crime. La tache de sang constitue un autre exemple : les techniciens n'en ont déniché qu'une. Vous imaginez bien qu'un homme qui aurait reçu un coup de couteau au cours d'une lutte pareille aurait saigné davantage. Il y a aussi le couteau, l'arme du crime. Retrouvé dans la poubelle, devant la maison. Avouez que c'est quand même un peu gros, comme coïncidence. Les vêtements tachés de sang, lavés dans un premier temps puis confiés au pressing. Ce qui ne pouvait qu'attirer l'attention du teinturier. Je suis persuadée que nous nous trouvons devant un cas où la personnalité originelle a été piégée par sa personnalité parasite. Un double prêt à passer le reste de sa vie en prison afin de se venger de la personnalité « hôte ». Exemple parfait d'auto-illusion.

— Dr Scott, poursuivit Kirk, en tant qu'expert, vous pensez donc que Chris Cory, loin d'être l'auteur du crime, est lui aussi une victime ?

— En effet. Et je n'en veux pour preuve que la vidéo-cassette visionnée par le jury et où l'on entend Max lui-même affirmer : « Je liquide la petite. Et il paie les pots cassés ! » Ses intentions sont très claires. Et on voit à quel point il a réussi son coup. Car Christopher Cory est aujourd'hui sous le coup d'une inculpation pour meurtre.

Kirk se contenta de conclure :

— M. Stone, si vous souhaitez...

Conciliabule fébrile entre Stone et Klinger. Après quoi, le procureur annonça :

— Le Ministère public souhaiterait une suspension d'audience.

— Suspension d'audience de quinze minutes, annonça le juge Malachi. (Puis, après avoir lancé un coup d'œil à Howard Stone, il rectifia :) Ou plutôt non, disons trente.

Lorsque Michal Scott revint à la barre des témoins, Howard Stone s'approcha, muni d'une nouvelle série de notes griffonnées à la hâte.

— Docteur, est-ce que le nom de Richard Ofshe vous dit quelque chose ?

— Oui, répondit Michal Scott un peu décontenancée à l'énoncé intempestif de ce nom.

— Pouvez-vous expliquer au jury de qui il s'agit ?

— C'est un sociologue qui travaille à l'université de Californie, me semble-t-il.

— À l'université de Californie de Berkeley, précisa Stone. Docteur, je vais vous lire un passage d'un texte écrit par le Dr Ofshe : « Le thérapeute commence par une quête de tout ce qui peut ressembler de près ou de loin à des sévices sexuels refoulés. Désireux de plaire à leur thérapeute, les patients se montrent coopératifs et prêts à "marcher". Aussi lorsque le médecin, mettant le patient sur la voie, l'invite à se représenter une scène de mauvais traitements à caractère sexuel en lui disant : "Imaginez que c'est à vous que cela arrive", inutile de préciser que cela incite le malade à développer ce fantasme. À la fin, le patient finit par être convaincu que ce qu'il ressent, au lieu d'être le fruit de son imagination, ne fait que refléter un souvenir bien réel qu'il a refoulé dans son subconscient. »

— Si vous insinuez par là que c'est comme ça que les choses se sont passées entre M. Cory et moi, vous vous trompez, répliqua fermement Michal Scott.

— Docteur, vous voulez faire croire au jury qu'aucun de vos patients n'aurait jamais fait quoi que ce soit dans le seul but de gagner vos faveurs ?

— Je n'ai pas dit cela. Ça arrive. C'est ce que l'on appelle le transfert, convint Michal Scott.

— Dans ce cas, nous ne pouvons pas affirmer que le Dr Ofshe a tort ? poursuivit Stone.

— Dans l'affaire qui nous intéresse, il a tort, insista Michal Scott. Je me suis soigneusement gardée de formuler en présence de M. Cory tout ce que ce dernier aurait pu prendre pour une suggestion. Par exemple, je peux vous affirmer qu'avant qu'elle ne se produise, je n'ai jamais prononcé devant lui le terme de « fugue psychogène ».

— « Fugue psychogène » ? reprit vivement Stone comme rattrapant la balle au bond.

En entendant Michal Scott mentionner l'expression « fugue psychogène », David Kirk fut absolument sidéré. Stone s'empressa d'aller consulter le Dr Klinger. Bien que redoutant la suite, l'avocat était dans l'impossibilité d'intervenir. Retournant vers le témoin, Stone insista :

— « Fugue psychogène », Dr Scott ?

Quoique consciente de la tension que ses propos avaient fait naître dans la salle, la jeune femme fut bien obligée de poursuivre.

— Une fugue psychogène, c'est une période au cours de laquelle un patient atteint de S.P.M. devient subitement amnésique. Son trou de mémoire peut durer des heures, des jours, des semaines, voire des mois. Après quoi, tout aussi subitement, il revient à lui. Il s'aperçoit alors que, pendant cette période d'amnésie, il a vécu sous une autre identité, exerçant un métier différent dans un lieu qui lui était étranger.

— Vous voulez dire que l'inculpé a vécu une expérience de ce genre alors qu'il était en traitement chez vous ? questionna Stone.

— Oui, reconnut Michal Scott. Il s'est volatilisé dans la nature pendant cinq jours. Et puis il a appelé M. Kirk de Scranton...

À ces mots, le juge Malachi donna un coup de marteau particulièrement violent sur la table et annonça d'une voix vibrante :

— M. Kirk, M. Stone, Dr Scott, je vous prierai de me rejoindre dans mon cabinet immédiatement !

Il adressa un signe aux huissiers, qui le descendirent de l'estrade.

— Eh bien, M. Kirk, gronda Malachi, votre client s'est évanoui dans la nature pendant *cinq* jours. Et il est allé se cacher à *Scranton* en *Pennsylvanie,* c'est ça ?

Kirk attendit que le magistrat se calme quelque peu avant de répondre.

— Qu'est-ce qui se passe, Kirk ? Vous avez perdu votre langue ? Je vais vous faire passer le goût du pain, croyez-moi !

— Votre Honneur, les circonstances sont exceptionnelles, commença l'avocat, se sentant obligé de fournir des explications.

— Sur ce point, nous sommes d'accord, ironisa Malachi. Votre client, qui est inculpé de meurtre, est mis en liberté provisoire sous caution. Là-dessus, il disparaît, quitte l'État. Et vous n'êtes même pas foutu de *me* prévenir ! On aurait dû remettre ce petit salopard au trou ! Et confisquer l'argent de la caution ! *Votre* argent ! Puisque vous avez payé la caution de votre poche.

— Votre Honneur, je me suis rendu personnellement à Scranton pour le ramener ici. Que pouvais-je faire de plus ?

— En vous chargeant de cette affaire, je vous avais prévenu, il me semble ! Pas d'entourloupes ! rugit Malachi. (Se radoucissant, il précisa à l'adresse de Michal Scott :) Les entourloupes, c'est la spécialité de notre ami Kirk, docteur.

Le magistrat se tourna vers l'avocat pour lui sonner les cloches :

— Je pourrais vous faire passer devant le conseil de l'ordre ! Vous savez ce que ça signifie !

— Je n'ai rien fait pour inciter l'inculpé à se dérober à ses engagements ni pour l'aider dans son entreprise. Et lui ne s'est pas dérobé consciemment. Si j'ai choisi de me taire, c'est par souci d'éthique : un avocat a le devoir de respecter le secret professionnel.

Ignorant Kirk, le juge prit le Dr Scott à témoin.

— Madame, quand les juristes brandissent le mot « éthique », les honnêtes gens feraient bien de prendre leurs jambes à leur cou.

Malachi se frotta le menton, lequel était quelque peu hérissé de barbe à cette heure de l'après-midi. Soudain, il marmonna :

— Excusez-moi.

Faisant pivoter son fauteuil roulant, il fila en direction de ses toilettes.

En son absence, personne ne broncha. Le Dr Michal Scott paraissait désolée. Stone, en revanche, affichait un air de radieuse suffisance.

Malachi reparut bientôt.

— Je viens d'avoir une idée. Les chats, dit-on,

ont neuf vies. Vous, mon cher Davey, en aviez deux. Et vous en avez perdu une dans l'affaire Corregio. Alors attention : il ne vous en reste plus qu'une seule. Encore un écart de conduite et je vous coince pour outrage à magistrat, assorti si nécessaire d'un blâme du conseil de l'ordre. Après quoi, ce sera la radiation du barreau.

— Très bien, Votre Honneur, dit Kirk à voix basse.

— Assez d'entourloupes, Davey ! C'est compris ?

Tandis qu'ils s'éloignaient dans le couloir à grands pas, laissant derrière eux le cabinet du juge Malachi, Michal Scott questionna :

— Est-ce qu'il peut mettre ses menaces à exécution ?

— Non seulement il le peut, mais si l'occasion se présente, il le fera, reconnut David Kirk. En tout cas, une chose est sûre : il va me falloir jouer serré désormais, il me tient à l'œil. Et bien.

— Pourtant, il semble avoir de l'affection pour vous, remarqua-t-elle.

— Je m'en passerais bien. C'est avec ceux qu'il aime le plus qu'il est le plus féroce. Car d'eux, il exige davantage.

— Désolée d'avoir provoqué cet incident, s'excusa-t-elle.

— Ce n'est pas votre faute. Je me souviens de vous avoir entendu déclarer que votre métier consistait à découvrir la vérité et le mien à la dissimuler. Inutile d'en dire davantage. Ça me semble clair.

33

Kirk ayant choisi de plaider l'irresponsabilité, il incombait à Howard Stone de démolir son système de défense avec l'aide des experts engagés par ses soins.

Le premier d'entre eux était un certain Amos Ferrer. Il faisait partie des psychiatres refusant le concept de personnalité multiple. Et il condamnait avec une indignation vertueuse ceux de ses confrères qui étaient d'un avis différent.

Kirk ne vit pas l'intérêt de faire subir un contre-interrogatoire à ce témoin : cela n'aurait servi qu'à lui donner l'occasion de répéter ses propos dogmatiques. Il décida donc de le laisser parler.

Le deuxième témoin de Stone était le Dr Emma Congreve, femme à la quarantaine encore très séduisante.

En la présentant, Stone souligna qu'elle avait été, elle aussi, une protégée du Dr John Beaumont.

Lorsqu'on lui demanda si elle avait lu la retranscription du témoignage donné par le Dr Scott deux jours plus tôt, le Dr Congreve répondit :

— Oui, M. Stone. C'est typique d'un esprit immature. On dirait une étudiante suivant aveuglément un professeur dont elle serait amoureuse au point d'épouser ses idées sans discernement ni recul. Le Dr Beaumont était brillant mais, comme beaucoup d'hommes brillants, trop entiché de sa théorie pour la remettre en question. Je crains que le Dr Scott ne soit dans le même cas.

Lorsque son tour fut venu d'interroger le témoin, Kirk décida non d'essayer de semer le doute dans son esprit mais de saper sa crédibilité aux yeux du jury.

— Dr Congreve, est-il possible que l'opinion que vous venez d'exprimer soit colorée par la jalousie ?

— La jalousie ? fit-elle d'un air de dédain. De qui voudriez-vous que je sois jalouse ?

— Du Dr Scott. Après tout, elle avait pris votre place auprès du Dr Beaumont en devenant son assistante, rappela Kirk, jetant un coup d'œil au jury alors qu'il regagnait sa table. Je n'ai plus de questions.

Stone fit prêter serment à son dernier expert, le Dr Wilbur Sloate.

Sloate possédait un bagage universitaire impressionnant : université de Stanford, faculté de médecine de Yale, travaux de recherche dans deux des cliniques les plus prestigieuses de la côte est. Pour l'instant, il exerçait au New York University Hospital et à la clinique Payne Whitney, dans le comté de Westchester.

— Dr Sloate, combien de fois avez-vous examiné l'inculpé ?

— Trois fois en cinq jours.

— Est-ce que l'inculpé vous a semblé comprendre sa situation, le but de ses visites chez vous et les questions que vous lui posiez ?

— Il était parfaitement conscient de l'endroit où il se trouvait, de sa situation et du but des visites qu'il me rendait, répondit Sloate.

— Docteur, au cours de l'examen auquel vous l'avez soumis, avez-vous découvert des éléments pouvant donner à penser que l'inculpé avait souffert de troubles mentaux ces derniers mois ?

— Objection ! s'écria Kirk.

— Fondée sur quoi ? questionna Malachi.

— M. Stone demande au témoin de se prononcer sur l'état de santé de l'inculpé avant que ce dernier ne vienne à son cabinet, argumenta Kirk.

Stone rétorqua :

— Votre Honneur, je me suis contenté de demander au témoin si, selon lui, l'inculpé présentait des signes de maladie mentale.

— Par exemple ? lança Kirk.

— M. Kirk, intervint Malachi, laissez le Dr Sloate répondre.

— Docteur, reprit Howard Stone, avez-vous découvert les traces d'une quelconque maladie mentale dont l'inculpé aurait pu souffrir avant la perpétration du crime ?

— À l'exception de cicatrices superficielles sur les poignets, je n'ai rien trouvé qui puisse indiquer que Christopher Cory avait des problèmes de ce type auparavant.

— Alors, docteur, vous êtes d'avis que, lors de son arrestation, Cory était suffisamment sain d'esprit pour comprendre l'accusation dont il faisait l'objet ?

— Oui. En tout cas il semblait la comprendre lorsque je l'ai vu.

— Une dernière question, docteur. Au cours des heures que vous avez passées avec lui, l'inculpé a-t-il dit ou fait quoi que ce soit qui puisse vous donner à penser qu'il souffrait de troubles dissociatifs et plus précisément du syndrome de personnalité multiple ?

— Je n'ai absolument rien décelé de tel, répondit Sloate d'un ton ferme.

— M. Kirk, le témoin est à vous.

— Dr Sloate, attaqua Kirk, pendant que vous l'examiniez, l'inculpé s'est-il plaint de maux de tête ?

— Il y a fait allusion, effectivement, concéda Sloate.

— Des maux de tête, c'est tout ? Pas des migraines ? interrogea Kirk.

— Il a précisé qu'ils étaient assez violents, reconnut Sloate.

— Et vous n'avez pas songé que cela pouvait être l'un des premiers symptômes du syndrome de personnalité multiple ?

Le Dr Sloate sourit.

— M. Kirk, si tous les patients qui viennent chez moi en se plaignant de migraines étaient des multiples, j'en aurais des centaines à traiter. Les migraines, voyez-vous, peuvent être les signes avant-coureurs d'un très grand nombre de maladies.

— Pas même dans un cas comme celui-ci, où le patient vous a été adressé par un confrère renommé qui a diagnostiqué chez lui ce syndrome ?

— J'ai pris connaissance du diagnostic du Dr Scott. Seulement, c'était une disciple de John Beaumont. Sa disciple préférée même. Et le syndrome de personnalité multiple était pour John une véritable obsession.

— Dr Sloate, est-ce une idée de ma part ou est-il exact que vous ne croyez pas à l'existence du S.P.M. ?

— Oh, il existe. Mais on le diagnostique à tort et à travers de nos jours.

— Si bien que, dans le cas de M. Cory, vous n'avez pas vraiment cherché à découvrir des signes ou des symptômes de ce trouble ?

— Ce n'est pas exactement ce que j'ai dit, protesta Sloate.

— Qu'avez-vous dit *exactement,* docteur ? interrogea Kirk, le mettant sur le gril. Vous avez rejeté un symptôme comme les migraines. Ignoré les cicatrices sur les poignets. Combien d'autres signes et symptômes avez-vous dédaignés dans votre hâte à conclure que l'inculpé n'était pas atteint du S.P.M. ?

— M. Kirk... protesta Sloate.

Conscient de l'impact qu'il produisait sur le jury, Kirk passa outre et poursuivit :

— Que faudrait-il pour vous convaincre, docteur ?

De sa table, Stone s'écria :

— Votre Honneur, je proteste ! Il harcèle le témoin.

— M. Kirk, voudriez-vous être un peu moins agressif, fit Malachi d'un ton d'avertissement.

— Désolé, Votre Honneur, s'excusa Kirk. (Mais il n'était pas mécontent de lui car il avait l'impression d'avoir commencé à entamer la crédibilité du témoignage de Sloate. Changeant de ton, il reprit :) Dr Sloate, je vous repose la question, qu'est-ce qui pourrait vous convaincre ?

— Pour commencer, l'apparition d'une personnalité secondaire, répondit Sloate.

— Très bien, docteur. Si le sujet était capable, sur un claquement de doigts de son psychiatre, d'accoucher d'un double cela vous convaincrait ?

— Pas si le double jaillissait sur... un claquement de doigts, rectifia Sloate.

— Pourquoi pas ? Est-ce que ça n'est pas le genre de signe que vous recherchez ?

— M. Kirk, certains patients prétendant être atteints du S.P.M. accouchent facilement de personnalités secondaires. Trop facilement, commença Sloate.

Kirk se jeta sur l'os qu'on lui tendait.

— Dans ce cas, le fait que M. Cory n'ait *pas* fait apparaître un double à la demande devrait suffire à vous prouver qu'il *est* un authentique multiple, non ?

— Pour établir son diagnostic, un psychiatre s'appuie sur une foule d'éléments variés. Le processus est éminemment subjectif. Dans le cas de votre client, je n'ai pas eu le sentiment qu'il souffrait du syndrome de personnalité multiple, énonça sèchement Sloate, dans l'espoir de couper court.

— Docteur, qu'est-ce qui pourrait vous convaincre, alors ?

— Des preuves ! Autre chose que les propos du patient.

Kirk réfléchit un moment puis s'adressant au juge :

— Votre Honneur, pourrions-nous suspendre l'audience et aller déjeuner ? Je souhaiterais continuer à interroger le témoin après.

Malachi lui fit signe d'approcher de l'estrade. L'avocat s'avança, suivi de près par Stone.

— Kirk ! grommela Malachi. Qu'est-ce que vous mijotez au juste ?

— Il me faut une heure pour rassembler les preuves tangibles dont j'ai besoin pour finir d'interroger ce témoin, lui expliqua Kirk.

— Les questions que vous avez à lui poser sont suffisamment importantes, j'espère, insista Malachi. Parce que c'est l'État qui paye ses honoraires, n'est-ce pas, Howie ?

— Exact. Et comme M. Kirk ne semble guère progresser, je ne vois pas la nécessité de retenir plus longtemps le Dr Sloate, remarqua Stone.

— Au besoin, ajouta Kirk, je prendrai ses honoraires à ma charge.

— Si cette histoire vous tient tellement à cœur, l'État payera, concéda Malachi. Mais, maître, j'aimerais bien qu'on boucle les interrogatoires cet après-midi. Ainsi vous aurez le week-end pour rédiger vos conclusions.

— C'est parfait en ce qui me concerne, acquiesça Howard Stone.

— Je ferai de mon mieux, Votre Honneur, répondit David Kirk, bien qu'il fût découragé par l'obstination du Dr Sloate qui ne voulait pas démordre de ses idées.

— L'audience est suspendue jusqu'à deux heures ! déclara Malachi, soulignant sa décision d'un vigoureux coup de marteau.

Kirk prit Gerry Prince par le bras et l'entraîna dans un coin. Après lui avoir chuchoté des instructions à l'oreille, il se tourna vers la table où était assis Christopher Cory.

— Chris, j'ai besoin de vos clés. Les clés de votre appartement.

— Pourquoi ? interrogea Cory.

— Sloate veut des preuves tangibles. Je vais lui en coller sous le nez, moi, des preuves tangibles, expliqua Kirk. Je veux qu'il voie la différence entre les vêtements de Max et les vôtres.

— Bon, d'accord fit Cory, plongeant la main dans sa poche.

Tout en déjeunant sur le pouce dans sa limousine, Kirk s'attaqua à la rédaction d'une batterie de questions destinées à mener Sloate en bateau et à le déstabiliser lorsqu'il serait soudain mis en présence de la garde-robe incongrue de Max. Si cette manœuvre ne suffisait pas à obliger le psychiatre à se rétracter, elle aurait en tout cas un impact puissant sur le jury. Et avec la bande sur laquelle on voyait Max à l'œuvre, elle lui permettrait sûrement d'obtenir pour son client un verdict de non-responsabilité.

Malachi, dans la salle d'audience, attendait que les huissiers soulèvent son fauteuil et le déposent sur l'estrade. Les journalistes et les spectateurs étaient assis. Mais aucune trace de Gerry Prince.

Howard Stone, le Dr Klinger et le Dr Sloate, qui

revenaient de déjeuner, chuchotaient fébrilement à la table de l'accusation.

Tout était en place pour que Kirk donne le coup de grâce au Dr Sloate. Tout sauf les preuves.

Malachi balaya la salle du regard puis braqua les yeux sur David Kirk.

— Êtes-vous prêt, maître ?

Tandis que Kirk se levait pour répondre, sa secrétaire, Louise Grant, se précipita dans la salle, bousculant le garde posté à l'entrée. Elle enfila l'allée centrale, atteignit la table de Kirk. À bout de souffle, elle posa un petit papier sur le bloc de l'avocat.

Kirk comprit que le message devait être extrêmement urgent pour ne pas pouvoir attendre son retour au cabinet. Urgent et tellement confidentiel que Louise n'osait pas le lui souffler à l'oreille.

D'un air aussi détaché que possible, Kirk fit semblant de prendre une ultime note dans son bloc et en même temps, très délicatement, il retourna le papier.

GAGNEZ DU TEMPS. ARRANGEZ-VOUS POUR TENIR JUSQU'À LA FIN DE L'APRÈS-MIDI.

MAIS RENDEZ-VOUS CHEZ CORY DÈS QUE POSSIBLE. *SEUL.*

Ce message laconique émanait de Gerry Prince ; Kirk suivit donc très exactement la consigne. Il passa deux heures particulièrement pénibles à improviser des questions auxquelles le Dr Sloate répondait comme en se jouant de lui.

Plus le temps passait, plus Howard Stone se détendait et plus le juge Malachi s'énervait. À trois reprises, il fit signe à Kirk et à Stone de s'approcher de l'estrade.

— Maître, pourquoi diable avoir fait revenir le

témoin à la barre ? Vous n'arrêtez pas de tourner autour du pot et vous ne progressez pas, rouspéta Malachi.

La deuxième fois, le juge, furibond, déclara :

— Vous n'arrangez pas vos affaires en obligeant Sloate à dire et répéter qu'il ne croit pas votre client atteint du S.P.M. Alors, à moins d'avoir un atout maître dans votre manche, je vous prierai de le laisser repartir.

La troisième fois, de plus en plus en colère, Malachi lança :

— Bon Dieu, Kirk, mais qu'est-ce qui vous arrive ?

Ce qui permit à Kirk de répondre :

— Franchement, Votre Honneur, je ne me sens pas dans mon assiette et je serais heureux d'avoir le week-end pour récupérer.

Malachi lui lança un regard noir et décréta finalement :

— Bien que je ne demande qu'à boucler les interrogatoires cet après-midi, j'accède à votre demande.

Stone resta un instant près de l'estrade et observa :

— Davey couve quelque chose, c'est sûr. Il est complètement à côté de la plaque.

Tandis que Kirk fourrait notes et papiers dans sa serviette, il s'adressa à son client :

— Chris, n'oubliez pas votre rendez-vous de cinq heures avec le Dr Scott. Appelez-moi plus tard au bureau.

34

Pendant le trajet, assis à l'arrière de sa limousine, David Kirk rumina le message énigmatique de Gerry Prince.

La voiture s'arrêta devant l'ancien entrepôt où vivait Chris Cory. L'avocat appuya sur la sonnette et la porte de l'immeuble s'ouvrit automatiquement. Il pénétra dans le vieux monte-charge. Lorsqu'il arriva à l'étage où se trouvait l'appartement de Cory, la porte était ouverte.

Gerry appela :

— Dave ! Par ici !

Kirk suivit la voix de son associé et déboucha dans la petite chambre. Sur le lit constitué d'un matelas posé sur un sommier rudimentaire Gerry avait disposé des vêtements. Des vêtements semblables à ceux que portait habituellement Chris Cory. Mais aussi d'autres, plus bizarres, achetés et portés par Max.

— Bon Dieu, Gerry ! C'est quand même pas pour choisir des fringues que tu m'as fait venir jusqu'ici ? Emballe-les et apporte-les !

Gerry Prince répondit à voix basse mais avec insistance :

— Dave, va voir dans le placard.

Kirk lui jeta un regard excédé.

Gerry répéta :

— Dave ! va jeter un œil.

L'avocat s'approcha de la penderie où étaient suspendus à gauche les vêtements de Cory et à droite ceux de Max. Il les examina, se retourna vers Gerry :

— Ce n'est pas la première fois que je les vois.

— Écarte les vêtements de Max. (Kirk ne bougeant pas, Gerry insista :) Pousse-les, je te dis !

David Kirk s'exécuta et déplaça les vêtements le plus loin possible vers la droite.

— Très bien. Et maintenant ? fit Kirk.

— Qu'est-ce que tu vois ?

L'avocat examina la paroi du fond du placard, prêt à dire à Gerry qu'il choisissait mal son moment pour jouer aux devinettes. Toutefois, alors qu'il allait revenir vers son associé, un détail attira son attention. Soigneusement dissimulé, à peine visible, un rectangle se découpait sur le mur. Rectangle d'environ 30 x 90 centimètres.

— Tape dessus, Dave. Vas-y, n'hésite pas, lui ordonna Gerry.

Kirk assena un coup sec sur la zone inscrite à l'intérieur du rectangle. Au lieu de disparaître dans le mur, le panneau sortit de son logement et tomba, révélant une niche creusée dans la paroi. Kirk tendit le bras et en sortit des livres ainsi que des articles photocopiés.

— Examine-les, suggéra Gerry. Examine-les bien.

David Kirk s'approcha de la lumière et se mit à passer en revue les titres des ouvrages.

Diagnostic et traitement du syndrome de personnalité multiple, par Frank W. Putnam ; *Personnalité multiple et médecine légale,* par Martin T. Orne ; *Causes et traitement du syndrome de personnalité multiple,* par John Beaumont.

Le reste était constitué de photocopies d'articles scientifiques, extraits de revues psychiatriques. Tous ces articles concernaient la personnalité multiple ou l'irresponsabilité utilisée comme moyen de défense dans les procès pour meurtre.

— Fumier, murmura Kirk.

— Prends un livre au hasard et ouvre-le.

Kirk ouvrit le manuel rédigé par Putnam. Il se mit à le feuilleter. À plusieurs reprises, il tomba sur des phrases, des paragraphes surlignés en jaune. Dans la marge, étaient griffonnées des notes.

L'écriture n'était pas assez nette pour pouvoir être déchiffrée dans tous les cas, toutefois Kirk lut : « Intéressant. » Puis : « À utiliser. » Plusieurs pages plus bas, une phrase : « Peut faire l'objet d'un numéro ? OK. »

— Un numéro ? C'est ce qu'il nous a fait ? Salopard ! Ce petit fumier m'aurait mené en bateau ? Il nous aurait tous roulés dans la farine ? Avec un alibi bidon *depuis le début* ? Des détails soigneusement choisis. Le gant de chirurgien déchiré. Les migraines. Les cicatrices aux poignets. Tout ça n'était qu'un *numéro* ? Une comédie ?

Soudain Kirk décida :

— Mets-moi tout ça dans un carton. Et foutons le camp !

Sur le chemin du retour, David Kirk, d'abord sombre et silencieux, appela le Dr Scott à partir du téléphone de sa voiture. Il attendit la fin du message habituel du psychiatre pour lui en laisser un à son tour.

« Docteur, il faut absolument que je vous voie. Ce soir à sept heures. Je compte sur vous. »

35

Tandis que David Kirk montait l'escalier, Michal Scott remarqua non sans surprise qu'il avait une petite valise à la main.

— Vous partez en week-end ?

— J'aimerais bien, mais, hélas, non.

Cette réponse énigmatique ne pouvait absolument pas expliquer l'empressement avec lequel Kirk lui avait fixé rendez-vous.

Michal Scott précéda son visiteur dans son cabinet, mais au lieu de s'asseoir à son bureau elle l'emmena vers les fauteuils club disposés devant la cheminée de marbre à l'autre bout de la pièce lambrissée. Là se dressait une table faisant office de bar.

— Je vous sers quelque chose ?

Il déclina son offre. Comme elle se préparait à boire, il lui glissa :

— Vous devriez peut-être doubler la dose.

— Doubler la dose ? reprit-elle, intriguée, en se tournant vers lui.

— En prévision de ce qui va suivre. Vous risquez d'avoir un choc, docteur.

Et de lui raconter qu'il avait chargé Gerry d'aller prendre des vêtements appartenant à Max dans le loft de Cory.

— Afin de les montrer au jury, j'imagine.

— C'est exact. Gerry a bien trouvé les vêtements de Max. Mais ce n'est pas tout.

Kirk posa la valise en travers d'un fauteuil, sur les accoudoirs, puis en souleva le couvercle. Il s'empara de l'ouvrage de Putnam qu'il brandit sous le nez du psychiatre.

— Mais je connais ce livre ! Le Dr Putnam et moi, nous avons donné des conférences lors du même séminaire l'an dernier. C'est un ouvrage extrêmement approfondi et sérieux sur la personnalité multiple...

Kirk l'interrompit sans ménagement :

— Feuilletez-le.

Agacée par le ton sec de l'avocat, elle s'exécuta néanmoins. À mesure qu'elle parcourait les pages, son étonnement et son inquiétude allaient grandissant.

— Alors, qu'en pensez-vous ? s'enquit l'avocat. Que pensez-vous surtout des annotations dans les marges ?

Michal Scott lut à voix haute certains des commentaires de Cory, et son trouble s'accentua. Une fois qu'elle en eut fini avec cet ouvrage, Kirk lui tendit le manuel d'Orne sur la personnalité multiple en médecine légale. Elle le feuilleta encore plus vite que le précédent.

Elle lut à voix haute une des phrases soulignées : « Il est pratiquement impossible lorsqu'on a affaire à un imposteur habile de prouver qu'il simule un sommeil hypnotique. »

Elle concéda :

— Certains imposteurs particulièrement doués arrivent à donner le change, c'est vrai. Mais ils sont rares, très rares.

Elle lut un autre commentaire de Cory inscrit dans la marge : « Peut faire l'objet d'un numéro ? OK. »

Elle poursuivit sa lecture des annotations à haute voix et s'aperçut qu'elle avait là un tableau complet des troubles présentés par Cory. Maux de tête. État dépressif. Amnésie. Perte de la mémoire. Livraison de vêtements qu'il ne se souvenait plus d'avoir achetés.

— « En plein dans le mille ! À utiliser ! » lut-elle toujours à voix haute en regard d'un passage traitant des fugues psychogènes.

Kirk explosa.

— Il m'a fait cavaler jusqu'à Scranton ! Et moi, pauvre imbécile, je suis tombé dans le panneau !

Soucieuse de conserver un calme professionnel, le Dr Scott observa :

— Il présentait un ensemble presque parfait de signes et de symptômes du S.P.M.

— Et n'oubliez pas le plus beau ! ajouta Kirk, furieux. Il m'a *interdit* de plaider l'irresponsabilité pour raison psychiatrique. Il a fallu que ce soit *nous* qui *le* convainquions. Vous vous rappelez ?

La jeune femme termina son verre.

— Et l'autre livre que vous avez apporté, c'est quoi ?

David Kirk lui tendit l'ouvrage de John Beaumont. À peine Michal Scott l'eut-elle aperçu qu'elle se raidit.

Elle le retourna, fixa la jaquette et la photo du Dr John Beaumont. Identique à celle qui trônait dans un cadre d'argent sur son bureau.

— C'est le portrait qu'il a utilisé pour la couverture de ses cinq derniers ouvrages. Parce que c'était ma photo préférée, expliqua-t-elle à voix basse.

Elle ouvrit le volume, l'étudiant avec plus de soin encore que le précédent. Plus elle lisait les notes griffonnées par Cory et plus elle pâlissait. Kirk décela un tremblement dans sa main. La main qui tenait l'ouvrage du Dr Beaumont.

Soudain elle referma le livre dans un claquement sec puis le lui rendit. Comme il s'en emparait, il questionna :

— Eh bien, docteur ?

— Christopher Cory est un simulateur extrêmement doué, d'une habileté démoniaque, avoua-t-elle à voix basse. Un imposteur de première force.

Réduite au silence par le choc, elle se détourna. Comme une femme qui a besoin d'être seule avec elle-même. Kirk respecta son mutisme.

Quelques instants plus tard, sans le regarder, elle chuchota :

— C'est épouvantable... C'est affreux... Songez aux répercussions que cela va avoir sur tous ceux... le monde scientifique...

Il se sentit obligé de la réconforter :

— Ce n'est sûrement pas la première fois qu'un patient machiavélique dupe un psychiatre. Mais compte tenu de vos antécédents, de votre réputation dans le milieu, vous vous en remettrez.

— Moi ? Mais vous ne comprenez pas. J'ai entaché *sa* réputation.

— La réputation de qui ?

Elle se tourna vers Kirk.

— Celle de John, évidemment ! Il serait fou de rage s'il savait. Et il aurait raison.

— Furieux après vous ? Qui lui avez consacré toutes ces années ? rétorqua Kirk.

— Quand l'affaire va éclater au grand jour, mes confrères imputeront cet échec à John. Pas à moi. Klinger, Sloate et tous les autres, qui ne lui arrivaient pas à la cheville, en feront des gorges chaudes. Ce sont des esprits mesquins, des jaloux. Ils ont toujours été jaloux de John. Car ce dernier avait tout pour lui. C'était un homme brillant. Respecté par ses pairs. Célèbre dans le monde entier. Vous auriez dû voir l'accueil qu'on lui réservait à l'étranger. Il m'avait repassé le flambeau. Et je n'ai pas réussi à me montrer à la hauteur. Je suis sûre qu'il ne me pardonnerait pas.

Des larmes se formèrent dans ses yeux gris et roulèrent le long de ses joues très pâles.

Kirk lui saisit la main et l'obligea à se tourner vers lui. Elle se mit à sangloter. Il la prit dans ses bras, comme le jour où il l'avait protégée lorsque Cory en pleine abréaction l'avait agressée. Elle semblait avoir perdu tout contrôle d'elle-même. Non contente de rester dans les bras de Kirk, elle se cramponnait à lui, enfouissant son visage baigné de larmes au creux de son épaule.

— John... John... chuchota-t-elle, pleurant toujours. Pourras-tu jamais me pardonner ?

Bientôt ils retrouvèrent leurs esprits. La jeune femme se dégagea. À regret, il la relâcha.

— Merci, murmura-t-elle en essuyant ses joues d'un revers de main.

Il lui tendit son mouchoir.

Tandis qu'elle se séchait les yeux, Kirk lui fit remarquer, pour lui mettre du baume au cœur :

— Même le Dr Orne, expert en matière d'hypnose, affirme qu'il est impossible de démasquer un imposteur doué. Or Cory est acteur de formation. Un acteur de talent apparemment.

— Je n'ai pas été à la hauteur, reprit-elle. Pauvre John... Après tout ce qu'il a fait pour moi...

— Vous étiez amoureuse de lui ?

— Amoureuse, non. J'avais du respect pour lui. De l'admiration. Et c'était normal. Je le révérais même. Mais de là à l'aimer... (Elle marqua une pause avant d'admettre à voix basse :) Oui... Je l'aimais. Mais pas comme j'aimais Paul. Enfin, je suppose que d'une certaine façon j'ai été deux fois veuve dans ma vie.

— C'est pour ça que vous êtes si distante avec moi ? Ou c'est à cause de cette maison ? La maison de John. Vous avez l'impression qu'il est encore là ? Qu'il vous regarde, qu'il vous juge ?

Afin d'éviter de répondre, elle dit :

— M. Kirk, je ne voulais pas vous ennuyer avec mes problèmes.

— Je suis heureux que vous vous soyez confiée à moi. Cela m'a permis de découvrir la femme derrière le médecin.

Pour éviter de s'étendre davantage sur ses problèmes personnels, elle questionna :

— Qu'allons-nous faire maintenant ?

— Ces livres, ces notes. C'est un cours sur la façon de commettre un meurtre et de s'en sortir blanc comme neige, fit Kirk.

— Quelle est la procédure à suivre ? À qui allez-vous remettre ces documents ? À M. Stone ? Ou au juge Malachi ?

— Pas plus à l'un qu'à l'autre. C'est d'ailleurs toute l'ironie de la chose. Je suis forcé de les garder pour moi. Il m'est interdit d'en faire état.

— Mais quand on plaide l'irresponsabilité pour raison psychiatrique, on est obligé de communiquer tous les documents en sa possession à l'accusation, lui rappela-t-elle. Vous m'aviez demandé de confier *mes* dossiers à Stone.

— Car il s'agissait d'éléments psychiatriques.

— Ces ouvrages, ces notes sont aussi des documents psychiatriques. Sur lesquels Cory s'est appuyé pour construire sa défense.

— Exact, acquiesça-t-il. Ils apportent *la preuve* que son système de défense est une imposture. Et, à ce titre, ils ne doivent rester connus que de l'avocat et de son client.

— Drôle de métier que le vôtre, remarqua-t-elle. D'un côté, on vous demande de *produire* des données psychiatriques, de l'autre, de *dissimuler* celles qui sont peut-être les plus importantes.

— Question de déontologie, laissa-t-il tomber. Je ne peux pas me faire le complice d'une imposture mais je ne dois pas trahir la confiance que mon client a mise en moi.

Après avoir formulé cette noble profession de foi, il ajouta :

— Le plus terrible dans l'histoire, c'est que les jurés sont fascinés par cette affaire. J'ai réussi à les persuader qu'ils suivaient un film dont Christopher Cory est le héros. Un héros sympathique.

— Nous sommes à blâmer tous les deux.

— Oui. Mais moi, j'ai la mère d'Alice derrière moi au tribunal tous les jours. Et parfois je sens ses yeux vrillés dans mon dos. Je connais bien ce regard. C'est le regard d'Edward Trimble. Il avait raison.

Kirk entreprit de se verser un verre tout en avouant :

— Grâce à mon système de défense, j'ai fait remettre en liberté un coupable qui s'est empressé de commettre un nouveau meurtre. Lorsque je me suis entretenu avec ce criminel lors de la première affaire, j'avais remarqué qu'il portait des ecchymoses. Des bleus infligés par sa première victime, laquelle s'était défendue âprement. J'ai demandé à Gerry de les photographier. Après quoi, j'ai prétendu que l'inculpé avait été passé à tabac *après* son arrestation. Le juge s'est donc trouvé contraint de considérer ses aveux comme nuls et non avenus. Le travail de l'accusation a été réduit à néant. Mon client a été remis en liberté. Et c'est alors qu'il a violé et assassiné Cecilia Trimble. (Il avala une longue gorgée de scotch avant de reconnaître :) N'importe quel avocat de la défense en aurait fait autant. Il s'en serait même vanté. Les affaires dont les avocats d'assises se vantent le plus, c'est celles où ils arrivent à faire acquitter un coupable.

« Malachi avait raison le jour où il m'a chargé de cette affaire. "Dites-moi, Davey, ce que nous avons fait du système, ça ne vous gêne pas ? Les gens aujourd'hui en sont à considérer les juges et les avocats comme leurs ennemis. Ils estiment que ce que nous faisons est contraire à ce qu'ils croient juste. Ça ne vous pose pas de problème de conscience ?"

— Coincé entre la déontologie et la justice, qu'est-ce que vous allez faire ? questionna Michal Scott.

— Il faut que je prenne une décision avant d'aller à l'audience lundi matin. En tout cas, une chose est sûre : je refuse d'être responsable d'une nouvelle affaire Trimble.

36

David Kirk avait besoin d'être seul. De réfléchir. Il remit donc la valise et son contenu à son chauffeur, Geraldo, et se dirigea à pied vers la Cinquième Avenue, longeant la Soixante-treizième puis la Cinquième, presque déserte à cette heure, les noctambules étant maintenant qui au théâtre qui au restaurant.

Geraldo le suivait dans la limousine, restant juste derrière lui, avançant à la même allure.

Beau discours, nobles propos, songea Kirk. *« Je ne veux pas être responsable d'une nouvelle affaire Trimble. » Mais quand on y réfléchit, c'est une réaction purement émotionnelle. Or les avocats, ce n'est pas pour laisser parler leurs tripes qu'on les paye. Ce serait plutôt le contraire. Leur boulot, c'est de gérer les émotions de leurs clients, de les contrôler.*

Avant tout, l'avocat ne doit pas porter de jugement. Son devoir consiste à défendre les droits de son client. Plus le client est coupable et plus son défenseur doit être astucieux.

À la faculté, notre professeur de droit pénal avait l'habitude de constituer un pseudo-tribunal destiné à juger Hitler. Une fois, je fus désigné pour le défendre. Ce que je fis. Et, de l'avis de mon professeur, très bien.

Mais, comme on dit, c'est de l'histoire ancienne. En ces temps-là, il s'agissait d'un cas théorique. Aujourd'hui, c'est d'un cas concret qu'il est question. Ce fumier de Cory... avec sa mise en scène démoniaque... Et il faudrait que je le fasse acquitter, remettre en liberté ?... Mais il pourrait remettre ça... Qu'une autre femme le rejette, et il se glisse à nouveau dans la peau de Max le dingo, commet le crime et s'en sort sans bobo.

Le plus rageant dans cette histoire, c'est que le jury

a l'air parfaitement convaincu, qu'il marche à fond. Je le sens. Et après avoir visionné les vidéocassettes, assisté à son époustouflant numéro d'acteur, comment pourrait-il en être autrement ? Dieu sait que je m'y suis bien laissé prendre. Le Dr Scott aussi.

C'est peut-être ça le problème, au fond. La raison pour laquelle je me sens aussi mal à l'aise, déchiré. J'ai défendu, et bigrement bien, des tueurs que je savais coupables. Et je les ai sortis d'affaire. Alors pourquoi est-ce que je réagis comme ça aujourd'hui ?

Est-ce que ce serait une question de vanité ? Le fait que ce gamin, cet assassin de vingt-six ans ait réussi à me rouler dans la farine ? Est-ce parce qu'il a froissé mon amour-propre que je brûle de lui rendre la monnaie de sa pièce ?

Vanité, amour-propre, mon cul ! Regarde les choses en face, Kirk. C'est ta carrière qui est en jeu. Le conseil de l'ordre et le public n'ont pas oublié l'affaire Corregio. J'avais beau tout ignorer de cette histoire de jurés soudoyés, il n'empêche que des tas de gens ont cru que j'étais mouillé. Il y en a même encore aujourd'hui qui se figurent que c'est comme ça que je gagne mes procès.

Si je donne à Malachi ne serait-ce qu'un aperçu de ce que je viens de découvrir, il va s'en donner à cœur joie. Je le vois d'ici. Son visage buriné, ses doigts qui pianotent sur les accoudoirs de son fauteuil roulant. Pas un instant il ne me croira. Il commencera par tout mettre en œuvre pour que je sois radié du barreau. Qui sait s'il n'ira pas jusqu'à demander au District Attorney d'engager des poursuites contre moi.

Quel régal pour les médias ! Howard Stone poursuivant son ancien protégé. Il ira comme à la parade, fonçant bille en tête. Rien ne le fera reculer. Les sentiments, l'amitié ne jouent aucun rôle dès lors que les règles de la profession sont en cause.

Et si je demandais à Michal... au Dr Scott ?... Qu'est-ce qui me prend de l'appeler par son prénom tout d'un coup ? Et si je la faisais revenir à la barre ? Pour qu'elle modifie son témoignage au vu de faits nouveaux ? Est-ce que j'ai le droit de lui infliger une épreuve pareille compte tenu de ses sentiments pour John Beaumont ?

En outre, je n'ai pas pensé à lui demander en quoi ces nouvelles pièces à conviction changeaient ses engagements professionnels vis-à-vis de Cory. Elle aurait pu me dire si sa comédie démoniaque est l'œuvre d'un esprit dérangé.

C'est une possibilité à envisager. Aller trouver Malachi. Lui remettre les pièces à conviction. Demander à Michal Scott de revenir à la barre pour déclarer Cory mentalement irresponsable du fait qu'il a tenté de se faire passer pour un malade atteint du syndrome de personnalité multiple.

Non, impossible. Ce serait trahir mon client auquel je dois le secret. Si je parlais, je serais susceptible de recevoir un blâme. Et le plus drôle, c'est que ça mettrait Cory hors de cause : il pourrait toujours prétexter que son avocat ne l'a pas défendu avec suffisamment d'acharnement. Et en imaginant qu'il ne recouvre pas la liberté, ça lui donnerait au moins la possibilité d'obtenir un nouveau procès et un nouvel avocat.

Il doit y avoir un précédent quelque part dans une affaire similaire. Un précédent indiquant aux avocats la conduite à tenir en pareil cas.

Admettons qu'il y en ait un et que j'en tire parti, comment tenir les journalistes en dehors du coup ? Je les vois déjà plantés devant le tribunal ou devant mon cabinet. Je vois les caméras de télévision, les reporters exigeant des explications. J'aurai bonne mine aux infos de dix-huit heures puis à celles de vingt-trois heures et à celles du lendemain matin. David Kirk, l'un des plus brillants et des plus retors des avocats d'assises new-yorkais, roulé comme un bleu par un jeune acteur.

Nous voilà revenus à la vanité. Mais au diable la vanité ! Concentrons-nous sur le véritable problème. Les droits du client. Ce dernier doit pouvoir compter sur le silence de son avocat. Sur une défense énergique et sans faille. Mais... et les droits des avocats, alors ? Imaginons que je reçoive un blâme ! Que je sois radié !

Se rendant compte qu'il était arrivé devant l'immeuble de son cabinet, il appuya sur la sonnette pour attirer l'attention du gardien de nuit. Une fois à l'intérieur, il prit l'ascenseur jusqu'au vingt-neuvième étage.

En dehors de la vieille femme qui finissait le ménage au bout du couloir, les bureaux étaient déserts. Kirk ouvrit la porte de sa suite, traversa le vestibule, le secrétariat, la bibliothèque et pénétra dans son cabinet.

Il alla se planter devant les deux baies vitrées qui occupaient deux des quatre murs de l'immense pièce, puis il se laissa tomber dans son fauteuil, épuisé par sa longue journée au tribunal, mais aussi par l'une des découvertes les plus choquantes de toute sa carrière. Exténué par son tête-à-tête avec Michal... Encore son prénom... avec le Dr Scott.

Il ne lui restait plus qu'une chose à faire maintenant. Se plonger dans les bouquins. Il devait y avoir une réponse quelque part. Il se souvint d'abord vaguement des recherches que Gerry et lui avaient effectuées lorsque le procès Corregio avait fait des remous. Puis il se rappela être tombé sur *Nix contre Whiteside,* une affaire qui était remontée jusqu'à la Cour suprême. Affaire dans laquelle il était question des devoirs d'un avocat affligé d'un client malhonnête.

Il se glissa dans la bibliothèque, alluma la lumière, examina les rayonnages, prit le volume qui l'intéressait et s'assit à la longue table. Il lut le compte rendu en entier, revint en arrière et relut le point de vue du juge Blackmun. Emportant l'ouvrage avec lui, il regagna son bureau et s'aperçut qu'un café serait le bienvenu. Il se dirigea vers le secrétariat, se servit une tasse, mais le breuvage était froid.

La personne qui était sortie en dernier avait débranché la machine, comme d'habitude. Il la remit en marche, puis il se dit que cela prendrait trop de temps, et éteignit de nouveau. Après quoi, il regagna son cabinet afin de se plonger dans l'étude de *Nix contre Whiteside.*

Sans doute s'était-il endormi car il fut réveillé par des coups frappés à la porte et la voix de Greta.

— M. Kirk ?

Il sursauta. L'accueillit d'une réponse vague.

L'une des qualités de Greta — due à son ancienneté dans la maison — consistait à lui prodiguer conseils et ordres avec un dévouement tout maternel.

— Vous feriez mieux de vous raser, de prendre une douche et de vous changer.

— Oui, bien sûr. (Puis il se redressa tout d'un coup :) Greta, qu'est-ce que vous faites ici un samedi ?

— Gerry m'a appelée pour me demander de rester dans les parages. Au cas où.

— Au cas où quoi ?

— Il n'a pas précisé. Maintenant, filez prendre votre douche !

Il se dirigea vers la petite salle de bains où il disposait de vêtements de rechange en prévision de circonstances exceptionnelles. Lorsqu'il lui fallait, par exemple, travailler toute la nuit afin de préparer l'audience du lendemain et débarquer au tribunal frais et dispos.

Rasé, douché, vêtu d'un pantalon et d'une chemise dont il avait laissé le col ouvert, il sortit de son cabinet de toilette et tomba sur Gerry.

Ce dernier n'eut qu'une question :

— Alors ?

— Michal Scott l'a confirmé : Cory est bien un imposteur. Astucieux, totalement dénué de scrupules, très habile.

— D'où la présence sur ton bureau de *Nix contre Whiteside.*

— Ça ne m'a guère aidé.

— Je sais, fit Gerry. Inutile de me rafraîchir la mémoire. *Nix* évoque les devoirs de l'avocat qui s'aperçoit que son client l'a roulé.

— Mais... commença Kirk.

— Mais, le devança Gerry, malheureusement, ce n'est pas très clair.

— « Pas très clair » est un euphémisme, remarqua Kirk en tendant la main vers le volume truffé de signets jaunes. Écoute ça : « Les mesures que doit prendre l'avocat dépendent de plusieurs facteurs comme — tiens-toi bien — l'étape du procès où l'avocat découvre l'imposture. »

— En l'occurrence, ça n'aurait pas pu se produire plus tard, observa Gerry.

— Malheureusement, le juge Blackmun termine en disant : « Les circonstances sont tellement différentes d'une affaire à l'autre qu'il est impossible à la Cour suprême de fixer une règle générale. »

— Ce qui revient à refiler le bébé à l'avocat.

Lequel doit naviguer à vue. Merci, monsieur le juge, ironisa Gerry.

— Écoute un peu ça. (Kirk feuilleta plusieurs pages et lut :) « Les avocats qui, se substituant au juge ou au jury, se prononcent sur les faits, risquent de priver leurs clients du plaidoyer convaincu et énergique auquel ces derniers ont droit aux termes du Sixième Amendement. »

— Autrement dit, fit Gerry non sans amertume, d'après la Cour suprême, il est du devoir d'un avocat de faire part au juge de la malhonnêteté de son client... *sauf si.* En droit, il y a toujours des « *si* » partout.

— Ne t'avise pas de t'en plaindre. Si les « *si* » n'existaient pas, les gens n'auraient pas besoin d'avocats.

— McKinney ! s'exclama Gerry sous le coup de l'inspiration. Est-ce que tu as pensé...

— Je l'ai consulté. *Judiciary Law,* DR. 7-102, chapitre B. Il est sur mon bureau.

Le jeune homme s'empara du volume noir et lut à voix haute le passage souligné par Kirk : « Un avocat venant à se trouver en possession d'éléments prouvant de façon irréfutable que son client a sciemment dupé un individu ou un tribunal — c'est le cas dans l'affaire Cory — doit s'empresser de demander à ce dernier de rétablir la vérité. Si le client refuse d'obtempérer ou qu'il en est incapable, l'avocat doit révéler l'imposture à l'individu ou au tribunal qui en a été victime. » En plein dans le mille !

— Oui. Mais maintenant, lis la dernière ligne.

— « Sauf si ces éléments sont couverts par le secret professionnel », reprit lentement Gerry. (Pensif, il reconnut :) Or, tout ce que nous savons concernant l'imposture de Cory, nous l'avons appris dans le cadre de nos relations avocat-client.

Kirk hocha la tête d'un air sombre. Puis, sa décision prise, il décrocha son téléphone et composa un numéro.

— Chris ? David Kirk. Il faut que je vous voie. Tout de suite !

37

Une heure plus tard, Chris Cory frappait à la porte du cabinet apparemment désert de David Kirk.

— C'est lui, chuchota Kirk à Gerry. Va dans ton bureau. Je laisserai l'interphone, comme ça tu pourras écouter la conversation. (Puis il appela :) C'est ouvert !

Cory pénétra dans la réception.

— Je suis dans mon cabinet, Chris, lança Kirk d'une voix aussi aimable que possible.

Le jeune homme apparut dans l'encadrement de la porte. Sourire aux lèvres, Kirk l'invita d'un geste à le rejoindre. Cory traversa la pièce, l'air modeste, maître de lui.

Jusqu'au moment où il aperçut les livres et les articles que l'avocat avait étalés sur son bureau comme autant de pièces à conviction.

Kirk le scruta. Au lieu de voir sur son visage de la surprise, l'avocat vit Cory sourire et l'entendit remarquer d'un ton négligent :

— Oh, M. Prince a mis la main dessus !

Réprimant sa colère, Kirk répondit d'un ton tout aussi dégagé :

— En effet, Gerry a mis la main dessus. Non sans mal car ils étaient soigneusement cachés.

— Bien obligé, expliqua Cory. Mme Montanez. La femme de ménage. Faut qu'elle fourre son nez partout. Et, en plus, c'est une de ces pipelettes !... Je sais tout ce qui se passe dans l'immeuble. Les noms des dames qui ont passé un test de grossesse. Sans blague ! Le jour, l'heure et même le résultat ! Placards, poubelles, rien n'échappe à l'œil de lynx de Mme Montanez.

Au cours de ces explications un peu longues mais débitées avec aisance, Kirk continua d'étudier le visage enfantin de son client, lequel arborait un sourire désarmant d'assurance.

— Je vais vous dire, poursuivit Cory pour meubler le silence que Kirk laissait délibérément s'établir. C'est un sujet fascinant. J'ai passé des heures à creuser la question, c'est absolument passionnant.

— Chris, quand avez-vous commencé à « creuser la question » ?

— Après le diagnostic du Dr Scott. Très exactement, après avoir vu les vidéocassettes. Surtout celles où Max apparaissait. Ça m'a foutu les jetons. Alors j'ai essayé de me documenter. J'ai commencé par le livre de Putnam. Et les autres ont suivi tout naturellement. Les photocopies des articles, j'ai eu un petit peu plus de mal à me les procurer. Mais, heureusement, à la Société de médecine, sur la Cinquième Avenue, j'ai fait la connaissance d'une jeune bibliothécaire. Je l'ai draguée, on est sortis ensemble, et elle a été très sympa. Elle m'a donné un coup de main.

— C'est tout, Chris ? Vous vouliez en savoir davantage sur votre état ? interrogea Kirk.

— Vous pouvez pas comprendre, M. Kirk. Le patient, la personnalité originelle, l'hôte est le seul à ne rien savoir. Max était au courant, lui. Le Dr Scott aussi. Vous pareil. J'étais le seul à être hors du coup. Ça vous fout la trouille. C'est au point que même quand on n'est pas dingue, y a de quoi le devenir.

— Possible, fit Kirk, feignant d'abonder dans son sens pour le faire parler.

— Je suis dans la salle, j'écoute les experts parler de moi. Comme si j'étais un rat de laboratoire. Je peux pas vous décrire ce que je ressens. C'est comme si je sortais de mon corps et que je regardais de là-haut ce qui se passe en bas.

Kirk se dit que Cory devait avoir fini de déballer le baratin qu'il avait soigneusement préparé. Il le fixa jusqu'à ce que le sourire du jeune homme se fige lentement sur ses lèvres.

— M. Kirk ?

L'avocat prit l'ouvrage du Dr Beaumont, l'ouvrit à une page qu'il avait cornée et le tendit à son client.

— Chris, c'est votre écriture qui est dans la marge ?

— Oui, monsieur, admit Cory tout naturellement. Ce sont les réflexions que ma lecture m'a inspirées. Ça ne vous arrive jamais de prendre des notes quand vous lisez ?

— Bien sûr que si, admit Kirk. Mais pas des notes du style... (Il se mit à lire ce qui était écrit en marge :) « *Gagné ! À utiliser.* » Qu'est-ce que ça signifie, Chris ?

Le visage de Cory se détendit, et de nouveau il arbora son sourire désarmant :

— Oh, je vois. Vous avez cru que... Eh bien, vous avez tout faux, M. Kirk. Ces remarques, c'était en prévision de la suite.

— Quelle suite ?

— Le cinéma, la télé sont friands d'histoires vraies. Je me suis dit que mon aventure les intéresserait. Alors j'ai essayé de voir quelles seraient les scènes qui rendraient le mieux sur l'écran. C'est à ça que je faisais allusion en notant : « *À utiliser.* »

— En regard de la description des fugues psychogènes du Dr Beaumont, observa l'avocat.

— Eh bien oui, M. Kirk. Où est le problème ?

— Chris, savez-vous que d'aucuns pourraient vous soupçonner d'avoir préparé votre coup, simulé l'irresponsabilité pour obtenir l'acquittement ? Si tel était le cas, je me verrais dans l'obligation de cesser de vous représenter. Car il est bien évident que je ne peux me prêter à cette supercherie. Je risquerais d'être accusé de subornation de témoins. Il est hors de question que je me place dans cette situation.

— Oh, je comprends, fit très vite Cory. Surtout après les ennuis que vous avez eus dans l'affaire Corregio.

L'espace d'un instant, Kirk s'interrogea : *Sa remarque est-elle fortuite ou fait-elle partie d'un scénario soigneusement mis au point ?*

— Bien sûr, vous avez réussi à prouver que vous n'aviez rien à vous reprocher dans cette affaire. Mais ça vous a valu pas mal d'ennuis, non ? Et il a fallu vous expliquer devant les journalistes. Ça a dû être l'enfer. Écoutez, vous savez quoi ? Le mieux pour tout le monde, ce serait que je reprenne mes articles et mes bouquins pour les filer à celui qui produira le film.

Il tendait le bras pour récupérer ses documents, mais l'avocat lui ordonna d'un ton sec :

— Ne touchez pas à ça !

Cory leva les yeux vers lui et questionna :

— M. Kirk ?

— Asseyez-vous !

Le jeune homme se laissa tomber dans le fauteuil faisant face au bureau. Kirk se leva et s'approcha comme s'il avait devant lui un témoin récalcitrant et non un client.

— Chris, le Dr Scott pense...

— Vous lui avez parlé ?

— Oui, je lui ai parlé.

— Et alors ?

— Pour elle, il s'agit d'une tentative minutieusement préparée destinée à permettre à son auteur de simuler une maladie mentale, et cela dans le but de commettre un meurtre avec préméditation et d'obtenir l'acquittement.

Cory n'essaya même pas d'interrompre Kirk. Pendant un long moment, il demeura silencieux. Puis, très sûr de lui, il rétorqua :

— Vous savez que vous ne pouvez pas utiliser ces documents.

— Ah non ?

— Ce serait contraire à la déontologie, affirma Cory. Vous êtes mon avocat, vous devez respecter le secret professionnel.

Il a vraiment pensé à tout, songea Kirk.

— Étant donné les circonstances, M. Kirk, le mieux pour tout le monde, je le répète, ce serait d'oublier ces bouquins. Vous ne les avez jamais vus. Je les remporte.

— Ah oui, c'est aussi simple que ça ?

— Le procès se poursuit. De toute façon, il est quasiment bouclé. Le jury est de mon côté : je le sens. Et lorsque je viendrai à la barre...

— Quoi ? Vous comptez aller à la barre ?

— Mais oui. Ce sera l'argument décisif.

— Cory, je croyais m'être fait comprendre : l'existence de ces articles et ouvrages fait que dorénavant vous ne pourrez plus compter autant sur moi.

— Pas si vous faites celui qui ne les a jamais eus sous les yeux, contra le jeune homme. Parce que, si jamais on venait à découvrir que vous les avez eus entre les mains, il se trouvera bien quelqu'un au conseil de l'ordre pour poser la fameuse question : « Qu'est-ce que Kirk *savait* exactement ? Et *quand* l'a-t-il appris ? » Ce qui nous ramène à l'affaire Corregio.

— Vous me menacez ?

— Oh, non ! fit Cory vivement. Je me demandais simplement ce que les *autres* pourraient penser.

— Trop aimable, commenta Kirk tout en songeant : *Ce salopard est aussi dangereux qu'un serpent à sonnette. Toujours prêt à cracher son venin.*

— Cory, compte tenu de la situation, du fait que je suis votre avocat, je vous demande instamment de vous mettre à table. Allez trouver le juge Malachi. Remettez-lui ces articles et ces livres.

— Vous voulez que j'aille à confesse ?

— Je veux qu'après avoir reconnu les faits, vous vous en remettiez à l'indulgence de la cour afin d'avoir une peine moins lourde, dit Kirk avec insistance. (Et, voyant que Cory ne réagissait pas, il ajouta :) Je connais bien Malachi. Ce n'est pas un forcené. Il tiendra compte de vos aveux, il se montrera indulgent.

— C'est tout ce que vous avez à me donner comme *conseils,* monsieur l'avocat ? fit Cory avec un sourire. *Moi,* votre client, je vais vous en donner un. Tout ceci doit rester confidentiel. Moyennant quoi, le procès continue. J'irai à la barre. Et qui plus est, M. Kirk, je serai acquitté !

Sur ces mots, Cory sortit.

Le bruit de la porte d'entrée se refermant résonna dans le cabinet. À ce signal, Gerry rejoignit l'avocat.

— Bon sang, j'en ai déjà vu, des culottés ! Mais des types gonflés à ce point-là, ça dépasse tout, commenta-t-il. À côté de lui, les gars de la mafia sont des enfants de chœur.

— Oh, je sais, je devrais dire au diable l'éthique ! Dénonce ce fumier. Seulement, je ne peux pas.

— Et il le sait.

— Pourtant, il y a une chose que je peux faire, décida Kirk. Et tout de suite.

38

Kirk se rendit au domicile d'Aaron Malachi, à Brooklyn Heights. Ce fut sa femme Emma qui vint lui ouvrir. L'avocat ayant décliné son identité, elle l'accueillit avec un :

— Ah, Davey ! (Puis elle expliqua :) Excusez-moi si je vous appelle par votre prénom. Mais Aaron me parle si souvent de vous... Que puis-je faire pour vous aider ?

— Il faut que je parle au juge.

— Aaron n'est pas là.

— C'est très important, insista Kirk.

— Il est en ville. Dans son cabinet. Si j'ai bien compris, il travaille avec Ida sur une affaire qui vous concerne.

— C'est probable, fit Kirk. Je vais passer le voir.

— Oh, M. Kirk, une chose... (Après avoir hésité, elle poursuivit :) Aaron est un peu irritable en ce moment. Je ne sais pas ce qu'il a, mais il n'est pas à prendre avec des pincettes. Ne lui en veuillez donc pas s'il s'énerve.

Une demi-heure plus tard, David Kirk gravissait au pas de charge les marches de la Cour suprême du comté de New York. Il s'engouffra dans l'ascenseur menant à l'étage qu'occupaient les juges. Une fois devant l'épaisse porte en acajou ornée d'une plaque indiquant en lettres dorées mais ternies « Aaron Malachi », l'avocat frappa. Pas de réponse. Il tourna la poignée. La porte n'était pas verrouillée. Il la poussa, s'attendant à tomber sur Ida Bornstein qui veillait sur le juge comme une véritable mère poule. Aucune trace d'Ida. Soudain, il entendit Malachi qui était en train de dicter : « Conformément à la loi en vigueur dans cet État et à laquelle vous, jurés, devez vous conformer, c'est à vous qu'il incombe de décider si... »

David Kirk atteignit la porte donnant sur le cabinet de Malachi à ce moment précis. Comme à son habitude, le juge était face à la fenêtre pour dicter. Alors qu'elle tournait la page de son bloc de sténo, Ida Bornstein sursauta en apercevant Kirk.

— Seigneur ! Qu'est-ce que vous fabriquez là un samedi ? s'exclama-t-elle.

Malachi fit vivement pivoter son fauteuil :

— Bon Dieu, Kirk ! Qu'est-ce que vous fichez là ?

— Il faut que je vous parle. C'est urgent. Très urgent.

— Urgent ? reprit Malachi d'un air sceptique.

Dans le même temps, néanmoins, il fit signe à Ida de s'éclipser.

Une fois la secrétaire sortie, le juge reprit :

— Dites-moi, Kirk, comment s'appelle cet acteur de cinéma, déjà ? Vous voyez de qui je parle ? Un type assez maigre. Une grande vedette. Qui a des problèmes de vue car il plisse toujours les yeux. Sans doute parce qu'il a passé trop de temps au soleil.

— Ça ne serait pas Clint Eastwood, par hasard ?

— Ouais, c'est ça. Eh bien, vous lui ressemblez en ce moment. On peut savoir ce qui vous tracasse, cette fois ?

Après avoir hésité, David Kirk se jeta à l'eau :

— Votre Honneur, avec votre permission, je voudrais abandonner l'affaire *Ministère public contre Cory*.

Le juge Malachi le fusilla du regard.

— Vous voulez répéter, maître ?

— Je voudrais abandonner l'affaire.

— Puis-je savoir pourquoi ? questionna Malachi, les joues rouges de colère.

— Désolé, Votre Honneur, je n'ai pas le droit de vous faire part de mes raisons.

— Comment ça « vous êtes désolé » ? Vous n'avez « pas le droit de me faire part de vos raisons » ? Et pourquoi ça, je vous prie ?

— La déontologie m'empêche de débattre avec vous d'un problème qui nous concerne strictement, mon client et moi, rétorqua Kirk.

— La déontologie, reprit Malachi d'un air de dédain. Qui a dit un jour : « Lorsque les avocats commencent à brandir le terme *"déontologie"*, les honnêtes gens n'ont plus qu'à prendre leurs jambes à leur cou » ?

— C'est vous, je crois, Votre Honneur.

— Eh bien, on peut dire que vous illustrez à merveille mon propos !

Malachi avait parlé si fort qu'Ida ouvrit timidement la porte et jeta un coup d'œil à l'intérieur afin de voir ce qui se passait.

— Ça va, Ida. Ce n'est qu'un petit accrochage, fit Malachi, sarcastique. Notre ami, l'éminent avocat d'assises David Kirk, qui n'a pas eu sa photo dans les journaux aujourd'hui, aimerait abandonner l'affaire *Ministère public contre Cory.*

Atterrée, la secrétaire lâcha dans un soupir :

— Abandonner ? Maintenant ? Si près de la fin ?

— C'est cela même, reprit Malachi. Si près de la fin. Et qui plus est, Ida, il refuse de me donner les raisons qui motivent sa décision. Il se réfugie derrière la déontologie.

Kirk sentit la moutarde lui monter au nez.

— Disons que nous ne sommes pas d'accord, mon client et moi, sur la façon de conduire la défense.

— Vous n'êtes pas d'accord ? s'étonna Malachi. Compte tenu des circonstances, je trouve que vous vous êtes rudement bien débrouillé. Qu'est-ce qui ne plaît pas à votre client ?

— Il ne s'agit pas de cela, Votre Honneur ! protesta Kirk.

— Alors de quoi ?

— Je vous l'ai dit, en discuter avec vous reviendrait à transgresser le secret professionnel.

Malachi pianota furieusement sur les accoudoirs de son fauteuil roulant.

— Votre avis, Ida ?

Se tournant vers David Kirk, il ajouta :

— Je demande toujours à Ida son avis avant de prendre une décision sur la durée de la peine que je vais prononcer. Et également lorsque je me trouve en face d'un requin d'avocat qui me mijote un coup tordu.

— Votre Honneur, je vous assure qu'il ne s'agit pas d'un coup tordu.

— Ida ?

Ida Bornstein, qui ne péchait pourtant pas par excès de timidité quand on lui demandait son avis, garda le silence.

— Eh bien, Ida, comme vous n'avez pas l'air au courant, je vais éclairer votre lanterne.

Malachi sortit de derrière son bureau, traversa lentement la pièce, suivant les sillons que son fauteuil avait imprimés dans la moquette au fil des ans.

— Vous vous souvenez, Ida, du jour où il est venu ici en me demandant — que dis-je, en me *suppliant* — de l'autoriser à utiliser l'irresponsabilité comme système de défense alors que le délai légal pour déposer sa requête était écoulé ? Sacrée défense qu'il avait trouvée là ! Syndrome de personnalité multiple, rien que ça ! Vous vous rappelez ? J'ai cédé. Je lui ai dit : « Allez-y. » Eh bien, notre éminent David Kirk semble avoir décidé que l'effet des bandes vidéo qu'il a fait visionner au jury s'émoussait. Il craint que ce dernier ne commence à croire l'expert de Howie, le Dr Sloate. Alors il se dit qu'il lui faut échafauder une nouvelle stratégie pour tirer son client d'affaire.

Et, continuant à s'adresser à sa secrétaire sidérée, Malachi s'enquit :

— Vous voulez connaître sa dernière trouvaille, Ida ?

— Euh, non, Votre Honneur, pas... pas vraiment, bafouilla la secrétaire, gênée, car elle avait rarement vu le vieux juge dans un état de fureur pareille.

— Félicitations, Kirk. Votre stratégie est brillante. Je résume : vous venez me demander la permission d'abandonner l'affaire. Et moi, vieil imbécile, je vous l'accorde. Là-dessus, le nouvel avocat de Cory s'empresse de réclamer l'annulation du procès pour vice de forme. Compte tenu des circonstances, je me vois évidemment contraint de lui donner satisfaction. Après quoi, lorsque Howie Stone décide de rejuger M. Cory, son nouvel avocat — toujours lui — fait valoir qu'on ne peut juger quelqu'un deux fois pour le même délit. Et la cour d'appel le soutient. Résultat : au terme d'un procès qui n'a été qu'une vaste comédie — aucune importance : c'est l'État qui paie ! —, l'inculpé se retrouve libre sans que le jury ait eu son mot à dire. Très astucieuse, votre manœuvre, Kirk. Vous avez certainement déjà préparé la déclaration que vous allez faire à ces messieurs de la télévision ?

David Kirk mourait d'envie d'exploser d'indignation vertueuse. *Bon Dieu, Aaron, c'est pourtant bien vous qui vous plaigniez de ce que les gens avaient perdu confiance dans le système juridique ! Vous qui déploriez que les coupables soient de plus en plus nombreux à passer au travers des mailles du filet, tout ça à cause des avocats, qui utilisent si bien les ficelles du métier ! Et maintenant que je veux retirer mes billes, laisser tomber une affaire qui a été faussée dès le départ, vous refusez. Cette histoire a beau être tordue, Aaron, le coup est jouable. Et je suis sûr que je peux gagner. Seulement voilà, Cory est coupable. C'est un type rusé, retors, dénué de scrupules, mais surtout il est coupable. C'est pourquoi je refuse de tremper plus longtemps dans cette comédie. Et vous êtes là, à m'abreuver de sarcasmes, comme si c'était moi le criminel.*

Ne pouvant sortir ce qu'il avait sur le cœur sans trahir le secret professionnel, David Kirk dut se borner à protester :

— Votre Honneur, je vous donne ma parole qu'il ne s'agit pas d'une manœuvre.

— De quoi alors ?

— D'une divergence d'opinion entre un avocat et son client concernant la défense, insista Kirk.

Malachi hocha pensivement la tête puis répondit :

— Davey, mon garçon, je vais vous faire une fleur.

Un soulagement indicible s'empara de Kirk.

— Je vais m'empresser d'oublier votre requête. Vous allez faire le maximum pour l'inculpé, le défendre bec et ongles. Dans votre intérêt. Si je décèle quoi que ce soit de suspect dans votre attitude, si je n'ai pas en face de moi un David Kirk au sommet de sa forme, je vous promets qu'il vous en cuira.

Le magistrat se tourna vers Ida.

— Ma chère Ida, vous n'avez rien entendu. Cette petite conversation n'a jamais eu lieu. (Se tournant ensuite vers Kirk, il lui ordonna :) Maître, rendez-vous au tribunal lundi matin, dix heures.

39

En regagnant son cabinet, Kirk découvrit Gerry dans la bibliothèque.

— Eh bien, Dave ?

— Quel savon ! Il ne m'a pas condamné à mort mais j'en ai entendu de toutes les couleurs. Franchement, comment lui en vouloir ?

— Défendre Cory, avec les éléments que nous possédons maintenant, c'est traverser un champ de mines.

Kirk acquiesça. Mais il était arrivé à une conclusion.

— Gerry, tu vas me faire le plaisir de rentrer chez toi.

— Dave ?

— Rentre chez toi. Officiellement, à partir de maintenant, tu n'es plus sur le coup.

— Comment ça ? protesta Gerry.

— Tu viens de le dire : assurer la défense de Cory, c'est traverser un champ de mines. Alors pas question que tu joues les héros. Je te demande de te retirer de l'affaire. Avant que ça ne devienne encore plus dangereux.

— Dave, un instant...

— Tu n'es plus sur cette affaire !

Gerry allait protester avec davantage de vigueur mais Kirk le devança :

— Gerry, tu ne veux pas compromettre ta carrière ? Alors fais-moi plaisir : rentre chez toi. À moins que tu ne préfères te faire virer.

À regret, Gerry Prince sortit. Il s'arrêta, jeta un coup d'œil en arrière, espérant que Kirk allait se raviser. Mais celui-ci fit non de la tête.

Lorsqu'il entendit se refermer la porte d'entrée, l'avocat pénétra dans son cabinet. Il se laissa tomber dans son fauteuil, épuisé, puis examina les livres et les articles étalés devant lui.

S'emparant de l'ouvrage écrit par le Dr Beaumont, il commença à le feuilleter tout en passant en revue les notes prises par Cory. Ainsi que les phrases et les paragraphes que ce dernier avait surlignés à l'aide d'un marqueur jaune. À mesure qu'il progressait dans sa lecture, Kirk fit le rapprochement entre le contenu des notes et l'attitude de son client avant et pendant le procès.

Bientôt, la machination se déroula devant ses yeux comme un film savamment construit. Cory, pauvre jeune homme naïf et innocent. Les migraines simulées avec une force de conviction étonnante. Les yeux bleus exprimant une sincérité totale alors même que Cory refusait de laisser Kirk utiliser l'irresponsabilité mentale comme moyen de défense.

Son numéro avait été mis au point et rodé avec le plus grand soin. Il avait été interprété avec une connaissance approfondie de la psychiatrie. Il n'était donc pas étonnant que Cory ait réussi à mener en bateau un avocat de la trempe de Kirk, et à faire prendre à Michal Scott des vessies pour des lanternes alors que cette dernière, tout le monde le reconnaissait, était l'un des experts les plus qualifiés en matière de S.P.M.

Kirk s'aperçut très vite qu'il allait s'attaquer à une entreprise vouée à l'échec : jamais il ne pourrait se justifier, démontrer qu'il s'était fait avoir. Inutile d'essayer. Professionnellement, sa situation était inextricable.

Se demandant quelles mesures prendre compte tenu du refus de Malachi de lui donner satisfaction et de la duplicité de son client, l'avocat continua de feuilleter l'ouvrage du Dr Beaumont. Pages pleines de notes, passages soulignés, passages surlignés. Pages vierges.

Lentement, une question, un doute s'insinuèrent en lui. *Quels critères ont-ils guidé le choix de Cory ? En fonction de quoi a-t-il conservé certains des éléments contenus dans le manuel et rejeté certains autres ? N'a-t-il retenu que les symptômes et les signes qui, pris ensemble, ne brossaient pas le tableau suffisamment convaincant d'un malade atteint de S.P.M. mais correspondaient néanmoins à un personnage qu'il pourrait interpréter de façon convaincante ?*

Après tout, briefé par le Dr Klinger, Howard Stone avait souligné que Cory ne présentait pas beaucoup de symptômes.

Pourquoi ?

David Kirk se mit à éplucher l'ouvrage depuis le début. Et, cette fois, il se concentra sur les pages vierges de notes et de commentaires.

Quelques heures plus tard, Kirk en avait fini avec le manuel de John Beaumont. Il se leva de son bureau et s'approcha de la fenêtre du vingt-neuvième étage pour contempler les rues de Manhattan qui s'entrecroisaient, formant un véritable labyrinthe. À cette heure de la nuit, la plupart des immeubles de bureaux étaient plongés dans l'obscurité. En bas, voitures et taxis roulaient au rythme des feux de signalisation.

Après avoir longuement réfléchi, l'avocat retourna vers son bureau et composa un numéro sur le cadran de son téléphone.

— Cory, je crois que nous devrions nous voir. Nous avons des problèmes. Je vous attends. Venez tout de suite.

David Kirk arpenta son bureau avant de reconnaître :

— Cory, au stade où nous en sommes, il va nous falloir être francs. Les secrets, c'est terminé. Je vous avouerai que je ne suis pas chaud à l'idée de continuer à vous représenter. En fait, je suis allé trouver le juge Malachi pour lui demander de me retirer l'affaire.

Cory se raidit sur sa chaise.

— Malachi n'a pas voulu en entendre parler. En conséquence, tant que je serai obligé d'assurer votre défense, il me faudra vous conseiller de mon mieux. Et la première chose que j'ai envie de vous dire est la suivante : tenir le premier rôle dans un feuilleton juridique, c'est une chose. Excellent pour votre ego, sûrement. Mais prendre des risques inutiles au cours d'un procès, c'en est une autre. Particulièrement lorsqu'il s'agit d'un procès pour meurtre. Aussi le meilleur conseil que je puisse vous donner, c'est de *ne pas* aller à la barre.

— Mais j'ai décidé...

— Laissez-moi parler ! Aux termes de la loi, rien n'oblige un inculpé à aller à la barre. Et le procureur n'a pas à faire de remarques là-dessus.

— C'est *vous* qui allez *me* laisser parler se rebiffa Cory. Je *veux* témoigner. Je veux croiser le fer avec le *jury* !

— Il s'agit là d'une attitude purement émotionnelle. D'une façon de vous faire plaisir. Or, sous l'angle strictement juridique, la seule question qui se pose est de savoir si ça peut vous aider. Ou vous nuire.

— Et en quoi cela pourrait-il me nuire ?

— Face à un procureur de la trempe de Howard Stone, témoigner peut être un exercice périlleux. Lors des contre-interrogatoires, il va vous bombarder de questions percutantes. Vous pouvez être sûr qu'il va vous déchirer à belles dents, vous réduire en bouillie. Vous tendre des pièges. Se faire un plaisir de relever les contradictions faites dans vos déclarations consignées lors de votre arrestation et de votre interrogatoire. Il va vous ridiculiser, vous couvrir de sarcasmes. Et avec Max, alors là, il va s'en payer une tranche. Max et son « zizi ». Il va démolir votre histoire en deux coups de cuillère à pot. Et notre système de défense avec. N'oubliez tout de même pas que vous risquez de prendre pour vingt-cinq ans de taule, si ce n'est perpète.

Cory hochait la tête comme s'il prenait note de l'avertissement de Kirk mais, manifestement, il n'était pas convaincu.

— Ça vous démange d'aller à la barre ; ce sera dramatique à souhait.

— Exactement ce qu'ont dit les gens de cinéma, remarqua Cory.

— Oh ? fit Kirk. Que vous ont-ils dit ?

— Que mon témoignage ferait une scène géniale. Que ça serait sûrement la scène clé du film. Je la vois d'ici. Le héros est à la barre. Soumis à un contre-interrogatoire sans merci, harcelé par un procureur impitoyable. De quoi rendre le personnage sympathique. Et moi avec.

— Les gens de cinéma vous ont dit ça, commenta Kirk, tout en pensant : *Maintenant, au moins, je sais pourquoi il a tellement envie d'aller à la barre. Très bien.*

— Vous savez ce qu'ils m'ont dit exactement ? « Grâce à cette scène, vous décrocherez un Oscar. Vous serez le porte-parole de toutes les victimes injustement accusées, de tous les incompris. Comme Dustin Hoffman dans *Rain Man.* »

— Et pour ça vous êtes prêt à courir le risque de perdre votre liberté ?

— Il n'y aura pas de risque, M. Kirk.

— Cory, oubliez ces histoires de contrats et de

films. Une fois que Stone aura entamé son contre-interrogatoire, je ne pourrai plus vous protéger. Alors réfléchissez.

— C'est tout réfléchi. Je *veux* en découdre avec Stone. Et je *veux* me mesurer avec le jury.

— Parfait, si c'est ce que vous voulez, je ne peux pas m'y opposer. Un avocat ne peut que se borner à donner des conseils. La décision, c'est le client qui la prend. Vous irez à la barre. Mais au cas où ça tournerait mal, je ne veux pas que les médias m'accusent d'avoir saboté l'affaire. Aussi vais-je vous demander quelque chose.

— Quoi donc ?

Kirk tendit à Cory un bloc et un stylo.

— Je veux que vous rédigiez une déclaration stipulant que, malgré l'avis contraire de votre avocat, vous avez absolument voulu témoigner.

— Comment voulez-vous que je rédige ça ? Comment est-ce que je commence ?

— Mettez par exemple : « À qui de droit : Je soussigné Christopher Cory reconnaît que mon avocat David Kirk a tout fait pour me dissuader de témoigner à la barre. En dépit de ses injonctions, j'ai insisté pour le faire. » Puis ajoutez : « M. Kirk pourra rendre cette déclaration publique au moment où il le jugera opportun. »

Cory finit de rédiger le petit texte et consulta l'avocat du regard.

— Et maintenant, signez.

Cory s'exécuta et rendit son bloc à Kirk.

— Lundi matin, je vais finir mon contre-interrogatoire du Dr Sloate. Ce sera un prélude spectaculaire à votre témoignage à la barre. Tenez-vous prêt.

— Comptez sur moi.

Alors que Cory s'en allait, Kirk ajouta :

— Au fait, pendant que vous serez à la barre, il

se peut que je demande au Dr Scott de me relayer afin que le jury puisse voir Max en action.

— Mais je comptais faire apparaître Max *sans le secours de l'hypnose.* Je pensais que ça aurait plus d'impact sur le jury.

— Je ne suis pas de votre avis : ce sera plus convaincant si le Dr Scott s'en charge.

— Très bien, consentit Cory en s'éloignant. (Arrivé devant la porte, il s'arrêta, le temps de demander :) Ça vous ennuierait que le producteur assiste au procès ?

— Bien sûr que non.

Cory parti, David Kirk prit son téléphone, composa un numéro. Il tomba sur le répondeur du Dr Scott.

— Docteur, ça m'ennuie de vous demander cela mais pouvez-vous annuler vos rendez-vous de lundi ? Retrouvons-nous au tribunal le plus tôt possible. À dix heures si vous pouvez.

Il raccrocha puis composa un autre numéro.

— Gerry... Ah, c'est Lucinda. Votre mari est rentré ? Bien, quand il arrivera, dites-lui que, s'il n'a pas pris d'autres dispositions, je serai heureux de le voir au tribunal lundi à dix heures.

40

La porte située derrière l'estrade s'ouvrit. Dans la salle bondée, le silence s'établit immédiatement. Le juge Aaron Malachi pénétra dans le tribunal et, la mort dans l'âme, se laissa déposer sur l'estrade dans son fauteuil roulant. D'un coup d'œil, il s'assura que chacun était à sa place. Howard Stone, le Dr Helmut Klinger et les deux assistants du procureur étaient assis à la table de l'accusation. À l'autre table, se trouvait David Kirk, flanqué d'un côté de Gerry Prince et de l'autre de son client, Christopher Cory. La sténotypiste était à son poste à côté de la barre des témoins.

— Mesdames et messieurs, l'audience reprend. Je crois me souvenir que le Dr Sloane témoignait.

Très respectueusement, la sténotypiste corrigea :

— Dr Sloate, Votre Honneur.

Agacé sans doute à cause de son affrontement du samedi avec David Kirk, Malachi acquiesça d'un ton brusque :

— Très bien, très bien ! Le Dr *Sloate* veut-il revenir à la barre ?

Le témoin prit place, prêt à répondre à toutes les questions de David Kirk.

De leur côté, Howard Stone et le Dr Klinger s'apprêtaient à prendre des notes afin que le procureur puisse réinterroger le témoin s'il le jugeait bon. Ce qui ne serait peut-être pas nécessaire, étant donné la façon magistrale dont Sloate s'en était tiré le vendredi précédent.

David Kirk s'approcha du témoin, sa nouvelle stratégie consistant à préparer le terrain en vue de l'entrée en scène de Cory. Il jeta un coup d'œil de biais vers la porte de la salle d'audience, puis un second à sa montre avant de se lancer dans son contre-interrogatoire.

— Dr Sloate, pour autant que je m'en souvienne, vous n'avez pas été suffisamment clair sur certains points vendredi, et je crains que vous n'ayez semé la confusion dans l'esprit des jurés. Pensez-vous que je résume correctement vos propos en disant que vous croyez à l'*existence* du syndrome de personnalité multiple, mais que vous estimez que le diagnostic est souvent établi à mauvais escient ?

— C'est à peu près ça, M. Kirk, convint Sloate. C'est presque ça.

— Après avoir étudié les Rorschach et visionné les bandes vidéo du Dr Scott, avez-vous encore des doutes quant au diagnostic de S.P.M. ?

— Oui, répondit le témoin.

— Dr Sloate, au moment où vous avez examiné l'inculpé, saviez-vous qu'il avait proposé qu'on le soumette au détecteur de mensonges et que l'épreuve avait été concluante ?

— M. Kirk, vous pourriez me faire passer au détecteur de mensonges maintenant alors que je suis assis sur cette chaise. Il me suffirait de mobiliser suffisamment les muscles de mes cuisses pour que les résultats soient faussés. Autant dire qu'en ce qui me concerne, les détecteurs de mensonges servent surtout à mettre en évidence l'ignorance des profanes. Et non la sincérité du sujet.

Persuadé d'avoir démoli le contre-interrogatoire de Kirk, le Dr Sloate espérait qu'on allait l'inviter à se retirer. Il se tourna donc vers le juge pour lui demander la permission de partir.

— Maître ? fit le juge Malachi, invitant Kirk à le rejoindre pour un aparté.

L'avocat atteignit l'estrade quelques secondes avant Howard Stone, qui était capable de se déplacer rapidement lorsque cela servait ses intérêts. La sténotypiste s'approcha afin d'enregistrer la conférence à trois. D'un geste, Malachi la chassa.

— Kirk, à quoi diable jouez-vous ? Vous essayez de gagner du temps ?

— Votre Honneur, je suis tout simplement en train de jeter les bases de ma réfutation.

— Vous plaisantez ? fit Malachi, agacé. Ce ne sont pas des fondations que vous creusez. Mais une tombe. Celle de votre client.

— Votre Honneur, je vous demande d'être

indulgent : j'ai mûrement réfléchi avant de présenter les choses de cette façon, insista Kirk.

Malachi grogna :

— Parfait. Mais si je sens que vous compromettez les chances de votre client, que votre défense manque de punch, j'interviens. Je vous aurai prévenu.

Kirk s'éloigna mais Stone s'attarda :

— Davey n'est pas dans son assiette. Et vous venez de lui donner un avertissement, Aaron. Que se passe-t-il ?

Malachi se demanda s'il allait donner connaissance au procureur de la requête que Kirk lui avait adressée le samedi matin dans son cabinet. Puis il décida que non :

— Je vous raconterai ça un jour, Howie. Devant un verre à l'Harmony Club.

Après avoir jeté un nouveau coup d'œil vers la porte de la salle d'audience, Kirk reprit son contre-interrogatoire :

— Dr Sloate, vous savez sans doute que l'inculpé a passé avec succès un test mesurant les réactions de la peau ?

— Évidemment ! répliqua Sloate, commençant à s'énerver.

— Et qu'en avez-vous conclu ?

— M. Kirk, commença Sloate de l'air condescendant d'un adulte s'adressant à un enfant, vous n'avez pas préparé votre dossier aussi solidement que vous auriez dû le faire. Vous devez savoir que, pour les besoins de ce test, on place des électrodes sur la peau du sujet. Ses réactions aux questions posées se traduisent par un changement de température et d'hydratation de la peau. Le seul problème, maître, c'est que l'évocation d'images mentales dérangeantes ou stimulantes, ou le fait de recroqueviller ses doigts de pied suffisent à entraîner des modifications épidermiques chez un individu. Conclusion : les résultats sont tout sauf fiables. Voilà pourquoi je ne suis pas convaincu par un test que le patient peut fausser simplement en remuant les orteils.

Sans laisser le temps aux rires de s'éteindre, Sloate poursuivit :

— Il existe une imposante batterie de tests visant à déterminer si un sujet est réellement hypnotisé. Mais aucun qui ne puisse être « tourné » par le sujet s'il a une motivation forte. Dans cette affaire, vous comprendrez qu'il nous faille être particulièrement prudents en ce qui concerne la validité des tests auxquels M. Cory a été soumis parce qu'il y a un mobile secondaire à la clé : sa liberté. Ce qui est évidemment une raison puissante de simuler.

Kirk attendit que Sloate ait fini de répondre avant de demander :

— Vous avez terminé, docteur ? Ou est-ce que vous voulez aussi remplacer le jury ?

— Votre Honneur... protesta Stone.

Malachi l'interrompit et fit signe à Kirk de s'approcher pour la seconde fois.

— Maître, quand vous posez des questions suscitant des réponses de ce genre, ayez au moins le bon goût de ne pas agresser le témoin. Je crois que vous faites perdre son temps à ce tribunal, mais si vous insistez pour continuer, que ce soit en respectant les usages.

— Oui, Votre Honneur, acquiesça Kirk.

Après avoir jeté un nouveau coup d'œil à la porte de la salle d'audience, Kirk s'enquit :

— Docteur, est-ce qu'il y a *un* test qui vous convaincrait vraiment ?

Sloate sourit. Ces passes d'armes avec un avocat renommé l'amusaient.

— Il y a bien longtemps, les Chinois avaient mis au point un test destiné à confondre les menteurs.

Ils demandaient à celui qu'ils soupçonnaient de ne pas dire la vérité de parler avec du riz plein la bouche. Pourquoi ? Parce qu'ils pensaient que le stress résultant du mensonge empêcherait l'homme interrogé de saliver : la bouche sèche et pleine de riz, il ne parviendrait pas à articuler un mot. Eh bien, si vous voulez le fond de ma pensée, je considère que la plupart des méthodes modernes de détection des mensonges sont à peine plus efficaces et plus sérieuses scientifiquement parlant que celle-ci.

Malachi retint un grognement en entendant cette réponse. Il suffisait de voir son visage ridé pour se rendre compte qu'il plaignait sincèrement David Kirk. Il ne formula pas ses sentiments à voix haute, mais son mouvement de la tête parla pour lui : *Alors Davey, vous avez votre compte ?*

De l'index, il fit signe à Kirk de s'approcher de son estrade.

— Maître, j'ignore où vous voulez en venir. Mais dans l'intérêt de votre client, je vous *ordonne* de renvoyer ce témoin...

Malachi n'avait pas terminé sa phrase qu'il se fit un brouhaha à la porte. Kirk et le juge tournèrent la tête dans cette direction. Ils aperçurent le Dr Scott qui expliquait avec insistance au garde en faction qu'elle avait parfaitement le droit de pénétrer dans la salle bourrée à craquer.

— Est-ce que ce n'est pas votre expert ? questionna le magistrat.

— En effet, Votre Honneur. C'est le Dr Scott.

— Une femme délicieuse, observa Malachi qui, élevant la voix, dit : Salvatore, laissez entrer cette dame.

Michal Scott descendit l'allée centrale. Kirk se porta à sa rencontre. Il la conduisit dans un coin de la pièce où ils se mirent à chuchoter fébrilement. Pendant ce temps-là, à la table du procureur, Howard Stone et le Dr Helmut Klinger entamèrent un conciliabule, se demandant visiblement pourquoi la psychiatre faisait sa réapparition.

Le juge Aaron Malachi pianotait avec impatience sur les accoudoirs de son fauteuil roulant. Tout en songeant : *Est-ce que la requête que Kirk m'a adressée samedi était un vulgaire truc destiné à mettre au point cette nouvelle tactique ? Comment savoir à quoi s'en tenir avec un type comme Davey Kirk ?*

Après avoir accompagné Michal Scott jusqu'à la table de la défense, l'avocat s'approcha de l'estrade du juge :

— Votre Honneur, pouvez-vous revenir sur l'ordre que vous m'avez donné concernant le témoin ? J'ai encore une question à lui poser.

— *Une ?* fit Malachi, sceptique.

— Une seule.

— Et c'est tout ? insista Malachi.

— C'est tout.

Poussé par la curiosité, Malachi céda :

— Très bien. Une question, pas plus.

Kirk alla se placer entre la barre des témoins et le jury.

— Dr Sloate, imaginez que l'inculpé vienne à la barre et que la personnalité secondaire se manifeste précisément à ce moment-là. Est-ce que vous seriez convaincu ? Ou du moins ébranlé ?

Tout le monde — témoins, jurés, spectateurs, journalistes, Howard Stone, ses deux associés, le Dr Helmut Klinger mais surtout le juge Aaron Malachi — fut abasourdi par la question de Kirk, laquelle laissait présager une démonstration qui constituait du jamais vu.

Visionner sur bande vidéo une personnalité secondaire en pleine action, c'était une expérience sans danger. Mais assister en direct à la métamorphose avec ses conséquences et ce qu'elles avaient d'imprévisible, c'était autre chose. Il y avait là de quoi exciter la curiosité du public tout en lui faisant craindre le pire.

Le Dr Sloate pesa sa réponse avant de se prononcer :

— En tout cas, cela m'aiderait considérablement à me persuader du bien-fondé du diagnostic.

Malachi fit signe à Kirk de s'approcher. Stone et lui arrivèrent au pied de l'estrade en même temps.

— Vous avez vraiment l'intention de vous livrer à cette... cette exhibition ? questionna Malachi.

— Si c'est la seule façon de convaincre le Dr Sloate, oui, lui assura Kirk.

— Howie ?

— Le Dr Klinger et moi-même aimerions beaucoup y assister, répondit Stone.

— Suspension d'audience jusqu'à deux heures et quart, décida Malachi.

41

Le bruit s'était répandu dans tout le palais de justice : David Kirk allait recourir à l'un des brillants stratagèmes dont il avait le secret.

Pendant la pause déjeuner, les journalistes des chaînes de télévision avaient pris d'assaut les lignes téléphoniques du cabinet du juge Aaron Malachi, désireux d'obtenir la permission de filmer l'événement. Ida Bornstein, qui veillait au grain et en avait pourtant vu de toutes les couleurs en dix-huit ans de maison, se trouva bientôt débordée. En désespoir de cause, elle passa le relais au juge qui se fit un plaisir de répondre lui-même aux requêtes des représentants de la presse, pimentant ses refus de jurons bien sentis.

Lorsque la séance reprit à deux heures et quart, tous les sièges étaient occupés. Une double rangée de spectateurs debout étaient massés contre le mur du fond. Seule concession de Malachi à cette situation sans précédent : il les autorisa à rester.

Le juge rouvrit les débats en lançant sèchement :

— Maître !

David Kirk échangea quelques mots avec le Dr Michal Scott avant de se lever pour annoncer :

— J'appelle l'inculpé à la barre.

Cory s'avança, leva la main et prêta serment. Puis il prit place sur le fauteuil réservé au témoin.

Kirk commença par lui poser les questions habituelles sur son enfance et son adolescence, sa famille, ses études, ses activités avant son arrivée à New York. Il lui fit ensuite évoquer ses relations avec Alice Ames.

Cory avoua avoir été très amoureux de la jeune actrice. Il précisa qu'il avait peut-être pris cet amour trop au sérieux et s'était mêlé inconsidérément de la carrière de son amie. Par la suite, il avait compris son erreur. Aussi ne lui avait-il pas gardé rancune de l'avoir plaqué.

En apprenant sa mort, il avait été tellement bouleversé qu'il s'était rendu à l'église la plus proche pour y faire brûler un cierge à sa mémoire. « Non parce que j'étais catholique, mais parce qu'elle l'était. »

Eh ben ça, alors, songea Kirk, *voilà qui est nouveau. Il a vraiment mis le paquet.*

— Chris, où vous trouviez-vous lorsque vous avez appris la mort d'Alice ?

— Chez moi, dans mon loft. J'ai reçu la visite de deux policiers qui m'ont posé des questions. À son sujet. Ils voulaient savoir où j'étais à l'heure du crime, etc. J'ai répondu de mon mieux car je souffrais d'une atroce migraine. J'ai supplié les policiers de me laisser prendre de l'aspirine, mais ils ont continué à me cuisiner. Lorsque je leur ai dit que je n'avais aucun souvenir de ce qui s'était passé ce jour-là, ils m'ont embarqué au commissariat.

— Chris, est-ce que vous vous rappelez l'endroit où vous étiez et ce que vous faisiez au moment ou Alice Ames a été assassinée ?

— Je voudrais bien. Mais non, fit Cory d'un ton convaincu.

David Kirk ne put s'empêcher de songer : *Ce salopard s'en tire comme un chef. Mais ça m'étonnerait qu'il y ait encore des gens pour m'accuser de subornation de témoin lorsque j'en aurai fini avec lui.*

— Chris, au commissariat, est-ce qu'on vous a proposé un avocat ?

— Oui, mais comme j'étais innocent, j'avais pas besoin d'avocat. J'ai refusé. C'était un médecin que je voulais. Pour mes migraines. J'avais l'impression que ma tête allait éclater comme une pastèque.

— Chris, est-ce que vous connaissez la cause de ces migraines ?

— Grâce au Dr Scott, oui.

— Chris, voulez-vous les indiquer au jury ?

— Volontiers. J'ai rien à cacher.

Kirk se tourna vers le juge :

— Votre Honneur, je voudrais que soit porté dans le compte rendu d'audience le fait que le Dr Scott va prendre le relais et plonger le témoin dans un état hypnotique afin qu'il puisse poursuivre.

— Ce sera fait, acquiesça Malachi.

Tandis que David Kirk battait en retraite, le Dr Michal Scott s'avança. Ils échangèrent un regard entendu qui passa inaperçu de l'assistance.

— Chris, attaqua Michal Scott, afin que le jury sache comment votre problème s'est manifesté, je vais devoir vous hypnotiser.

— Bien, docteur, je comprends, énonça Cory d'un ton solennel.

Le jury suivit sans en perdre une miette Michal Scott faisant franchir à Cory les prairies vertes et calmes puis comptant une à une les marches menant jusqu'au lac. Ils n'avaient pas fini de compter que les jurés comprirent que Christopher Cory était sous hypnose.

Pour achever de les convaincre, le Dr Scott lui donna des ordres auxquels il répondit d'une voix douce et ensommeillée.

Sa démonstration terminée, le médecin se tourna vers le magistrat :

— Votre Honneur, je vous demande de prévenir le jury et les spectateurs : il ne faut en aucun cas qu'ils bronchent quels que soient les événements qui vont se produire. Cela pourrait être dangereux.

— Je suis certain que le jury, les journalistes et les spectateurs comprendront cela. Poursuivez, docteur, lui ordonna Malachi, les yeux rivés sur Cory.

— Chris, vous m'entendez ?

— Oui, répondit-il d'une voix atone, impersonnelle.

— Chris, avez-vous tué Alice Ames ?

— Non. C'est *lui*.

— Qui ça, lui ?

— Max, expliqua Cory.

— Chris, dites au jury qui est Max.

— L'autre. Le méchant. Qui se manifeste subitement et fait des choses abominables.

— Vous pourriez lui demander d'apparaître maintenant ?

— C'est impossible. Je n'ai aucun pouvoir sur lui.

— Je vais vous demander de dormir encore plus profondément de façon que Max puisse se montrer s'il le souhaite, énonça Michal Scott. Dormez, dormez, Chris.

Le Dr Klinger ayant tiré Howard Stone brusquement par la manche, le procureur lança d'une voix rauque :

— Greffier, notez que le Dr Scott s'emploie activement à suggérer à la personnalité secondaire de se manifester.

Malachi était tellement absorbé par les faits et gestes de Michal Scott qu'il demanda du geste à la sténotypiste de consigner l'objection de Stone.

— Maintenant que Chris dort profondément, par son intermédiaire, j'aimerais parler à la personne qui a tué Alice Ames, dit le Dr Scott.

Lentement, des contractions de type clonique s'emparèrent de Cory. Ses jambes se mirent à trembler. Puis ses bras. Sa mâchoire inférieure se fit agressive. Sa tête rentrée dans les épaules le faisait paraître plus massif, plus musclé. Son front lisse était maintenant barré de rides profondes.

Lorsque, sous l'aspect de Max, Cory se tourna vers le jury et les spectateurs, des cris sourds jaillirent de toutes parts.

Soudain, une femme assise au premier rang lança un *« Non ! »* étouffé avant de fondre en larmes. Se retournant, David Kirk vit Mme Ames s'affaisser telle une poupée de chiffon.

— Messieurs ! jeta Malachi.

Les deux huissiers se précipitèrent pour aider la femme à se relever et à quitter la salle d'audience.

Le calme étant rétabli, tous les yeux se fixèrent de nouveau sur Max. Le Dr Scott poursuivit :

— Qui êtes-vous ?

— Voyons, docteur ! Qu'est-ce que c'est que ces conneries ? Comme si vous ne le saviez pas !

Max sourit, un rictus lui déformant la bouche.

— Votre nom ? s'enquit Michal Scott.

— Qu'est-ce qui vous prend, docteur ? Vous le connaissez, mon nom. Ça fait des semaines que vous le répétez. Max. M.A.X. Si c'est pour convaincre le jury qu'on s'est jamais vus que vous vous donnez tout ce mal, je veux bien jouer le jeu. Mais arrêtez de tourner autour du pot. Et interrogez-moi.

David Kirk se leva de sa chaise.

— Votre Honneur, étant donné que les questions du Dr Scott risquent d'entraîner des réponses de nature à charger le témoin, je dois intervenir brièvement.

— Faites, M. Kirk.

L'avocat s'avança :

— Max, les révélations que vous vous apprêtez à faire étant confidentielles et pouvant se retourner contre vous, il va falloir que le Dr Scott reçoive l'assurance qu'elle ne sera pas poursuivie ultérieurement pour non-respect du secret professionnel.

Howard Stone bondit et protesta :

— Votre Honneur, cette *requête* n'est absolument pas orthodoxe !

— M. Stone, c'est la *procédure* tout entière qui n'est pas orthodoxe, rétorqua Malachi. Mais si le Dr Scott a besoin d'une attestation de ce genre afin d'éviter des poursuites pour faute professionnelle, je ne vois aucune raison de m'y opposer.

— Merci, Votre Honneur, répondit Kirk. (Il adressa un signe à Gerry Prince, qui lui apporta un bloc et un stylo.) Et maintenant, Max, veuillez écrire sous ma dictée.

Max eut un sourire en forme de grimace.

— Je sais pas. Faut d'abord que je consulte mon

avocat. Vu que vous représentez l'idiot, je veux dire Chris, vous me représentez aussi ?

— Oui, lui assura Kirk.

Toujours grimaçant, Max poursuivit :

— Ça alors, qu'une pointure comme David Kirk s'amuse à casser les prix, ça me scie ! Deux clients pour le prix d'un. Très bien, Kirk. Si *vous* me dites que c'est OK, *je* vous mets ça noir sur blanc.

L'air content de lui, Max adressa un sourire au jury.

L'avocat se mit à dicter :

— Moi... Max... accepte de répondre aux questions... du Dr Michal Scott... en présence du jury... lors du procès de Christopher Cory... inculpé du meurtre... d'Alice Ames et dégage... la responsabilité du Dr Scott... des conséquences éventuelles de cet acte.

Max écrivit laborieusement les formules. Kirk les relut.

— Parfait. Et maintenant signez.

Max signa. Kirk revint à sa place.

— Max, reprit le Dr Scott, pourriez-vous parler au jury de vos relations avec Christopher Cory ?

— Bien sûr. C'est un idiot. Je le manipule. Je le fais tourner en bourrique. Et il s'en rend même pas compte. À plusieurs reprises, j'ai pris des rendez-vous pour lui. Avec des femmes. Des gens de théâtre. Comme il ne s'y pointe pas, les gens le traitent de tous les noms. Une fois... Oh, celle-là, elle est gratinée ! J'appelle un producteur. Je me fais passer pour son agent. Je persuade le producteur de faire passer une audition à l'idiot. Je le chauffe tellement qu'il loue une salle pour la circonstance. Mais le crétin, ignorant tout de la chose, ne se pointe pas au rendez-vous. Le bruit se répand dans le milieu. Après ça, il est grillé ! Fini les auditions ! Je me suis drôlement marré.

— Max, est-ce que vous avez fait porter le chapeau à Chris pour le meurtre d'Alice Ames ?

— Ça, c'est mon plus beau coup ! se vanta Max. (Il se tourna vers le jury, exhibant sa physionomie grimaçante.) Alice, c'était une vraie garce. L'abruti était aux petits soins pour elle. Il lui faisait ses courses. Il lui donnait la réplique quand elle travaillait ses scènes. Au détriment de sa propre carrière. Dommage, car il avait du talent. Beaucoup de talent, même. Mais bref, il tire un trait sur sa carrière pour se consacrer entièrement à celle de sa copine. Le jour où, malgré tout ça, elle le plaque, je me dis qu'il va encaisser sans broncher. Normal, il a rien dans le ventre, ce mec-là. Pas de couilles. C'est une lavette. Alors j'ai fait ce que j'avais déjà fait quand il était petit — vous avez vu la bande, il avait six ans —, j'ai pris les choses en main. Et je me suis dit que c'était le moment de lui donner une leçon. J'allais la tuer et c'est lui qui paierait les pots cassés.

« Tous les détails que vous avez appris de la bouche des témoins ? Le gant de caoutchouc déchiré ? C'était une trouvaille, non ? D'un côté, je porte un gant que j'ai soigneusement déchiré avant d'aller sur les lieux. Comme ça on a l'impression que j'essaye, ou plutôt qu'*il* essaye de faire le boulot sans laisser d'empreintes. Preuve qu'il a prémédité son coup comme n'importe quel flic ou procureur vous le dira. Et d'un autre côté, avec ce gant déchiré, je laisse exprès une empreinte de ma paume.

« Évidemment, les flics retrouvent le gant. Après, le couteau. J'avais habité là-bas, je savais quel couteau j'utiliserais. La petite garce s'est débattue avec plus de vigueur que je ne l'aurais cru. Mais, malgré tout, ç'a été du gâteau. Ensuite, une fois qu'elle a été... Oh, ce mot, je le déteste ! Parce que je suis un mec sensible. Une fois qu'elle a été... mettons, refroidie, je me suis dit : il la hait, il a un faible pour la mise en scène, qu'est-ce qu'il fait ? Il la découpe en morceaux. Seulement, comme je suis un grand sensible, je me suis dégonflé après lui avoir donné un coup de couteau dans l'épaule. Je suis parti. J'ai jeté le couteau dans la poubelle qui se trouve devant la maison, le faisant passer pour le dernier des abrutis.

Max éclata d'un rire rauque et triomphant de sadique. Puis il enchaîna :

— Et Chris, ce pauvre con, ce ballot, quand la police lui demande où il était à l'heure du crime, qu'est-ce que vous voulez qu'il réponde si ce n'est : « Je m'en souviens pas. » Au début, même son avocat, le célèbre David Kirk, ne l'a pas cru. Pas vrai ?

Il cria ces mots à l'adresse de Kirk qui était plongé dans l'examen de ses notes.

Max poursuivit :

— Maintenant, ras le bol de ces conneries. Je vais me tirer et laisser ce pauvre mec payer les pots cassés.

Howard Stone sauta sur ses pieds, renversant son flacon, répandant des comprimés sur la table.

— Votre Honneur, nous vous demandons l'autorisation de contre-interroger ce témoin. Sous sa forme actuelle *et* tel qu'il était au départ lorsqu'il est venu à la barre.

— Votre tour viendra, M. Stone. (Malachi s'adressa à Michal Scott :) Docteur, vous en avez fini ?

Kirk se leva :

— Votre Honneur, j'aimerais m'entretenir en particulier avec vous. Dans votre vestiaire si possible.

Furieux de devoir à nouveau se faire transporter comme un paquet par les huissiers, Malachi faillit refuser. Toutefois, la nature inhabituelle de la requête le fit se raviser.

Une fois à l'abri des oreilles indiscrètes, David Kirk s'adressa à Malachi et à Stone.

— À ce stade, je voudrais plaider coupable d'homicide involontaire.

— Après cette brillante démonstration ? fit Malachi d'un ton soupçonneux car il savait que les jurés avaient été très impressionnés par le spectacle auquel ils venaient d'assister.

— Précisément à cause de cette brillante démonstration, rétorqua Kirk.

— Vous en avez parlé à votre client avant qu'il n'aille à la barre ? questionna Malachi, toujours soupçonneux.

— Non, monsieur, reconnut Kirk.

— C'est bien ce que je pensais, grommela Malachi.

Stone ne put s'empêcher d'intervenir :

— Très bien, Davey, mettez cartes sur table. Vous êtes à deux doigts de gagner le procès et voilà que *vous* demandez une transaction ? Pourquoi ?

— Vous venez de parler de transaction, laissez-moi en toucher un mot à mon client, fit Kirk.

— Étant donné la façon dont les choses se déroulent, admit Stone à regret, je suis d'accord pour l'homicide involontaire. Et il écopera de huit à vingt-cinq ans de prison.

— Alors, Votre Honneur, accordez-moi quinze minutes.

42

David Kirk ouvrit la porte de la petite salle de conférences située derrière l'estrade où siégeait le juge Malachi. Il y fit entrer Max. Une fois la porte refermée, ce dernier se tourna vers lui, l'air tout à la fois intrigué et triomphant.

Kirk lui fit signe de s'asseoir à la table. Il posa devant lui deux blocs.

L'un contenait la déclaration signée le samedi précédent par Chris Cory dans le bureau de Kirk. L'autre, celle que Max avait signée quelques instants plus tôt dans le prétoire.

— Vous ne remarquez rien, « Max » ?

— Quoi donc ?

— Max, je ne suis pas graphologue. Mais j'ai suffisamment d'expérience en matière de faux pour savoir quels sont les grands critères qui intéressent les experts en graphologie. L'inclinaison. La fermeté du tracé. La boucle des L. L'arrondi des O et des A. Eh bien, d'après moi, ces deux documents présentent d'étranges similitudes. Demain, je peux avoir confirmation par un spécialiste.

— Où voulez-vous en venir ?

— C'est le même scripteur qui a rédigé ces deux déclarations. Pas une personnalité originelle et son double. Pas Chris Cory et Max. Mais Chris Cory tout seul. Alors vous pouvez cesser de jouer la comédie. La fête est finie. Ce que je vais vous dire ne s'adresse pas à Max. Mais à Chris Cory qui risque d'écoper de vingt-cinq ans de prison si ce n'est de la perpétuité pour le meurtre d'Alice Ames.

La moue mi-amusée, mi-grimaçante, la mâchoire agressive, les rides accusées s'estompèrent puis disparurent du visage de Max, qui reprit l'aspect de

Christopher Cory. Sans toutefois perdre son sourire.

— Voilà qui est mieux, commenta Kirk d'un ton sec. Maintenant passons aux choses sérieuses. Aux questions juridiques. Cory, il va falloir que vous preniez une décision. La plus importante de votre vie.

Le sourire du jeune homme s'accentua tandis qu'il rectifiait :

— Il n'y a qu'une décision qui compte maintenant, c'est celle du jury. Et vous devez vous douter de ce qu'il va dire. Non coupable car mentalement irresponsable.

— Vous leur avez fait un sacré numéro, c'est vrai, acquiesça Kirk. Et c'est d'ailleurs grâce à ça que je suis en mesure de vous proposer un marché.

— Je ne suis pas là pour conclure un marché, répliqua Cory avec un rictus méprisant.

L'avocat insista.

— Au lieu de vingt-cinq ans de prison voire de la perpétuité, je peux vous promettre une condamnation pour homicide involontaire et une peine de huit à vingt-cinq ans de prison. C'est l'avocat qui parle : plaidez coupable. C'est le meilleur conseil que je puisse vous donner.

— Après le tabac que je viens de faire ? Alors que les jurés sont prêts à me manger dans la main ? Non, non ! Pas question de transaction !

— Vous ne seriez pas le premier à perdre un procès qui vous paraissait gagné. Alors, dans votre intérêt, Cory, écoutez-moi...

— C'est *vous* qui allez m'écouter, l'interrompit Cory. Est-ce que vous avez remarqué le petit gros assis au deuxième rang ? Celui qui n'arrête pas de gratter. Si vite que c'est tout juste si son stylo ne fume pas. Eh ben, vous savez qui c'est, ce mec-là ?

— Adam Westcott. Le producteur de cinéma.

— Ouais, et c'est lui qui me tanne pour acheter

les droits de mon histoire. Afin d'en faire un film à grand spectacle. Avec des grandes vedettes. Un budget de quarante millions de dollars.

« Y a un autre producteur qui m'a proposé d'engager un Jack Nicholson en plus jeune pour interpréter mon rôle. Mais Wescott m'a promis de me confier le rôle. C'est la chance de ma vie. Alors je ne vais pas tout foutre en l'air en plaidant coupable.

Furieux, il se détourna pour montrer que sa décision était ferme et définitive. Puis, mû par une impulsion subite, il pivota et glissa d'un air de conspirateur :

— Vous auriez beaucoup à gagner, vous aussi, sur ce coup, Kirk. Négociez en mon nom avec Wescott et on partage. 70/30. Je sais, je pourrais dénicher un agent qui se contenterait de dix pour cent. Mais y a un tel paquet à ramasser que je peux me permettre de ne pas me montrer gourmand. On peut s'en mettre plein les poches tous les deux.

Au fil des années, David Kirk avait reçu de ses clients maintes propositions malhonnêtes, mais jamais formulées avec autant de cynisme.

Se méprenant sur le silence de Kirk, Cory en conclut que l'avocat était intéressé.

— Écoutez, je suggérerai à Westcott d'engager Nicholson pour interpréter votre rôle. En avocat, il sera génial. Il a exactement le physique de l'emploi. Carrure, présence, forte personnalité, de la gueule.

Kirk continuait de se taire, se demandant jusqu'où Cory irait. Il ne fut pas déçu.

— Si vous préférez, je peux lui conseiller d'engager De Niro. Ou Robert Redford. Ou encore Paul Newman. Je crois que Newman a failli décrocher un Oscar dans un rôle d'avocat. Ce film peut avoir de sacrées répercussions.

— C'est ce que je vois, fit Kirk.

— Oubliez cette histoire d'écriture. Et renvoyez-moi à la barre. Vous trouvez que Max a fait du beau boulot jusqu'à maintenant ? C'est rien à côté de ce qu'il fera lorsque Stone procédera au contre-interrogatoire. Après ça, vous n'aurez plus qu'à résumer les principaux éléments des débats et le tour sera joué.

Et le plus drôle, songea Kirk, *c'est que ce petit prétentieux a raison. Il est bien capable d'enlever le morceau.*

— Cory, à supposer que vous gagniez, ce n'est pas pour autant qu'on vous remettra en liberté. Au lieu de tourner dans un film, vous vous retrouverez dans un hôpital psychiatrique. C'est la loi !

La grimace de Cory se mua en un vaste sourire confiant.

— Justement, c'est pour ça que mon idée est géniale.

— Je ne comprends pas.

— La guérison ! annonça Cory fièrement. C'est là-dessus que j'ai tablé pour échafauder mon plan. Le syndrome de personnalité multiple, le trouble dont je suis censé souffrir : ça se soigne ! Parfois, il suffit d'un an pour remettre le patient d'aplomb. Dans mon cas, la guérison sera encore plus rapide. Vous pouvez me croire, Kirk. Si je suis convaincant en dingue, je le serai encore plus en type qui a retrouvé ses esprits. Le temps que je sorte de l'hosto, le scénario sera prêt, et je pourrai jouer. C'est du gâteau, Kirk, vous pouvez me faire confiance : j'ai bien préparé mon coup. Il ne vous reste qu'une chose à faire : empocher vos trente pour cent et devenir par-dessus le marché le héros d'un film super.

Ainsi il avait tout prévu dès le début, songea Kirk. *Il avait envisagé la question sous tous les angles. Y compris le bénéfice qu'il tirerait du meurtre d'Alice. Il n'est peut-être pas fou au sens juridique du terme mais, bon sang, pour être dérangé, il l'est ! C'est un danger public, ce type-là !*

— Croyez-moi, Kirk, je peux y arriver. En tout cas, jusqu'à présent, tout s'est passé comme sur des roulettes. Alors, marchez avec moi. La condamnation, Stone peut faire une croix dessus. Je passerai quelques mois à l'asile et je retrouverai la liberté. Sans parler du reste.

— Comment ça ? questionna l'avocat, curieux de voir ce que cet esprit tordu avait encore pu inventer.

— Lorsque le film sortira, je serai une vedette. Donahue, Oprah, tous les animateurs de télé me cavaleront après. J'envisage même de donner des conférences. « Syndrome de personnalité multiple. Comment guérir. » Pourquoi pas ? Après tout, j'ai réussi à m'en tirer, non ?

Cory éclata de rire.

— Vous voyez pas l'impact que j'ai, à l'audience, avec mon histoire de toutou, ce pauvre petit Max, et les horreurs qu'on lui a fait subir ? Y a vraiment de quoi faire un film génial. Et vous me conseillez de négocier avec la justice ? Je suis peut-être cinglé quand je suis dans le prétoire. Mais là, non.

— Lorsque je présenterai ces deux blocs, le pot aux roses sera découvert : tout le monde comprendra que vous avez monté une mise en scène dans le but de commettre un meurtre avec préméditation.

Cory continua de sourire puis secoua la tête, l'air de plus en plus sûr de lui.

— Parce que vous aviez l'intention d'utiliser ces deux échantillons graphologiques ? Eh bien, M. Kirk, vous avez beau être un ténor du barreau, permettez-moi de vous dire que vous perdez votre temps. Ces échantillons ne peuvent pas être présentés comme pièces à conviction : ce serait une violation du secret professionnel.

— Dommage que vous n'ayez pas passé davantage de temps dans les bibliothèques de droit.

Pour la première fois, le sourire de Cory se dissipa quelque peu.

— Vous y auriez fait d'autres découvertes, poursuivit Kirk. Il est vrai que, tenu au secret professionnel, je ne peux pas produire comme pièces à conviction les livres que Gerry a découverts chez vous annotés de votre main. Parce que c'est dans le cadre des relations avocat-client que nous avons mis la main dessus.

— Les échantillons graphologiques, c'est aussi dans le cadre des relations avocat-client que vous les avez obtenus, protesta Cory.

Kirk opina de la tête avant de souligner :

— Oui, seulement il y a une différence. Une grosse différence.

Se demandant si Kirk bluffait, Cory le questionna prudemment :

— Laquelle ?

— Ces échantillons, pris ensemble, constituent un test.

— Un test ?

— Au même titre que le double Rorschach auquel Max et vous avez été soumis. Ces échantillons graphologiques constituent un *autre* test psychiatrique. Et, de ce fait, ils font maintenant partie intégrante de votre dossier psychiatrique. Étant donné que nous avons plaidé l'irresponsabilité pour aliénation mentale, je suis non seulement *autorisé* mais *tenu de par la loi* de remettre ces documents au procureur.

— Peut-être, mais vous ne le ferez pas, remarqua Cory d'un ton plein d'assurance.

— À votre place, je n'en serais pas si sûr, Cory.

— Vous laisseriez les gens se figurer qu'un

obscur apprenti comédien a réussi à blouser un brillant avocat d'assises comme vous ?

— Je suis prêt à courir ce risque.

— Et que j'ai roulé dans la farine le Dr Michal Scott, célébrissime expert en matière de syndrome de personnalité multiple ? Je ne vous crois pas : vous avez trop de sympathie pour elle pour risquer de la blesser.

Kirk comprit que Cory venait de formuler ce qu'il n'avait pas voulu s'avouer.

— Réfléchissez, Kirk.

L'avocat regarda le visage plein d'arrogant défi du jeune imposteur.

— Cory, quels que soient les risques que le Dr Scott ou moi-même puissions courir, je vous demande de prendre une décision : ou vous acceptez la transaction ou je remets ces échantillons à Howard Stone.

— Fumier ! explosa Cory. Vous m'avez doublé. Et mes droits, dans tout ça ?

— Quels droits ? Les droits que vous allez toucher sur le scénario ? Sur vos conférences ?

— Mes droits constitutionnels ! Je demande à voir le juge !

— Parfait ! Je vais arranger ça, assura Kirk.

Le jeune homme en resta coi.

— Eh bien, Cory ?

Ce dernier se détourna. Il retourna vers la table afin d'examiner les échantillons graphologiques.

— Alors, Cory, ce marché, c'est oui ou c'est non ? insista Kirk. Je vous préviens, Malachi n'attendra pas éternellement.

Lentement, Cory se retourna vers son avocat. Au lieu du visage grave que ce dernier s'attendait à lui voir — car, après tout, son client risquait de passer des années dans un pénitencier d'État —, ce fut un sourire de défi qu'il lut sur ses traits.

— Qu'est-ce que vous décidez, Cory ?

— Faites revenir Max à la barre.

— Vous ne plaidez pas coupable ?

— C'est au client de décider, non ? Faites revenir Max à la barre.

Kirk l'observa tout en songeant : *Très bien, espèce de petit salaud, si c'est ce que tu veux...*

— Allons-y, approuva-t-il.

Il se dirigea vers la porte, mais Cory ne lui emboîta pas le pas. Tournant la tête, Kirk constata qu'il était en proie aux contorsions cloniques annonciatrices de la métamorphose. Christopher Cory expliqua :

— C'est au cours d'art dramatique que j'ai appris à me mettre dans la peau de mon personnage.

Lentement, il parvint à donner à ses traits une expression menaçante, adopta la posture et l'attitude du Max qui était entré dans la petite pièce.

— Et maintenant, Kirk, le jury m'attend ! annonça-t-il avec la voix stridente de Max.

43

Exaspérés par cette interruption interminable du témoignage le plus spectaculaire du procès, les journalistes et les spectateurs, qui avaient formé de petits groupes, s'interrogeaient bruyamment sur les raisons de ce retard inattendu.

En entendant la phrase consacrée : « Messieurs, la cour ! », ils se précipitèrent vers leurs sièges.

L'air encore plus grincheux et irritable que jamais sur son fauteuil roulant, le juge Aaron Malachi fit son entrée dans la salle d'audience quelques minutes après que David Kirk lui eut signifié le refus de son client de plaider coupable. Tout en soulevant le juge pour le déposer sur l'estrade, les deux huissiers constatèrent qu'il bouillait de rage. Une fois en position derrière son bureau, le magistrat fusilla du regard le dernier retardataire qui se dépêcha de gagner sa chaise.

— M. Kirk, voulez-vous demander à votre client, quelle que soit son apparence actuelle, de revenir à la barre ? lança Malachi d'un ton sévère.

David Kirk fit signe à Max qui s'avança très vite.

Le juge Malachi poursuivit :

— Si le Dr Scott veut bien continuer à examiner le témoin...

Kirk mit un terme à son conciliabule avec Michal Scott pour annoncer :

— Votre Honneur, c'est moi qui vais poursuivre l'examen.

— Faites comme vous l'entendez, mais dépêchez-vous d'en finir. Il faut que le jury puisse faire son travail, déclara Malachi.

David Kirk s'approcha de son client et témoin.

— Max, avant la suspension d'audience, vous en étiez à raconter au jury les nombreux tours que vous aviez joués à Christopher Cory afin de le déstabiliser, de compromettre sa carrière et de lui faire porter le chapeau dans le meurtre d'Alice Ames.

— Ouais. Et alors ?

— Selon vous, donc, Christopher Cory ignorait tout des circonstances de la mort d'Alice Ames ?

— Avant que le Dr Scott ne se mette à l'hypnotiser et à faire joujou avec son inconscient, Cory n'était au courant de rien. Je ne lui ai jamais dit un mot de ce que je manigançais.

— En d'autres termes, lorsqu'il a déclaré à la police ne rien savoir de la mort d'Alice Ames, il disait la vérité ?

— Oui.

— Et lorsqu'il a nié s'être trouvé dans l'appartement de la victime au moment du meurtre, il disait également la vérité ?

— Oui.

— En conséquence, si je vous ai bien compris, non seulement Christopher Cory ignorait tout de ce crime mais, qui plus est, à aucun moment il n'a manifesté le désir de tuer Alice Ames ?

Stone se dressa d'un bond.

— Objection ! Quelles que puissent être ses qualifications par ailleurs, le témoin n'est pas à même de se prononcer sur les intentions de l'inculpé.

— Objection retenue ! déclara Malachi.

Il fit signe à David Kirk de s'approcher.

— Très bien, Kirk, je crois que vous avez tiré le maximum de ce témoin. Aussi, à moins que vous n'ayez une autre piste à explorer, je vous suggérerai — et quand je dis *suggérer* le mot est faible — ... je vous *demande* instamment... de vous retirer et de laisser le Ministère public procéder au contre-interrogatoire du témoin.

— Des *deux témoins,* vous voulez dire ! rectifia Howard Stone avec vigueur.

— Il y a encore *une* piste que j'aimerais exploiter, répliqua Kirk. Mais c'est très technique, très délicat. C'est pourquoi j'aimerais que le procureur me laisse poursuivre sans m'interrompre et attende que j'aie fini pour élever d'éventuelles objections.

Malachi consulta Stone du regard afin de connaître sa réponse.

— Votre Honneur, puis-je me permettre de rappeler à la cour que mon éminent confrère a déjà demandé l'autorisation de poser une question, *« rien qu'une »*, au Dr Sloate. Laquelle a débouché sur le spectacle que nous avons sous les yeux en ce moment. Si M. Kirk souhaite poursuivre, qu'il ne compte pas sur moi pour cesser le feu.

— Vous avez entendu, Kirk.

— Je ferai de mon mieux étant donné les circonstances, concéda Kirk.

Au cours de l'aparté entre le juge et les avocats, Max avait promené sur le jury et les journalistes un regard confiant. Toutefois, dans le même temps, il avait avidement tendu l'oreille, s'efforçant de saisir une partie des propos échangés au pied de l'estrade. La moisson avait été maigre mais suffisante néanmoins pour lui mettre la puce à l'oreille : David Kirk s'apprêtait à lui jouer un nouveau tour. Persuadé d'avoir assez de ressources pour déjouer la stratégie de l'avocat, Max lui adressa son plus beau sourire lorsqu'il revint reprendre l'interrogatoire.

— Max, vous nous avez déclaré avoir conscience en permanence des faits et gestes de Chris. Cependant que *lui,* au contraire, ne savait absolument pas ce que *vous* faisiez.

— C'est comme ça que je garde le contrôle, fit Max en se tournant vers le jury. Je suis le ventriloque. Et lui, la marionnette.

— Dans ce cas, vous devez savoir qu'il y a deux jours, dans mon cabinet, Chris Cory a rédigé un papier dans lequel il me faisait part de son intention d'aller à la barre bien que je le lui eusse fermement déconseillé.

À ces mots, Malachi donna un coup de marteau si sec qu'il faillit abîmer le bureau. D'un geste impérieux de l'index, il fit signe à Kirk d'approcher.

— Maître, fit le juge, furieux, est-ce que par hasard vous auriez dans l'idée de rendre publiques des choses qui doivent rester entre un avocat et son client ?

— Avec l'accord de mon client, Votre Honneur.

— Étant donné qu'en un sens, votre « client » n'est pas physiquement présent dans le prétoire en ce moment, j'aimerais prendre connaissance de ce consentement pour le moins surprenant, décida Malachi.

Kirk se retourna vers Gerry qui s'avança, tenant à la main le bloc dans lequel Cory avait rédigé sa déclaration.

Alors que l'associé lui remettait le bloc, Malachi questionna :

— Maître, vous me certifiez que ceci a bien été écrit par l'inculpé ?

— Oui. Et j'attire l'attention de la cour sur la dernière phrase.

D'une voix circonspecte, Malachi lut à haute voix :

— « M. Kirk est libre de faire état de cette déclaration au moment où il le jugera nécessaire. » (Fusillant Kirk du regard, le juge ajouta :) Je n'aime pas que les avocats exigent de leurs clients ce genre d'autorisations. Toutefois, en attendant la suite, je vous demanderai de poursuivre.

— Max, voulez-vous examiner cette déclaration et me dire si c'est bien celle que vous avez vu Chris signer ? continua Kirk.

Max prit le bloc, parcourut le texte et hocha la tête en signe d'assentiment.

— Répondez à haute voix, s'il vous plaît. Votre réponse doit être consignée dans les minutes du procès.

— Oui, oui, c'est la déclaration qu'il a signée, admit Max, sans cacher son agacement. Sur le coup, je me suis dit : voilà que cet abruti refait des siennes. *Je* savais ce qui allait se passer, mais, lui, non.

— Maintenant, Max, est-ce que vous vous rappelez avoir rédigé, il y a un instant, une déclaration libérant le Dr Scott de l'obligation du secret professionnel ?

Kirk lui tendit le second bloc. Après y avoir jeté un rapide coup d'œil, Max répondit :

— Le jury m'a vu signer. Et alors ?

Il dévisagea les membres du jury, secouant la tête d'un air excédé. Quelle que fût la stratégie échafaudée par Kirk, il était certain de détenir la carte maîtresse.

— Voudriez-vous examiner ces deux documents côte à côte, Max ?

Avec un nouveau clin d'œil de connivence au jury l'invitant à apprécier l'habileté avec laquelle il se sortait de la situation, Max s'empara des deux blocs. Sans ménager les simagrées, il les manipula, faisant mine de les étudier sous différents angles. Il les tendit à bout de bras, les approchant de la lumière, puis du jury. Enfin il se cala dans son fauteuil afin d'y jeter un dernier coup d'œil.

— C'est fait. Et maintenant ?

— Est-ce qu'il n'y a pas un détail qui vous frappe dans ces deux écritures, Max ?

— Rien de spécial.

— Étudiez-les bien. Particulièrement les *l*, les *o* et les *a*. Ainsi que la direction générale de l'écriture.

Max recommença son manège, manipulant les papiers, fronçant les sourcils.

— Eh bien ?

— Vous ne décelez pas une ressemblance entre l'écriture de Chris Cory et la vôtre ?

— Ouais. Y en a une. Et alors ? fit Max d'un air de défi.

— Max, vous vous rendez compte de ce que cette ressemblance signifie ? interrogea Kirk, détachant les mots avec soin.

— Ouais, répondit Max tout faraud.

— Pouvez-vous l'expliquer au jury ?

Le sourire de Max s'élargit.

— Ah, les avocats ! ironisa-t-il en se tournant vers les jurés. Au lieu d'aller droit au but comme tout le monde, y faut toujours qu'ils tournent autour du pot. Sans doute parce qu'ils sont payés à l'heure. En clair, le message que M. Kirk essaye de faire passer est le suivant : si ces deux écritures... (Il agita les blocs en direction du jury.)... si ces deux écritures semblent identiques, c'est que Chris Cory ne souffre pas du syndrome de personnalité mul...

Le juge fit taire Max d'un violent coup de marteau qui résonna avec la force d'une détonation dans la salle bondée mais silencieuse.

— M. Kirk ! hurla Malachi, lui ordonnant de le rejoindre.

Une fois les deux avocats en face de lui, il chuchota d'une voix rauque et furibonde :

— Maître, est-ce que vous auriez l'intention de récuser votre propre témoin et client ?

— Oui, Votre Honneur, déclara Kirk sans détour.

— Dans ce cas, vous n'aviez pas le droit de le faire aller à la barre ! le rabroua sèchement Malachi.

— Votre Honneur, compte tenu des circonstances pour le moins inhabituelles, de deux choses l'une : ou je le traite comme un ennemi ou je me vois en situation d'être accusé de subornation de témoin.

À contrecœur, Malachi concéda :

— Les circonstances inhabituelles, ce n'est effectivement pas ce qui manque dans cette affaire. Mais de là à récuser votre propre témoin, qui de surcroît est votre client... Jamais, au cours de ma longue carrière, je n'ai eu à traiter un cas de ce genre.

— Je vous rappelle que vous avez refusé de me laisser abandonner l'affaire, rétorqua Kirk.

Howard Stone, qui n'était pas au courant de cet aspect des choses, demanda :

— Enfin, Aaron, que se passe-t-il ?

Malachi fit signe à Stone de ne pas perdre son calme, et décida :

— La défense est autorisée à poursuivre. Mais s'il s'agissait d'un de vos tours, maître Kirk, autant vous prévenir : il vous faudra répondre de votre attitude devant le comité de discipline.

Muni de la permission demandée, et bien qu'elle fût assortie d'une menace lourde de conséquences pour son avenir professionnel, David Kirk rejoignit son client.

— Max, pourriez-vous finir de répondre à ma dernière question ?

Max éclata de rire.

— Maître, vous avez passé tellement de temps à papoter avec le juge que je l'ai oubliée, la question. Et la réponse du même coup.

Il y eut des rires chez les jurés.

— La sténotypiste pourrait-elle relire la question et la réponse inachevée du témoin ?

La jeune femme s'exécuta.

— « *Question* : Pouvez-vous l'expliquer au jury ? *Réponse* : Ah, les avocats ! Au lieu d'aller droit au but comme tout le monde, y faut toujours qu'ils tournent autour du pot. Sans doute parce qu'ils sont payés à l'heure. En clair, le message que M. Kirk essaye de faire passer est le suivant : si ces deux écritures semblent identiques, c'est que Chris Cory ne souffre pas du syndrome de personnalité mul... (Coup de marteau.) »

— Pouvez-vous aller au bout de votre réponse, Max ? insista Kirk.

Au lieu d'avoir l'air gêné ou hésitant, Max lança :

— Avec plaisir !

Il marqua une pause comme pour rassembler ses esprits puis attaqua :

— Le message que vous voulez faire passer est le suivant. Si ces deux écritures ont l'air identiques, c'est qu'au lieu d'être un multiple, Chris Cory n'a qu'une seule personnalité. Et s'il n'a qu'une personnalité, moi, Max, je n'existe pas. Ce qui est faux, comme vous pouvez le constater. Que vous me trouviez sympathique ou non, M. Kirk, je suis là !

Max se tourna afin de faire face au jury. Écartant les bras, il réussit, bien qu'assis, à donner l'impression aux jurés qu'il s'inclinait respectueusement devant eux.

Kirk le laissa jouir de cet effet d'audience avant de poursuivre :

— Vous rendez-vous compte de l'impact *juridique* que ces similitudes pourraient avoir sur l'issue du procès, Max ?

— Non, mais je sais quel impact vous aimeriez qu'elles aient ! explosa Max d'une voix tonnante. (Se levant, il accusa :) Le Dr Scott et vous voudriez faire croire au jury que, du fait que ces échantillons présentent des similitudes, Chris Cory est coupable du meurtre d'Alice Ames ! (Se tournant vers les jurés, il ajouta :) Le médecin, l'avocat de Cory conspirant contre lui !

Malachi se mit à jouer du marteau, frappant sur la table à la vitesse d'une mitraillette, tandis que Kirk s'efforçait de l'en empêcher en criant :

— Votre Honneur, il faut que le témoin finisse de répondre ! C'est capital !

Pendant ce temps, Max en appelait aux jurés :

— Vous voyez ! Le juge lui-même essaye de m'obliger à la boucler. Eh bien, je refuse de me taire. Quant à ces...

Il brandit les blocs en direction du jury.

— Échantillons graphologiques ? Similitudes ? Des conneries, oui ! (Sa colère tomba, laissant la place à un sourire satisfait.) C'est un piège que je leur ai tendu. Un tour que *je* leur ai joué. Et ils sont tombés dedans ! Maître David Kirk et le Dr Michal Scott se sont fait avoir comme des bleus. « Est-ce que ces deux écritures présentent des similitudes ? » Évidemment, cette bonne blague ! Je l'ai fait exprès !

Méprisant, il jeta les blocs qui atterrirent sur le bureau de la défense.

Malgré l'électricité qui crépitait dans la salle, Kirk poursuivit d'une voix calme :

— Max, voudriez-vous expliquer au jury en quoi consiste le fameux *piège* que vous avez mis au point ?

Après avoir lancé à Kirk un regard dédaigneux, Max se tourna vers le jury.

— Mesdames, messieurs, vous vous souvenez que le Dr Scott m'a posé des tas de questions à propos de la façon dont je m'y suis pris pour faire porter le chapeau à l'idiot ? L'empreinte de paume. L'échantillon de sang. L'arme. Le gant déchiré. Vous vous souvenez ? Eh bien, cette histoire d'écriture, c'est quoi, à votre avis ? C'est la même chose ! Je savais ce que Kirk voulait. Alors je le lui ai fourni. Deux échantillons graphologiques aussi proches l'un de l'autre que possible.

— Pourquoi avez-vous fait ça, Max ?

— Il a toujours pas pigé, fit Max avec un sourire indulgent au jury. Parce que si ces échantillons présentent autant de ressemblances, maître, c'est qu'ils sont tous les deux de la main de Chris Cory. Autrement dit, il n'y a pas de syndrome de personnalité multiple et pas de système de défense. Conclusion : Cory est coupable. C'est ça, le piège !

Non sans avoir gratifié Kirk d'un coup d'œil de défi qui semblait vouloir dire *« On va voir si tu arrives à faire mieux ! »,* Max s'inclina cérémonieusement devant les jurés avant de se rasseoir. Un rapide regard en direction d'Adam Westcott, le producteur, lui permit de constater que ce dernier avait levé le nez de ses notes. Son signe de tête approbateur conforta Max dans l'idée qu'il avait remporté un triomphe.

Conscient de la mauvaise humeur et de la nervosité du juge, David Kirk poursuivit :

— Max, je suis sûr que votre témoignage percutant a éclairé le jury. Le piège astucieusement tendu à Cory. Les pièces à conviction diaboliquement semées par vos soins. Sans parler de la touche finale : la similarité des deux écritures. (Kirk brandit les deux blocs.) Cependant, Max... vous êtes bien sûr de ne rien avoir oublié ?

Max se redressa, l'air soudain moins content de lui, le regard en alerte.

— Vous n'avez pas oublié d'indiquer au jury que, chez les sujets véritablement atteints du S.P.M., la personnalité originelle et les personnalités parasites ont non seulement des habitudes, des compétences, voire des fragilités en matière de santé différentes, mais aussi des *écritures* différentes ?

— C'est exactement ce que je voulais dire.

— Ah, dans ce cas, nous sommes d'accord, fit Kirk, se tournant vers le bureau de la défense. M. Prince, voudriez-vous donner au témoin un bloc vierge ?

Gerry Prince s'approcha, un bloc à la main, et le tendit à Max. Kirk sortit de sa poche de poitrine son stylo en or, en dévissa le capuchon et le remit à son témoin.

— Max ?

Max fixa le stylo, puis Kirk, et recula inconsciemment sur sa chaise.

— Tenez, Max. Voilà l'occasion de démontrer

qui vous êtes. Tout ce que je vous demande, c'est d'écrire quelques lignes. De votre écriture. De l'écriture spécifique qui est la vôtre quand vous n'essayez *pas* d'imiter celle de Christopher Cory. Max ?

Kirk lui mit le stylo sous le nez. Max se colla contre le dossier de sa chaise. Il lança un regard au juge.

— Votre Honneur, je refuse. Il n'a pas le droit de faire ça, si ?

— Le témoin est prié de faire ce que l'avocat lui demande, décida Malachi.

En désespoir de cause, Max s'empara du stylo comme s'il se fût agi d'un objet radioactif.

— Allez, Max ! Écrivez ! Ce que vous voudrez, n'importe quoi. De votre écriture à vous ! lui ordonna Kirk. Le jury et la cour vous observent.

Après un regard furtif aux jurés, Max se mit au travail, couchant sur le papier des mots qu'il s'appliquait à tracer à grands traits hachés d'une écriture anguleuse et dilatée. Mais plus il s'efforçait de contrarier, d'inhiber sa graphie naturelle, plus sa main tremblait, plus il avait de mal à s'exécuter.

— Eh bien, Max ? fit Kirk, l'incitant à poursuivre.

Max lui décocha un regard noir et, redoublant d'efforts, parvint à former des lettres aux jambages de plus en plus contrefaits. Jusqu'au moment où, perdant le contrôle de lui-même, il commença à produire des caractères anguleux, ressemblant au tracé d'un sismographe qui aurait enregistré un violent tremblement de terre.

— Max ? interrogea l'avocat.

Sa main tremblait tellement qu'il ne parvenait plus à la guider. Dans le même temps, le personnage de Max — la personnalité parasite — commença à se dissoudre, tel un masque de cire fondant sous l'effet de la chaleur. Les traits perdirent de leur aspect grotesque. Le menton de son allure menaçante et prognathe. Sa faiblesse intrinsèque refit surface, lui rendant son air inoffensif originel. Le personnage de Max, soigneusement construit, s'était effiloché, cédant la place à Chris Cory.

Incapable de se maîtriser, ivre de fureur, mort de peur, il bondit sur ses pieds, balança le stylo à la tête de David Kirk et hurla :

— Vous êtes mon avocat ! Vous devez me défendre ! Pas m'accuser ! Pas... m'accuser... conclut-il dans un sanglot.

Ayant retrouvé l'apparence de Christopher Cory, il fit face au jury et à la cour. Tremblant, les lèvres agitées de spasmes, transpirant de terreur, auteur, de son propre aveu, du meurtre avec préméditation d'Alice Ames.

David Kirk ne put se défendre d'éprouver un mouvement de pitié pour le jeune homme brisé qui se tenait devant lui. Mais il fallait que justice fût faite.

Il n'eut pas le temps de s'appesantir car le juge Malachi l'arracha à ses états d'âme d'un sec :

— Maître ?

— Je n'ai plus de questions à poser au témoin, répondit Kirk à voix basse.

— M. Stone ?

— Le Ministère public n'a rien à ajouter, Votre Honneur. Il demande seulement que l'inculpé perde le bénéfice de la mise en liberté sous caution et soit placé sans plus attendre en détention préventive.

— D'accord ! conclut Malachi.

44

Assis à sa table de travail dans son cabinet, le juge Aaron Malachi s'empara des deux blocs que David Kirk avait placés devant lui. Après avoir étudié les deux échantillons d'écriture, il releva la tête, regardant l'avocat et le Dr Michal Scott.

— Quand avez-vous découvert la supercherie de votre client, maître ?

— La veille du jour où je suis venu vous demander la permission de laisser tomber cette affaire.

— Bien entendu, vous ne pouviez me faire part de votre découverte.

— J'étais tenu au secret professionnel. Mais rien ne m'obligeait à devenir son complice.

— Vous avez tout tenté pour le persuader de plaider coupable et d'obtenir ainsi une remise de peine.

— Je restais son avocat. Et, à ce titre, je me devais de faire le maximum pour lui, répondit Kirk.

— Son numéro à la barre pose un autre problème d'éthique.

— Je suis certain que vous confierez à un nouvel avocat le soin de le défendre en appel.

— Je crains bien que non, Davey, rétorqua le juge.

— Rien ne m'oblige à continuer d'assurer sa défense, protesta Kirk.

— La question n'est pas là, Davey. Maintenant que le procès est terminé, il y a un rendez-vous auquel je dois me rendre. Un rendez-vous avec un chirurgien.

— Aaron ?

— À force de me palper et de m'examiner sur toutes les coutures, mon médecin a fini par trouver quelque chose, le salopard. Quelque chose de « suspect », comme il dit. En clair, de grave. Il prétend que ça ne peut pas attendre. Ce sera donc à un autre juge de désigner un nouvel avocat pour Cory.

— Bon sang, Aaron, navré d'apprendre ça... Croyez bien que... je...

— Ne vous fatiguez pas, Davey. Je connais votre éloquence dans le prétoire. Seulement, dans des cas comme celui-ci, il est difficile de trouver les mots qu'il faut. Et à supposer que vous les trouviez, je ne sais pas si je serais capable de les écouter avec équanimité. Il vaut donc mieux que vous partiez.

Kirk allait répondre mais Malachi lui coupa l'herbe sous le pied, non sans douceur :

— Non, Davey. Laissez-moi.

En traversant la salle d'attente, David Kirk et Michal Scott tombèrent sur Ida Bornstein en larmes. Gênée, elle renifla et essaya de parler.

— Ida, nous sommes au courant. Il nous a tout dit.

La secrétaire parut soulagée de ne pas avoir à s'en charger.

Tandis que Kirk et Michal Scott descendaient le majestueux escalier de pierre de la Cour suprême, la jeune femme remarqua :

— Cory avait passé tous les tests haut la main. Aucun d'entre nous, pas même Klinger, n'a songé au test graphologique. Qu'est-ce qui vous a mis la puce à l'oreille ?

— Beaumont.

— John Beaumont ?

— Cory s'était servi de son manuel comme il serait allé faire ses courses dans un supermarché psychiatrique. Choisissant un symptôme ici, un autre là. Un fait dans tel paragraphe. Un autre dans tel autre. Il avait étudié avec soin les différences qui pouvaient exister entre une personnalité originelle et ses « parasites ». Différences dans le mode de vie. Les vêtements. La voix. Le vocabulaire. Jusqu'à être capable de se couler dans la peau d'un patient atteint du syndrome de personnalité multiple. Alors je me suis demandé quels étaient les éléments qu'il avait laissés de côté, ceux à propos desquels il n'avait pas jugé bon de prendre des notes dans la marge.

— Les différences au niveau des capacités motrices et manuelles. L'écriture, par exemple ? suggéra Michal Scott.

— Exactement.

— Mais John... le Dr Beaumont avait spécifié que l'écriture ne différait que dans cinquante pour cent des cas chez les sujets atteints du S.P.M.

— J'ai parié sur le fait que ce détail avait échappé à Cory. Effectivement, il l'ignorait.

— Va-t-il avoir droit à un nouveau procès ?

— Possible, concéda Kirk. Mais en ce qui me concerne, je n'aurai pas de nouvelle affaire Trimble sur la conscience.

Ils étaient arrivés au bas de l'escalier devant lequel était garée la limousine de l'avocat.

— Je vous dépose ?

Elle hésita.

— Ça m'arrangerait. C'est très gentil de me le proposer.

— « Gentil » ? Nous progressons, on dirait.

La voiture filant dans Centre Street, Kirk laissa tomber :

— À supposer que Cory fasse appel, le nouveau procès se déroulera sans nous.

— C'est un soulagement, avoua-t-elle.

— Cela signifie également que nous ne sommes plus collègues.

Elle lui jeta un regard en coulisse. La réaction de Kirk lui fit comprendre qu'ils étaient sur la même longueur d'onde.

— Le meilleur moment pour appeler, c'est avant huit heures. Ou alors le soir, après six heures.

— Merci bien ! Pour tomber sur votre répondeur et sur cette voix glaciale qui...

— C'est celle de ma personnalité secondaire, coupa doucement Michal Scott. Celle de ma personnalité originelle est nettement plus chaleureuse, je vous assure.

Composition réalisée par S.C.C.M. (groupe Berger-Levrault) Paris XIVe

IMPRIMÉ EN FRANCE PAR BRODARD ET TAUPIN
2696 – La Flèche (Sarthe), le 05-06-2000
Dépôt légal : juin 2000

POCKET – 12, avenue d'Italie - 75627 Paris cedex 13
Tél. : 01.44.16.05.00